# 中年妇女恋爱史

张楚 著

北京出版集团公司
北京十月文艺出版社

## 目　录

# 中年妇女恋爱史

## 一九九二年

无疑，茉莉是班上最细的女生，也是最白的女生。她从清河镇考到县城来的，可一点不像个乡下姑娘。冬天裹件细腰桃红假羊绒大衣，袖口磨起了球，在一群灰头土脸的学生当中晃着，像株没发育好的樱花树。

高宝宝对茉莉说，你有些驼背呢。茉莉哼了声，用手捂住他的嘴。他身上总有种雪花膏的味道，如果没猜错，大抵偷偷擦了他母亲的“郁美净”。

不过高宝宝委实长得好，桃花眼，希腊鼻，还是商品粮。他父亲在粮食局当主任，母亲是中医院的针灸师。茉莉倒也没想过太多，只觉得他漂亮，这就够了。茉莉喜欢一切漂亮的东西，比如家里那一大丛蔷薇，盛夏了铺天覆地，恨不得淹吞了整个庭院；比如邻家的那只鹿犬，吊眼细腰，看人时总晃着短尾；还比如村里张家的那个傻子，傻是傻，不言语时浓眉朗目，宛若戏台上的评剧小生。当然，她觉得自己也是美的，但美得不够，头小，比巴掌宽些，笑起来眼角附条细纹，另外，就是平胸。可在高宝宝眼里，大抵再无茉莉这么美的女孩。他每天清晨给她带只富士苹果，晚上会扒着茉莉他们班的窗户不停招手。茉莉通常装作看不见。同桌甜甜用胳膊肘捣她，她也装作毫无知觉。直到高宝宝用手指急叩着玻璃窗，音儿脆脆的，她才朝那边不经意地瞅一瞅，顺势笑一笑。

能去哪里？冬天了，可好膘不穿棉，高宝宝只套条牛仔单裤，皮夹克里裹件跨栏背心。两个人只得沿着学校的那堵外墙往南走。高宝宝攥着她的手，直到手心沁汗。那时的冬天，通常下无数场雪。夜雪初霁，荠麦弥望，整个县城都没了响动，只间或一两声棉花枝被雪压折，断音从黑魆魆的田野深处传来，仿佛野魂灵的鼾声。那一次他们走得累，怎么就在墙根处喘息着搂抱在一起。他踮着脚不停朝她耳朵吹气，茉莉咯咯地笑。高宝宝说，等她高中毕业了，他们就结婚。茉莉说，我比你大三岁呢，你父母会同意？高宝宝说，他们要是不同意，我们就离家出走，我有个表哥，在天津康师傅方便面厂当工头呢。茉莉说，你舍得？你是商品粮，我是农业粮。高宝宝说，这辈子我只爱你一个人，要是我骗你，就遭雷劈。茉莉忙堵住他的嘴，身上的毛孔仿佛都奓开了，玫瑰香气顺着毛孔延灌。她知道那不是风。她也知道，他的声音是真的，别的都是假的。

他毕竟只有十五岁。或许他还没有发育呢。他甚至还没来得及长胡须。

她跟高宝宝的事，甜甜、老甘和小五都知道。反对的只有甜甜。甜甜家是县城的，但也是农业粮。她个子比茉莉矮点，眼比茉莉大，有些漏神。平时老喜欢从家里给茉莉带各种零嘴，凉糕啊，西瓜子啊，花生豆啊，芝麻糖啊，上课了才从兜里掏出来一把把塞给她，吃吧，吃吧，她总是喃喃着说，你那么瘦。多年后茉莉想起她，难免先想起那些食物的气味，譬如花生的黏香味儿，西瓜子略苦的涩味儿，或者芝麻糊香的甜味儿。当这些气味盘旋起时，甜甜的脸庞才慢慢从那虚无之境凸显出来。

她还记得，甜甜的声音很小，说话时总东瞅西瞅的，唯恐旁人偷得一字。她说，你傻呀，这么小的男生也信？她指了指茉莉的太阳穴说，动动猪脑子吧，唉。日后茉莉还常想起当时谈话的场景：她和她站在教室外的那棵白杨树下。冬天的白杨树像根水泥柱，冷，糙。茉莉靠着树，看着浅暗的阳光打着她的牙龈，忽而厌烦起来。或许她只是妒忌自己有了男朋友，条件又这么好。怎么从来没人追她？这么想时，茉莉拍了拍她脸颊，笑着说，姐，我是只母老虎，不会吃亏的。甜甜也笑了。甜甜知道自己有对尖虎牙。

一九九二年暮冬，茉莉她们忙得四脚着地。学校要组织迎新春联欢会，班长让她们代表文科班出个节目。老甘建议跳现代舞，她龇着牙说，冲吧美少女们！身上披金挂银，霓虹闪闪烁烁，妈呀，光是想想就美抽巴了！

跳就跳吧，反正小五的姐姐在县文化馆，找个舞蹈老师不是难事。要紧的是不用上自习课，不用做数学题，更不用背澶渊之盟。舞蹈老师大抵有三十七八岁，短发，还吸烟。这是茉莉第一次见到吸烟的女人。女人说话的腔调，是完全把她们当成了幼儿园的孩子。茉莉想，这个岁数的女人，打心眼里怕是不稀罕她们吧？茉莉小腿格外长，她妈平日里常骂，你以为长了只仙鹤腿就能飞上天！女舞蹈老师对茉莉指点的要多些，胳膊没展成水平线，屈腿时略外八字，踢腿时脚尖没绷直，啰里啰唆，嘴里的烟味比蒜味还呛人。

待到演出那日，还是遇到了意外。先是音乐莫名卡带，她们刚好做霹雳舞动作，手臂机器人般弯曲，腿尚未来得及迈太空步，动也不是，不动也不是。舞台底下喧闹起来，男生吹口哨，浪叫，嘘嘘。这时音乐莫名响了，她们顺势动起来。或许因了刚才的停顿，接下去的动作倒显得吊诡流畅，尤其是白腿亮晃晃踢出时，台下瞬息变成了精神病院。那些满脸粉刺终日喝着烂白菜粉丝汤的男生何时见过如此阵仗？掌声伴着叫好声，简直要将餐厅屋顶掀开。茉莉的屁股就扭得更猛烈，连平日训练时常做错的动作都天衣无缝地接下去。正在此时，音乐声忽而又停，但见老男人蹿上来，攥着麦克风嚷道：下去！你们下去！成何体统！

是校长。他本就瘦矬，站在舞台中央仿若老农。他鞠了个躬，说，下面我给大家拉奏一曲二胡《奔马》。台下一阵嘘声，先是弱，后来就汇成巨大旋浪，要将人淹死似的。

那是她们最辉煌的演出吧？茉莉后来再也没有在那么长那么宽的舞台上跳过舞。舞台上还荡着蒸馒头的碱香。她们被校长赶下了舞台，可一点都不难过。她还记得老甘在后台叉着腰说，别理会那个老古董，什么玩意儿！明天我们去一中跳！他想一手遮天，门都没有！

老甘的父亲是局长，母亲也是局长，至于是什么局的局长，都是无所谓的。反正老甘说话嗓门总是很大。她声音粗，旁人听起来瓮声瓮气，往往忽略了说话的内容。平时都靠着墙脚睡觉，睡醒了就唱歌。她最喜欢王杰。茉莉觉得，一个女孩喜欢王杰的歌，难免有些奇怪，女孩子应该喜欢林忆莲，应该喜欢梅艳芳，最次也得邝美云吧。老甘不管这些，她的T恤衫上印的王杰，作业本上抄的王杰歌词，好吧，连发型也像王杰。老甘跟小五同桌。小五不喜欢王杰，小五喜欢齐豫。她唱起歌来也是齐豫那种颤音，颤得人几乎要流出泪。那次，她们都没有反对老甘。老甘的初中同学是一中某班的文艺委员，还正式给她们发了邀请函。

县一中的学生看起来都傻，黑乎乎，男生女生似乎都不洗脸。

当他们目瞪口呆地看着茉莉她们穿着健美裤蝙蝠衫跳完现代舞，似乎都有些羞赧，竟忘了鼓掌。只一个男生犹豫着站起，环顾下四周，啪啪地拍起手，掌心都要击破。茉莉瞥那人一眼，高，瘦，眼贼亮，脖子很干净。

那晚，茉莉、甜甜、老甘和小五在学校外的小吃部吃了顿牛肉大葱馅饺子。老甘还要了两瓶啤酒，牙齿都冰掉了。那是茉莉第一次喝酒。店里本就没什么人，开着台黑白电视，电视里正在播放邓小平在珠海的讲话。她们将电视声音调小，叽叽喳喳，声响难免大些，空荡荡的，在油腻腻的房间里倒有些喜庆的意味。老甘说，等来年夏天，高三也不念了，去上班挣钱。反正也考不上大学，不如早到社会里闯荡闯荡。你跟我去开店吧，老甘搂着小五说，我肯定不能亏待你！小五只是笑。小五最喜欢笑。小五笑起来有梨涡。茉莉其实一直觉得，跟自己心最远的，就是小五。她不怎么说话，当然，说起来声音很甜，不是蜂蜜的甜，是大粒白糖的甜。小五有个男朋友，在县财政局当司机。但茉莉从没见过那个男人，据老甘说长得又黑又膀，大兴安岭的熊瞎子似的。

她们慢慢地吃着饺子，小口小口地抿着啤酒，后来又小声地哼唱着歌。烧着炉子，火旺，哔哔剥剥，渐渐就暖起来。茉莉盯着她们三个，似乎隔着雾气，眉眼俱疏离模糊。想，她们都在县城，只有自己是村里的，大学是考不上的。可她们都无所谓，都有父母帮衬，找个好工作，嫁个好男人，都不是难事。可有谁能帮自己？难道像姐姐那般早早嫁个木匠，生窝泥孩，整日泡屎尿堆里？难免鼻子酸涩，是连眼眶也湿掉。甜甜不停拿胳膊肘捣她。捣就捣吧，八成是高宝宝来了，来就来了，又能指望上他什么？过完年才十六岁，连声音都是女孩般。

抬头去看她们，才发觉在老甘身后站着个男孩。有点面熟，想了想，就是在一中表演时击掌的那位。他怎么来了？只有老甘不意外，她拍着男孩的肩说，喏，这个帅哥是我初中同学，高一亮，篮球队的。

那个叫高一亮的，直勾勾看茉莉。茉莉有些慌，不禁去拉甜甜的手。甜甜挠了挠她的手心。再去看他，他已拽了板凳径自坐下，慢声慢语地说，咦，老甘，请人吃饭，就这么寒酸？师傅，再来盘熘肝尖。

## 1992年大事记

9月30日，美国将它在海外的最大军事基地——苏比克海军基地移交给菲律宾。

******银河系科瑞娜星（距离地球120万光年）阿兹哥特人最伟大的诗人格伦所斯在朗读其新作《献给仲夏夜早晨我在腋窝里找到

的一小坨绿色垢泥的颂歌》时，1321名听众死于脑颅出血。据悉此事件被认为是50年来银河系最惨烈的群体性死亡事件。

## 一九九七年

热死了，你在车里等着吧！茉莉对高一亮说，把吊纸给我。

来的人不多，巷口只停着几辆双排座。灵车还没到。断断续续听到哭声。茉莉知道甜甜夫家人不多，据说跟外界也并无往来。老甘和小五已经在巷口等她多时。老甘白她一眼说，你呀，真是肉死了，等半天了都！

这是茉莉第一次参加同学的葬礼，同学也不是别人，是甜甜。去年年初她结了婚，找的是港口的一个装卸工。婚后她急遽地肥胖起来。有天茉莉在斯大林街看到她，简直不敢认了。她套条孕妇穿的肥裙，笑眯眯的，虎牙又白又尖。那时她还没有怀孕。是从何时往来就寡淡了？一年也打不几个照面，只过年时姐妹们吃顿饭，去卡拉OK厅唱歌。通常不到九点，装卸工就骑着摩托车来接她，也不上来，只在楼下拼命按着喇叭。听别人说，她今年春天生了个女孩，不过两个月就死了，医生诊断是先天性疾病。孩子死后她忽然走路老是摔跟头，那么胖的一个人，倒在地上都爬不起来。丈夫陪她去北京看病，住了半个月。昨天，丈夫抱着骨灰盒回来了。

茉莉盯着灵床上的那个骨灰盒和照片。照片是高二那年夏天照的。甜甜那时还很瘦，盯着茉莉。茉莉不禁打个寒噤。她恍惚闻到了五香花生米的味道。她跟着老甘和小五在厢房随了两百块钱的礼，从进屋到离开半句话都没说，只是嘴唇不停哆嗦。她听到老甘埋怨道，装卸工连哭都没哭，只是见谁就跟谁诉苦，说自己倒了八辈子霉，一年内死了孩子又死了老婆。小五轻声轻语地说，还有什么舌头可嚼的？人都没有了，说别的都是假的，说完小声抽泣起来。茉莉只是死死咬着嘴唇。如果不是老甘搀扶着她，她早晕倒在地上了。

那天他们一起吃的午饭。他们很久没有一起吃饭了。老甘开了家鞋店，每个礼拜要跑市里进货，大包小包的；小五呢，在一家美容院给人做护理，常常忙到夜里。反倒茉莉最清闲，在家里煮煮饭，到街上逛逛，再喂喂猫喂喂狗，一天也就没了。

七月一号跟高一亮完的婚，日子她选的。高三那年她最喜欢听艾敬的歌，脸面清白的女孩总是俏皮地唱着，让我去花花世界吧，给我盖上大红章。一九九七快些到吧，八百伴究竟是什么样。一九九七快些到吧，我就可以去HONG KONG。一九九七快些到吧，让我站在红勘体育馆。一九九七快些到吧，和他去看午夜场……那时候感觉香港很远，一九九七很远，可唱着唱着也就到了。高一亮没什么异议，大多时候，他仿佛是个哑巴。世界上怎么有这么不爱讲话的人？仿佛在那个寒冷的冬夜，小酒馆里，他把半生的话都讲尽了。

娘家对这门亲事甚是满意，虽说高一亮在城乡接合部，也是农业粮，好歹说起来是县城的，人长得清俊，又在县轧钢厂上班。对于嫁妆，茉莉起初并未介意。按当地风俗，嫁女儿是要陪“五大件”的：冰箱、彩电、洗衣机，外加空调和摩托。茉莉跟旁人打听了下，大抵如此，不过转念一想，家里没多少压箱底的钱，可毕竟是嫁到了县城，千万可不能让婆家小瞧，就跟她母亲商量，除了“五大件”，还想要一万块钱的陪嫁。母亲一愣，没说什么。茉莉晓得母亲定是为了难，可仍觉得委屈，晚上哭了半宿，嘤嘤嗡嗡，算是哭给母亲听的。翌日母亲出了门，说是去天津的姨妈家报喜信。茉莉更不遂心，眼看婚期到了，被褥虽缝制好，但杂七杂八的琐事也是一箩筐，还有闲心去姨妈家小住？想到不久前听小五计划的结婚仪式，要一水桑塔纳，电器都是“海尔”的，自己呢，电视是“红梅”牌，冰箱是“新飞”，婚车全是“夏利”，这心里就猫爪挠心。

不过三两日后，母亲从姨妈家归来，说结婚那天，姨妈家的哥哥姐姐都要来。茉莉想，那些满口天津话的连兄连姐能来，也算是给自己撑足了门面，又特意打电话问了问，是否能带些麻花和狗不理包子？虽说新亲们很少给男方带礼物，不过要是到时候狗不理包子上了宴席，那还真是够排场。姨妈很委婉地说，包子有什么好吃的，全是猪油，腻得慌。茉莉难免失望，觉得姨妈真是小气。临嫁前夜，她正坐在炕沿上看着嫁妆发呆，母亲蹑手蹑脚过来，塞她手里个红包。茉莉惶惑着打开，却是齐整整的一万块钱，新的，冒着油墨气。她想问些什么，却什么都没敢问，只摸了摸母亲手掌里的老茧花。

高一亮呢，对她也是真疼。本来在步行街那家李宁专卖店当收银员，好好的，被他硬是逼着辞了。他不善言谈，对她的好也都体现在床笫。毕竟是体育队练过篮球的，常常一闹就是整宿，仿佛那玩意儿是铁打的钢锤的，只会越使越光亮。她喜欢他宽阔的肩膀，可肩再宽，总不如钱袋子宽些心安。就对他说，钢铁厂累死累活不过一千多块钱。不如把工辞了，贷款买辆大货跑新疆吧。你没听说镇上跑大车的，每年挣个十来万都是毛毛雨？

高一亮没吭声，不过第二天就去找他父亲要钱了。他父亲就这么个儿子，骨髓都砸出来，又从银行贷了十五万，这才买了辆大货。茉莉又说，你一个人跑新疆，我也不放心，不如找个知心知底的哥们儿，换着开，按月给他开工资就好。高一亮想了想说，黎江。

这个叫黎江的跟高一亮是发小，一块穿开裆裤长大的。话比一亮多，个儿比一亮高，腰比一亮粗，眼也比一亮大。或者说，他就是大一号的高一亮。两人就联系了配货公司跑新疆，去时拉着土豆、茄子和钢轨，回时拉着棉花、哈密瓜、葡萄和肉苁蓉，反正路不能白跑，油不能白烧，过路费不能白掏，一个来回要五天六夜，回来时眼白也是红的。多爱干净的人，现在浑身臭烘烘，脚也懒得洗，在茉莉身上动着动着就安生了。茉莉摸着他的腰身，刚想说说话，鼾声先就响起。想刚认识那些年，精瘦如狗，眼亮如贼，如今也是腰里赘肉一把。

这样跑了四个月，就年下。算了算，不到半年赚了五万块。茉莉跟高一亮说，不如来年我们换楼房吧。平房冬天烧炉子，又脏又不安全，你不在家，我中了煤气咋办？高一亮“嗯”了声，茉莉说，老甘买了条金项链，戴着人都发光。高一亮说，买。茉莉说，人家黎江跟你忙活了小半年，任劳任怨的，明天我炒俩小菜，你请他来家里喝两盅。高一亮咂摸着她乳头说，中。

翌日，茉莉早早就去超市买菜，烹虾炖肉，弄了满桌子菜。黎江跟高一亮一人喝了一瓶白酒，喝着喝着黎江从裤兜里掏出个盒子，说，嫂子啊，这是我从乌鲁木齐大巴扎买的玉镯，人家说是和田玉，也不贵，该过年了，算是兄弟的一份心意。茉莉去瞅高一亮，高一亮笑了笑，茉莉遂接过，说，难得你有这份儿心，嫂子敬你喝盅。黎江用眼风去扫高一亮，高一亮笑着说，喝。两人就干了。茉莉从来没有喝过白酒，忍不住咳嗽。黎江慌忙着帮她捶背。他手很大，不过拍在背上，软酥得很。茉莉说，没事没事，真是让你见笑。顺手捏了镯子盘眼打量。玉镯在白炽灯下烁着青光，透明如膏，茉莉就意意思思戴上，抬起胳膊晃了晃，问高一亮道，你觉得咋样？是不是太贵了？又定定看着黎江说，不如，你还是送给弟妹吧？黎江比高一亮小，可结婚早，孩子都两岁了，老婆是县第一小学的老师。黎江忙荡开茉莉的手，嫂子啊，值不了几个钱，况且我也给她买了。茉莉搓弄着镯子，有点凉，久了，就温了。黎江说，嫂子，你也别在家老闷着，会闷出闲病。等哪天让我哥带你去趟巴音布鲁克，那个美呀，说实话，一看到湖泊里的白天鹅啊，我就想到你。

年底前，小五结婚了。茉莉向来跟小五不亲。男方不是那个长得像熊瞎子的财政局司机，而是司法局的一名干部。小五只是高中文凭，也没什么正经职业，竟找了个国家干部，茉莉怎么琢磨怎么觉得哪里不对劲。小五是长得好，可跟自己比还要差上半截。自己只找了个城乡接合部的而已。不过，还是坐了公共汽车到市里的新华书店，挑了套齐豫的CD。又问老甘，小五结婚，你给多少钱？

老甘瞥她一眼说，你真是贵人多忘事，你结婚我给了五百，她当然也五百。茉莉嘻嘻着掐了掐她耳朵说，我以为你跟她要好，礼钱会多些呢！老甘说，你这个人，心比比干还多一窍。你们俩，是我这辈子最好的姐们，秤砣哪儿能轻一个重一个？茉莉有些走神，说，也不知道甜甜，在那边过得怎样？老甘想了想说，她那么乖巧懂事，大概在菩萨身边端茶倒水吧。再不济，托生个北京户口，住个四合院，将来嫁个部长啥的。

茉莉很郑重地给小五包了红包，里面裹了六百块钱。新郎长得比高一亮帅。

## 1997年大事记

2月22日，一群科学家在苏格兰宣布世界第一只克隆羊多莉已经在1996年诞生。

7月1日，中国政府对香港恢复行使主权，解放军进驻香港。

8月31日，法国时间凌晨4点，戴安娜王妃因车祸死于法国巴黎。

******仙女座星系食双星（这对双星的地球人编号是M31VJ00443799+4129236，两颗星分别是明亮且酷热的O型星和B型星）共有的行星索亚星球上的阿莫担人（他们的形状是类似地球动物黄鼬的八头生物，常年生活在水晶石山区）科学研究委员会，在经历了18万年的探索后，终于得出结论，数字7的后面是8。

## 二〇〇三年

你俩怎么这么磨蹭？！茉莉对着手机嚷，黎江欺负我，婊子欺负我，连你们也欺负我！

小五嗫嚅道，我跟老甘在斯大林街的劳保商店买线手套呢，马上就到。你别急，这种事着急顶用吗？

没错，着急有屁用。茉莉在停车场寻了个台阶坐下，越想越憋屈。她蹿起来，像专业运动员赛前热身般转腕、劈腿、捻脚、扭腰，最后屏住气，照着黎江的奔驰就是一脚。报警器刺耳地响，响得茉莉也心慌起来。她从花圃里捡了块石头，对着玻璃比画半晌。后来仔细盘算了下4S店的费用，石头又被她扔回花圃。花圃里缩着只瞎眼流浪狗，她就对它吼，滚！看什么看！流浪狗摇了摇尾巴，转眼蹿入蓟草。

她决计没想到，黎江会搞自家饭店的小姐。不仅搞了，还搞得这么专一。

一晃跟黎江结婚也四年，女儿都会唱《Super Star》了。当年她跟黎江也算是县城里的新闻人物。茉莉从未料到，自个会以这样一种方式成为人们茶余饭后的谈资。有天深夜高一亮从库尔勒跑车回来，把她跟黎江堵在床上。反正传闻是这么说的。反正这么传了，人家也就信了。有人问老甘是咋回事，老甘说，能有屁事！黎江去茉莉家送东西，正赶上茉莉吃饭，就喝了两盅，嫂子跟小叔子喝酒还有毛病？喝多了就眯了会儿，有啥可嚼舌头的！有人问小五是咋回事。小五说，清官难断家务事，还是关心关心你老婆吧。还有种传闻说，每当黎江休假高一亮跑车，黎江都去睡茉莉。睡了也不是一年半载，堵床上是迟早的事。

那段时间茉莉很少出门。婚是离了，高一亮还算有良心，没让她净身出户，分了她二十万。她都住老甘家。老甘新买的房，眼看也要结婚了，对象是国税局的科员，人比老甘还漂亮，是从部队转业的，在部队是文艺骨干，会唱《康定情歌》，会跳蒙古舞。老甘对茉莉说，你愿意住多久就住多久，你是我妹子，住一辈子也没关系。茉莉抱了老甘哭，哭也哭不出来。反正这种事，任谁也扯不清，张口就是错。黎江找过她几次，说也离婚了，要是她同意，他们俩就去民政局办证。茉莉想了三天，三天后跟黎江说，嫁就嫁吧，不过，我要办一场豪华的婚礼。当“豪华”两个字吐出来时茉莉一愣。怎样的婚礼才是豪华的婚礼？她也搞不清。黎江摸着她的肩胛骨说，茉莉，我听你的，我现在听你的，婚后也听你的。我一辈子都听你的。

那的确是场豪华的婚礼。黎江不晓得从哪里租用了架小型直升机，把茉莉从她清河镇的娘家空运到了洞房。据说没有得到航空管制机构批准，被罚了五万块钱。茉莉穿着婚纱打开飞机舱门缓缓走下来，脖颈细长，风吹着白纱，倒真像是巴音布鲁克湖泊里的天鹅。那段时间，他们的名字简直比县委书记的大名还火，就像半年后，高一亮跟黎江前妻的名字被人们的舌头和牙齿咀嚼般。高一亮竟然跟黎江前妻结婚了！听到这则消息时，茉莉的瞳孔都绿了。

婚后黎江又跑了一年大车，当然是跟别人跑。茉莉说，别跑了，在县城里干点啥吧。饭店这么火，你也开家。黎江算了算，大抵要投个七八十万。茉莉想了想说，我手里有三十万，你拿去用，钱在手里攥着，永远都是死的。黎江愣了半晌后才说，他妈的，我能娶到你，真是祖上积了八辈子德！

茉莉只搂住他，一句话都没说。

如今茉莉也是一句话都说不出。初次听到黎江和小姐的传闻，她根本就没信。先是老甘说，茉莉啊，你长点心，我听人家说，黎江老带小姐去吃花酒，搂搂抱抱的。她只是笑了笑。男人风月场中事，向来做戏罢了，女人要认真，山西的醋厂也全都倒闭。后来小五也给她打电话，支支吾吾说，亲眼看到黎江跟女人去了宾馆，车就停在外面。茉莉这才觉得哪里委实不对，赶紧找了黎江的司机喝茶。

黎江的司机是茉莉亲戚，以前在县汽车站上班，后来下岗卖水果。饭店越开越火，黎江常常陪酒，茉莉不放心，就将亲戚找来开车。她瞅着亲戚，半晌才说，我妈跟你妈，可是亲表姐亲表妹。亲戚什么都招了，又解释说，之所以没及时向茉莉汇报，是怕茉莉伤心。再说这种事，亲戚赔笑道，不像前几年见不得光，被人骂被人笑话，现在啊，是笑贫不笑娼呢。你呀，睁只眼闭只眼算了，男人嘛，裤腰带都松得很。茉莉说，我眼睛小，闭不得，日后有了风吹草动，要是你不告诉我……她用水果刀将火龙果的肉片片削下，红汁顺着指缝滴答，落在雪白纸巾上。亲戚的汗就流下来。

今天亲戚报信，中午一点半，黎江陪银行的客人喝完酒后，跟女人又去了酒店，不是快捷酒店，是四星级的。茉莉寻思半晌，将老甘和小五唤过来。老甘手劲大，腿粗，当年的舞蹈老师说的。小五嗓子尖，喊起来整栋楼都能听到。她还特意叮嘱她俩每人戴副线手套，这样打人，即便骨头折了筋断了，单从皮肉也辨不出，派出所的也瞧不出来。她自己呢，只带了把剪子。王麻子牌，有些钝，她特意让后厨的大师傅磨了磨。

老甘他们终于来了，身后还跟着个小伙。老甘得意地说，这是她堂弟，在县电视台上班，他有台小录像机，正好可以派上用场，将来也能当证据。茉莉点点头，亮了亮手里的房卡。

他们打开房门。一个男人正将头埋在女人两腿间不停拱着。那是茉莉再熟悉不过的身体，他总是自豪地说自己是公狗腰。男人和女人大抵太投入，竟没发觉房间里又多了几名看客。小五的脸先就红了，忍不住咳嗽了声。男人这才猛然扭过头。在昏黑的房间内，黎江的脸看上去油腻腻的。他盯着茉莉，良久才颤抖着问，你……咋来了？

…………

你要是难过，就哭吧。小五抚着茉莉的手细声细气地说。茉莉不吭声，她只是将头斜靠在小五肩上。小五肩窄，有种薰衣草的香味。哭出来就好了，人就这样，泪干了，就想开了，想开了，也就无所谓怨恨，小五说，你呀……当务之急还是想想，日后怎么办吧。茉莉仍是不吭声。

这是年后第一次来KTV。他们好久没唱过歌了。给我唱王杰的，茉莉说，老甘，给我唱王杰的。老甘就拿了麦克风在那里嚎，什么《一场游戏一场梦》，什么《红尘有你》，嚎完了盯着茉莉，不言语。这么多年了，她的声音还那么干，裂开了般，听上去像坏掉的音响。

我操他叔的……他从来没有亲过我那儿……茉莉说，真的，他从来没有亲过我那儿。他说他受不了女人那个味儿……骗子……他从来没有亲过我那儿……我真该拿剪子把他剪了……没良心的王八羔子，他从来没有亲过我那儿……

这年春天，茉莉和黎江离了婚，老甘跟税务局的公务员结了婚。老甘的婚礼仪式有些简单。除了新郎新娘，几乎所有人都戴着白口罩。除了发喜糖，还给每位来宾发了十袋板蓝根冲剂。电视里说，这种叫SARS的严重急性呼吸综合征，光是在北京，就夺走了一百二十四条生命。广东人再也不敢吃果子狸了。

## 2003年大事记

3月20日，伊拉克战争爆发。

4月1日，香港歌手、演员、音乐人张国荣因抑郁症复发于文华酒店坠楼，终年46岁。

10月15日，中国首次成功发射载人宇宙飞船神舟五号。

******银河系共瑞普星上的法瑞克人经过2的18次方实验（他们的飞行器是一种类似英国伊丽莎白时期的银质圆盘），终于发现地球人的灵魂（生前身体质量–死亡后身体质量–其他不可控因素质量）是制造顶级香水的最优质原料。

## 二〇〇八年

清晨送女儿去学校，都能碰到那个姓姜的男人。应该是个公务员吧？穿着夹克皮鞋，人有点黑，黑枸杞的那种黑，不过眼亮，玻璃球的反光一般。女儿上小学二年级，男人的儿子也上小学二年级。有次男人拉住茉莉问，我儿子说昨晚没留英语作业，是真的吗？茉莉看了看女儿，女儿就说，你儿子是个小骗子。你儿子不光骗你，还骗我们老师。男人的脸有些红，问道，小美女，他怎么骗老师啦？女儿嘟着嘴巴说，他跟老师说，他爸爸是县长。茉莉就捂了嘴笑，又去瞧男人。男人嘿嘿笑了两声，问女儿，你觉得我长得不像县长吗？女儿说，如果你是县长，我妈妈就是省长了。

男人看着茉莉，说，每天都是你来送，真够辛苦的。

茉莉望着路上来往的车辆，半晌才道，习惯了，也。

跟黎江离婚后，孩子判给了茉莉。带了半年就有些烦，干脆扔回清河镇，命她母亲看管。母亲能说什么，被人指着脊梁骨说三道四的日子也惯了，也不会在乎村里长舌妇围着外孙女再盘东问西。女儿七岁了，才正式接到县城来。那几年茉莉没闲着，卖起了松花粉。松花粉是珍品，男人吃了肾好，女人吃了暖宫，她总是微笑着向顾客解释。顾客基本上都是熟人，或熟人的熟人，松花粉好不好也不打紧，反正吃了也不死人，倒是有个经常失眠的中年妇女，食后每日酣睡十多个小时，变得又胖又水灵。没事了就去老甘店里坐坐，老甘的店由一家开成了两家，由两家又开成了三家，税务局的丈夫也被她一咬牙换掉。按照她的说法，她实在受不了一个男人比她还温柔。第二任丈夫是县职教中心的体育老师，个子都快赶上姚明了，若不是大学时伤了脚踝，早进了国家队。茉莉觉得老甘老了，女人只有老了，才会变成话痨，才会拉着你的手不停絮叨着吃喝拉撒睡、公公婆婆小姑子。小五那边倒也安生，只不过听闻男人不让人省心，好赌，据说输了五六十万也有，已卖了处楼房还债。还有传闻说，男人停薪留职，去东莞当鸭子。小五从不说家里长短，也许会对老甘说吧。

汶川地震后，政府号召捐款。茉莉他们松花粉协会也筹了银钱，托茉莉捐到民政局。在民政局门口，便遇到了姜姓男子。男人见到茉莉，忙整了整衣领，又悄悄紧了紧裤带，这才笑问道，你来这里有何贵干？茉莉说，我们协会捐了些钱物，让我送过来。男人说，你呀，不晓得我在这里上班吗，打个电话过来，我开车去拿好了。茉莉说，这点小事哪儿敢劳烦您呢？再说了，我也没你的联系方式。男人忙不迭地将电话拨过来，又捋了捋额前头发，叮嘱道，快存上，以后这边有事，尽管吩咐我好了。

茉莉当然知道男人对她有心思。不过这几年，对她有心思的男人也多了。条件都差不离，不是离婚的就是丧偶的，年龄普遍比她大上四五岁。她最中意的是公安局刑侦队的一个副队长，见了三两次面，不过后来对方也不太热心，心想，肯定是听旁人说了什么闲言碎语，初次见面，是恨不得扑上来的。对于男人，茉莉自认为脉还摸得准，就像这个姜姓男人，那点小算盘在她眼前打起来委实可笑，又有些可爱。还好，长得算标致，没像这个年龄的男人，肚子驮着一袋米臀上驮着一袋面，况且皮鞋又总是擦得那么亮。

过不几天就有人来提亲，照片拿出来时茉莉歪嘴笑了。正是民政局的男人，原来叫姜德海。他老婆去年得癌症死了，自己拉扯着儿子。家原本是农村的，县城里也有房子。茉莉就跟老甘说了，老甘白了她一眼，说，都三十七八了还是个科员，能有什么发头？再说了，你愿意当后妈？后娘打孩子，那可是早一顿晚一顿。茉莉沉默了会儿说，他长得还不错。老甘冷笑一声，顶个屁用？你以前的男人，哪个丑？茉莉又去跟小五说。小五正在给客人文眉，她一直听茉莉在那里絮叨，后来她直起身去洗手。洗着洗着才骤然想起茉莉，恍惚着问道，姜德海赌钱吗？姜德海找小姐吗？茉莉摇摇头，小五说，只要男人不嫖不赌，嫁谁都是嫁。要是不想嫁，就找个相好的对劲的，暖不了心，暖暖脚也好。

就一来二往了。有时姜德海住在她这里，有时她住在姜德海那里。姜德海儿子是个鬼精灵，见了茉莉都是“妈呀妈呀”地叫着，叫得茉莉心里毛茸茸。女儿跟他也能玩到一起，极少拌嘴。那天在床上问姜德海，你存了多少钱？姜德海亲了她一口，说，孩子他妈活着时，是个过日子的人，这些年，也攒了小二十万，抛掉看病的钱，手里还落个十三四万。茉莉没吭声，姜德海说，等我们结婚了，我会把钱如数都交给你，你呀，就是我家里面的局长。茉莉说，算了吧，我不要你一分钱，各花各的，大事小情了，你出。姜德海犹豫着说，一家人还用算这么细？茉莉轻轻攥住了他，说，今天是一家人，谁能保证明天呢？姜德海呼哧带喘翻身上来，你说得对，你说得对，他咬着她的脖子吮吸。茉莉说，我先把钥匙给你一把，你想过来了提前打个招呼。姜德海覆住她，喉头嗯嗯着。茉莉闻到了他口中一缕一缕酸腐的气味。

婚礼定在了九月初八。茉莉还是喜欢秋天。秋天的风不冷不热，花儿也开过，空气中都是炒栗子的煳味。庄稼也都收了，骡子马的啃着青草，一切都那么肃静。老甘对姜德海一直不太满意。你还想我找什么样的啊？茉莉对着镜子说，你看看，你看看，眼角都有皱纹了。老甘啐道，装什么啊装，你十八岁时皱纹就满天飞。茉莉就俯过身去拧她皮肉，老甘嘎嘎叫着闪躲，躲着躲着忽然说，茉莉，我前几天看到高宝宝了。茉莉一愣，许久才仿佛想起来一般，说，他呀，都十六年没见过了，现在哪里高就呢？老甘说，听说大学毕业后留在了北京，搞影视。茉莉不说话了。茉莉不说老甘说，他到现在也没结婚，没准心里还惦着你呢。茉莉呸了声，说，狗嘴不吐象牙，他——过得还行？老甘说，你要想见啊，我倒可以帮你约一约，你也知道，他跟我弟弟是同学。

还真就见了一面。人挺多，有老甘和茉莉，还有老甘弟弟及一众同学。酒也喝了不少。高宝宝几乎还是以前的样子，娃娃脸，漂亮得像瓷器，虽只比茉莉小三岁，仍是少年模样。他坐在茉莉身边，两个人不咸不淡地聊着。他好像对茉莉过去的事情一知半解，但又忍着没有盘问。他说，茉莉啊，你可把我害惨了，暗恋你这么多年，如今连个女朋友都找不到。老甘一旁说，你是明恋好不好，记得那时你俩呀，老是钻黑树林。高宝宝说，要是有黑树林就好了，我们都是在雪地里乱走一通，那个年代的雪，下得那叫一个大。那才是真正的雪呢。又扭头问茉莉，哎，我哪里比不上高一亮呢？茉莉这才挤出点笑，说，你哪里都比他好，我才觉得配不上你。高宝宝说，这就胡扯了，胡扯了，要不是我中途转学，一直跟你耗着，早住进精神病医院了。茉莉端了杯白酒说，宝宝啊，你注定不是池子里的鱼虾，你是大海里的鲸鱼，我们都留不住你的。高宝宝扑哧一声笑了，说，没错，我就大海里的一条海带，批发价还不如大白菜。茉莉拍了拍他手背，没再言语。

酒喝到尽兴处，就乱了。酒桌上总会有那么个时候，冷静的人们倏尔疯狂，吆五喝六，猜酒划拳，再文静的人也会撸起袖子灌酒。高宝宝似乎也喝多了，他喋喋不休地讲着北京，讲着他拍的电影，讲着那些国际电影节。茉莉一部都没有看过。高宝宝也不介意，只是拉着她的手说，我们出去走走吧，热死了，我一点不喜欢夏天，夏天总是让我心烦意乱。

茉莉就拉了他偷偷离席。两个人先沿着斯大林路走了一圈。高宝宝提议去学校南墙那边走上一走，他说这辈子最难忘的事，就是在墙角跟她接吻。茉莉说，哪里有接过吻，你个子那么矮，只及我眉梢。高宝宝说，你呀，最是心狠，我也不怪你，漂亮女人都是毒品，碰不得。茉莉嗔怪道，我哪里有你狠心，我只是跟高一亮散了散步，你又是绝食又是割腕，我那么小，可真就吓坏了，更不敢见你。高宝宝沉默不语，茉莉他们就顺着马路走，走着走着就到了茉莉家。孩子去姥姥家了，屋里热得很，茉莉开了空调，打开电视。电视里正在直播奥运会开幕式。两个人就并排坐在沙发上。

看了会儿茉莉才恍然大悟道，今天是八月八号吗？高宝宝说，也许是吧，他妈的，一年年过得真快，竟然北京奥运会都开幕了，说着说着不禁去搂茉莉的腰，茉莉犹豫着掸开他的手，说，喝牛奶吗？冰镇的。高宝宝将她拽过，呢喃着说，喝什么牛奶，我想喝你的奶……说罢就将茉莉箍他怀里。茉莉有些发蒙，有那么片刻，她觉得自己似乎又回到了若干年前，她跟他，靠在墙壁上慌乱地拥抱，高宝宝不停朝她耳朵吹气，又热又痒。她还猛然想起甜甜曾经跟她靠着冰冷的杨树说话，劝诫她跟宝宝分手。你们是没有结果的，甜甜说……在高宝宝粗重、携带着麦芽糖气味的喘息中，她看到对面镜子里的门被打开了。姜德海抱着个西瓜站在门口，愣愣地盯着沙发上的两个人。当西瓜掉到地上时，红艳的瓜瓤四处滚将开去，一朵一朵的，仿佛他们家暮春时，落在庭院里的单瓣蔷薇。

## 2008年大事记

5月12日14时28分，四川省汶川县（北纬31度，东经103.4度）发生8.0级地震。

9月11日，“三鹿奶粉事件”爆发。

11月4日，奥巴马当选美国第44任总统。

******天狼星系索尔贡星球的玛雅塔釜人（气态生物）国会经过100万年的起草、讨论、研究以及658512358次会议，终于做出裁决，非水质和蛋白质和脂肪和无机物生物，不可与非同类灵魂交媾并繁衍子嗣。此裁决被认为是120万年来天狼星系最耻辱的裁决。在索尔贡星球首都玛丽安爆发了建立帝国以来最大规模的示威游行，18名玛雅塔釜人聚集在国会外的蒙达利克峡谷，制造了直径19876千米的圆形云层，导致首相大人没能如愿观看1万年一遇的狮子座流星雨。著名歌星蒙妮在巨鳄蛋广场发表了题为“虽然我是一团雾但并不妨碍我跟金属男妓与有机男仆深夜畅谈维特根斯坦关于宇宙所有质数之和的猜想”的演讲（据传，内容实为蒙妮情夫、单句作家沈之连耶夫斯基代笔）。据悉，此演讲深受银河系总指挥部副指挥长激赏，并将演讲实况以电磁方式在986个恒星系统发行。此演讲极有可能获得该年度“博格利特英雄勋章”。

## 二〇一三年

许多年后茉莉还能想起那晚姜德海的样子：他躺在一堆西瓜瓤中不停打滚号哭。他的白衬衣立马就被汁水染红了，他并不在意。

他可能只在意别人是否能听到他的哭声。他不光哭，嘴里还不停叨咕，他的哭泣声太过磅礴，茉莉听不清他在骂什么。她也没过去劝，反倒是高宝宝踉跄着过去，握着姜德海的手问，你怎么了，大叔？姜德海愣了愣，哭得就气力更大。高宝宝看着茉莉，茉莉说，你不用管他。姜德海听到茉莉这么说，从地上爬起来，还没站稳就摔倒了，高宝宝想去搀扶他，姜德海一把打掉他的手，慢慢地、慢慢地站立起来。后来他一步一滑地挪到窗户前，猛地一下拉开窗户，自己蹿到窗台上。茉莉喊道，你疯了吗姜德海！快下来！姜德海喋喋怪笑两声，这才朝着天空喊，我老婆偷人了！我老婆偷人了！我老婆给我戴绿帽子了！我操他们妈的！茉莉将高宝宝拽到门口，说，你走吧。高宝宝说，这个人疯了，我怎么敢走？万一……这时姜德海扭过头对茉莉说，你想得美！我才不会跳楼呢！我马上要当副科长了，才不会为你送了前途！

每当老甘拿这件事开茉莉的玩笑，最后都会配上她的破锣嗓子喊句，我马上要当副科长了，才不会为你送了前途！茉莉也不恼，抹搭着眼将手中的牌稳稳抛出，不忘说句，和了！

通常是礼拜五晚上，茉莉、老甘、小五和蔡伟，在茉莉的房子里打上整宿麻将。蔡伟是小五的表弟，麻将打得好，往往是赢家。不过即便赢了钱，也不会得意，只是叼着香烟说，在茉莉姐家，我是从来不会输的。老甘问为啥，蔡伟乜斜她一眼说，茉莉姐旺夫啊。茉莉就拍他一巴掌，说，小兔崽子，没学会拉屎先学会了占人便宜。老甘嘎嘎笑着说，可不是，茉莉可比你大一轮，再这么胡说，让茉莉真睡了你。蔡伟边点钱边说，这有啥不可以的呢，茉莉姐那么漂亮，这有啥不可以的呢。

这孩子是安监局的司机，女儿刚上幼儿园中班。眼白多，总是什么都不在乎似的。宽肩窄背，还有双桃花眼。一坐到他身边，茉莉的脊椎骨就像被谁抽了一鞭子。也不敢有什么想法，毕竟自己不惑之年了，即便闻着他的气味有星星点点的乱，还是能稳得住。蔡伟也没正经盯班，现在不许单独给领导配车，他闹个自在，间或单位晃上一晃，再正经忙自己的事情。他能搞什么？不过是放些高利贷，那次茉莉问小五时，小五眼也没抬地说，这个孩子，最大的优点就是不务正业，游手好闲，拈花惹草。你可小心了。

光小心是不行的。每次蔡伟来，茉莉都去买盒好烟，烟灰缸也洗得干净，摆他左手边。她倒喜欢他抽烟，踟踟的，随时起身去干大事的样子。那晚打到凌晨三点，都晕乎乎的，老甘和小五挤一个床，她自己一个床，蔡伟睡沙发。半夜起来如厕，见蔡伟只穿了内裤睡着，就拎了被单盖他小腹上。没承想他眼睛忽就睁开，在夜里也是两瓣桃花。他什么都没说，只是将她猛拽过去，裹在身下。未及挣扎，嘴唇早被他鳄鱼叼食般堵住。茉莉盯着老甘跟小五的房间，唯恐有什么动静，自己连大气都不敢出。她听到蔡伟嘴里念叨，真紧啊，然后是一阵紧锣密鼓又沉闷的撞击……她被他压着，被他勒着，被他挤着，是喊也不敢喊，动也不敢动。他的胳膊肘夹着她，时不时蹭到她晃动的乳房，她隐隐约约地，闻到他身上传来一脉一脉的松树油脂的香味。

翌日醒来，人全走了，她一声不吭地收拾着客厅，下身有些疼，想起他无耻勇猛的样子，脸一阵红一阵白。吃了片安定，才睡了会儿。

不成想那晚蔡伟打来电话，约她吃牛排。说是台湾人开的，味道跟别家的不同。她说晚上还有个饭局，脱不开身……没等她讲完，他有些不耐烦地说，快下来吧！我在楼下呢。扯什么扯！

等她洗完澡化好妆下楼，蔡伟只是从车窗里盯着她看。她知道他在看，捋了捋头发，又装作寻找车子，眯着眼东瞅瞅西瞅瞅。这时蔡伟打了个响亮的口哨，她才恍然发觉他般，羞怯地笑了笑，迈着碎步撵过去。蔡伟说，姐啊，你穿旗袍，真有民国范儿，特别像《花样年华》里的张曼玉。茉莉说，你这孩子，家里是开蜂蜜厂的吗？蔡伟盯着她看，上上下下，左左右右，嬉皮笑脸地说，姐的眼睛，真是勾人呢。茉莉说，去你的，小小年岁油腔滑调，长大了可怎么好。蔡伟说，操，我东西还小啊？

吃完牛排，蔡伟又非要送茉莉回家。茉莉说，今晚孩子要回来。蔡伟说，不是上私立初中吗？今天又不是礼拜五，骗我啊？茉莉就拧着他耳朵说，你个小家伙，什么都瞒不过你。蔡伟哎哟哎哟叫着，说，姐姐一碰我，我就酥掉了。茉莉咬着牙说，酥了才好。蔡伟说，你这么一讲，我又硬了。茉莉哎了声，不晓得如何接话了。

其实也觉得荒唐，她自己倒好，独身，孩子也懂事了，可他呢，也没听说家里如何如何，跟自己这么着，无非是图个新鲜罢了。男人是如何的德行，她一清二楚。久了，够了，腻烦了，拔腿就走。知道是这样的理儿，躺在他肉上，闻着毛孔里松脂的味道，还是难免有些沉醉。她晓得，这种事情，女人总是吃亏的，可是，倒也无所谓了。

那蔡伟倒来得勤。老甘他们四个打麻将，他仍是从前德行，旁人一点瞧不出他跟茉莉有何瓜葛。倒是茉莉看他时，难免有些慌。茉莉想压住，可越想压住，越显得拙，越觉得哪里露了破绽。茉莉知道早晚瞒不过老甘和小五，可也不愿捅破这层纸。纸在，多少自在心安些，真破了，保不齐被她们笑话上几年。以前给蔡伟买二十块钱的黄鹤楼，现在倒是四十五一包的苏烟了。

一个礼拜三四晚都住茉莉这里。茉莉喘息着问，你怎么跟老婆交代的？蔡伟说，你关心这些屁事干吗？我待你这里一天，就是真的一天对你好。茉莉说，我是真心盼着你走，你走了，我才省心。蔡伟只是将她腿脚扛到肩上，闷头干活，噼里啪啦，一句话也不愿多说。

那天要去老甘店里，车水箱坏了，蔡伟开去修了，还没好，干脆打了辆三轮车。上了车，司机戴着口罩，也没吱声，到了老甘店前，她给司机钱。司机沉着嗓子说，算了。她说，那怎么行呢，你们也不容易。司机又说，算了。茉莉这才听得真切，心里一惊，不是高一亮又能是谁？她老早就听说高一亮跑车赚了钱，又去市里开饭店，后来又投资钢锹厂，结果赔个底朝天，跟老婆也离了婚。倒真想不到他开三轮车。她想说点什么，可看着他黑色的眼袋，还真是哑了。高一亮摆摆手，头也没回就走了。坐在老甘店里，茉莉想到那年去他们班里演出，他拼命鼓掌的样子，他贼亮贼亮的眼，就不好受。跟老甘说，给我拿个镜子。

每天都要照的。镜子里的女人无疑是中年妇女了，再如何打扮，用什么牌子的眼霜，都有些力不从心的疲态。又想到蔡伟，到底麻麻悠悠的。

蔡伟这几天来得寡淡些。问了问，却倒是催账去了，茉莉忍不住问了句，利息怎么样？能收回来吗？蔡伟说，是银行的五倍，你说高不高？黑社会的兜底，你说钱收回收不回？茉莉想了想，说，我那里倒有几个小钱，方便的话也帮我去放利息好了。蔡伟说，放高利贷是有风险的，都是非法手段，你不要掺和这些，不定哪天出了岔子。茉莉点点头。蔡伟说，不过还有更稳妥的法子，你知道县里的线厂吗？茉莉说当然知道，都是私营的，不过听说利润不好的厂子，一年也四五百万手里稳攥着。蔡伟说，我的意思是，我能把钱拿到线厂投资，利息是银行的三倍，比不上高利贷，好歹稳当些。

茉莉想了半晌说，我这里有八十万，你明天拿走吧。

蔡伟瞪着眼说，操，你攒得还真不少！

茉莉说，养老钱总是要备的吧。蔡伟就搂了她，亲她脖颈。她怎么就想起来，黎江说她像巴音布鲁克的天鹅。这么多年，她从来没去过那里。问蔡伟说，你喜欢新疆吗？喜欢的话我们去那里旅游。

蔡伟说，这样吧，我给你打个欠条。利息呢，每个月付一次，我让他们直接打到你银行卡上面。

茉莉柔声道，你要是有空，我先把机票订了啊。

蔡伟说，妈×的，到哪里找这么好的小绵羊呢。

原来竟是那么远，先坐火车去北京，从北京坐飞机去乌鲁木齐，再从乌鲁木齐坐飞机到伊犁，最后还要报了团，坐了一天大巴。等他俩到达巴音布鲁克，都晚上六点了，导游先安排吃手抓羊肉和烤包子，又安排他们看“土尔扈特回归”歌剧。两个人都觉得冷，偷偷回了蒙古包，又是半宿未眠。凌晨起夜，茉莉盯着床上的蔡伟，不禁伸出手指摸他喉结，摸他胡须和眼窝。他哼哼两句翻身过去，她就从背后搂住他，摸他没有一丝赘肉的小腹，摸他宽阔光洁的脊背。她想，如果这样一辈子，她也愿意的。

翌日，两人去了天鹅湖又去了九曲十八弯。天鹅湖里不光有天鹅，还有无数只白色水鸟，不远处的草原衬着更远处的雪山，让茉莉恍惚起来。在九曲十八弯两人骑了汗血宝马，回到住处，都有些筋疲力尽。茉莉说我洗个澡，蔡伟说，正好，我接个电话。洗完澡出来，却不见了蔡伟，以为出去买香烟了，也未在意。不成想一个小时都没回来。打他手机，老是占线，天这么凉，只穿件单衣出去，别再冻个好歹，就披了绒衣出了毡房找寻，无果，又打电话，却关机了。这个小冤家，又玩什么把戏？嘟嘟囔囔回帐篷看电视，电视里演了什么是不知道的。思来想去难免心慌，联系了导游，导游也是跟着一通乱找，却连个人影都没有。到了凌晨三点，仍关机，人也未归。茉莉就赶紧联系小五。毕竟是他表姐，没准知晓些什么，也顾不上小五是如何度想了。小五呢，大概正睡得香，听茉莉在电话里一通呜啦呜啦，也没反应过来，半晌才闷闷地问道，你跟蔡伟，出去旅游了？你们怎么会在一起呢？

茉莉对着电话，不晓得从哪里说起。饮了口大麦茶，冰牙，颤颤巍巍地说，松花粉协会搞的活动，多个名额，蔡伟闲得很，就跟着一块来玩了。小五说了些什么，她没听清。窗外那么黑，只有不远处的雪山顶是白的，似乎伸手就能摸到。她忍不住打开窗户，风硬，吹得她晃了晃。

就这么着失踪了。五天后小五陪着蔡伟的老婆去报了警。回来跟茉莉说，人不会有大事，他一个大老爷们儿，又比谁都精明，估计是生意上出了纰漏，跑路了。又说，你放心，你跟他的事，我不会跟任何人说。茉莉抱住了小五，浑身哆嗦。她从没觉得瘦小的小五，身子是这么暖和。又想到自己的那八十万块钱估计打了水漂，终于还是忍不住，没得声息哭了起来。小五说，有句话我不知当说不当说，你也老大不小了，别老挑三拣四，找个合适的结婚吧。我们隔壁老李，今年五十六岁，刚退休……

你他妈是咋地了？老甘看到茉莉头脸不梳不洗，整日里穿着件皱巴巴的睡衣在客厅里望着楼下，不禁骂道。骂也就骂了，茉莉也听不到。老甘说，不如我和老牛带你去市里逛逛？凤凰山上新修了座庙，不妨去烧烧香，驱驱晦气。人老了，最好信点什么才稳妥。

老牛是老甘的丈夫，上任体育老师也被老甘休掉了。据说性子暴好动手动脚。这个老牛是镇上的人大主任，走起路来四平八稳，可靠得很，老婆抑郁症，去年跳河死了。茉莉呆呆地盯着老甘，觉得老牛该是她最后一任了。你有什么想不开的？老甘说，长得好，有房有车有女儿，男人也不缺，还想咋地？比我和小五的命好多了。小五呀，哎……茉莉挑起眼皮看了看老甘。老甘说，小五她男人，赌钱红了眼，挪用公款被查，跑路了。小五呀，还死撑着不离婚。这个傻女人，比驴都倔。听说前些日子，自己攒的私房钱，也都被蔡伟骗走了。唉，怎么会喜欢上这个渣男。

茉莉一愣，问道，啥？老甘讪讪地说，操，秃噜嘴了，唉，你也不是外人，说也没事，小五啊，跟蔡伟好了两年了。这事就你知我知，千万别跟别人讲。小五要是知道了，非把我剁成肉酱不可。茉莉说，你胡扯什么！蔡伟可是小五表弟。老甘瞥她一眼说，你激动个屁啊。表弟就不能跟表姐好？他们可都出五伏了。

茉莉浑身都起了鸡皮疙瘩，一个趔趄差点从高脚凳上跌落。老甘说，你们这些傻×闺蜜啊，都不让我省心，我怎么命就这么苦。渴死我了，有水果没……茉莉就去厨房切西瓜，半晌才切好端出来，木木地递给老甘一块。老甘瞄她眼，想问什么，终是未问。两个人就面对面在客厅里啃起西瓜来，彼此能听到槽牙咀嚼瓜瓤的声响。

## 2013年大事记

******银河系共瑞普星上的法瑞克人决定于2138地球年进攻地球，殖民银河系最低等的单细胞动物，并将生产银河系和法塔索尔星系最昂贵的香水（据悉一瓶香水的价格将足以在宇宙尽头最奢华的么觅她餐馆享受0.1万年的颞叶脑按摩）。

2017年8月25日于脔城

# 金风玉露

## 1

姨妈还住在西郊，的确让美兰有点意外。她本以为老房子全拆净了。每次回家她都有些恍然，那感觉就像是位丑亲戚，拼了老命做各种美容手术，隆了鼻子丰了胸，下次再见到，才发现早就削了颌骨。而姨妈家的这片供销社家属房，该是县城唯一的胎记了，哪怕只扫了一眼，记忆瞬息就清澈起来：她跟表妹在那棵合欢树下跳过猴皮筋，跟表弟在西厢房里偷偷接过吻。他们还玩过捉迷藏，她哼哧着爬到姨妈卧室的床底，在呛鼻的灰尘中听那脚步声一点点逼近。

“别着急，路上堵车了。”姨妈塞给她把南瓜子，“你肯定脾虚，多吃点。年轻时人找病，老了就病找人。”

她木然地看着姨妈。姨妈单剩张皮了，从面相全然窥不出年龄。以前，姨妈是个油胖黑亮的女人，这几年忽就瘦下，也查不出什么症候。据母亲说，她如今热衷于参加各种保健讲座，凌晨五点就去职工俱乐部排队领鸡蛋票、洗衣粉票和劣质大米，然后坐在礼堂，瞪着老花眼听那些公司的人讲保健常识。公司的人对她特别亲，比儿子还亲，帮她买煤气，帮她通下水道，母亲节了还帮她洗脚。她不顾美兰母亲的劝阻，先花三千元买了台降血压血脂的神奇仪器，后来，又花一万元买了张婴儿床般大小的按摩床。母亲提及她，总要咬着牙说，这个败家的！从小好吃懒做！眼瞅着把棺材板搭进去了！

“不急，”美兰摆弄着瓜子说，“小鹿他们常回来吗？”

“他们忙得很，”姨妈沉着眼睑，“我就等着小鹿生孩子，好有点正事干。”

表弟小鹿在天津打工，娶了塘沽姑娘，算是倒插门。不过听说塘沽姑娘不想要孩子。

“没事了，你也陪我妈打打太极拳，跳跳广场舞。”

“你看我，瘦成这鬼样，肯定有大灾病。”她从按摩床上欠了欠身，“只有听完讲座躺在床上，血才流得欢怔。要没它，早就死了。不过，”她说，“死了又有什么不好呢？”

她刚想斟酌着安慰几句，门铃响了。瞅了瞅姨妈，姨妈抬了抬胳膊，示意她去开门。她笑了笑，穿过客厅，穿过庭院的桑葚树，穿过厨房，在门前愣了会儿。把手的朱红油漆爆了皮，门旮旯悬张破蛛网，粘着死蜂，风干了，间或随着蛛网荡一荡。

门外站着两个人。女人像屏风，挡住了后面的人。

她忙说：“洪婶快进来吧。”

洪婶“哟”了声：“美兰啊，这么洋气了？”

她将两个人领进客厅，姨妈已端坐在沙发上泡茶。她一直没止眼打量那男的。

## 2

这样的相亲，掐指算起来也不少。以前母亲倒是不急的，家里是比以前落魄，可母亲心气还是有。按照她的想法，好歹要找个北京户口的。凭什么就要比人家矮半截？弄堂里老夏的闺女，长得跟瞎眼蚧虫似的，眉间距堪比南美虾，不照样找了个东直门的坐地户？

她呢，那些年，委实谈过几个男友。最中意的，是个出版公司的职员，甘蔗般细长，祖父是国营照相馆的摄影师，父亲是自来水厂的质检员，母亲呢，是公交车的售票员，据说跟李素丽是闺密。家境一般，却在簋街后身有处小四合院。院子不大，三间平房，拾掇得干干净净，就像他这个人，长相不出挑，站在那里，却让人踏实得很。

她喜欢跟他坐在书房里聊天。书房不大，墙上是帧全家福，黑白，那个穿马褂的无疑是他祖父，站在一旁七八岁模样的，该是他父亲吧？进书房前，她都忍不住瞥两眼照片，仿佛是暗地里跟他的祖辈们打招呼，希望他们能待见她。地上全是盛满了旧版书的纸箱，两个人只得蜷在那张沙发里，有一句没一句地聊着。坐久了，沙发支棱出的弹簧扎得慌，她就往他那边顺势凑一凑。屋里暖和，聊着聊着难免困顿，太阳余光从西墙窄窗散漫地照进，打在他脸颊上。她盯着他看，会莫名地恍然。仿佛他们结婚多年，孩子们全在庭院的香樟树下玩耍，他跟她，就这般慵懒地在书房读闲书、拉家常、打瞌睡。当街上传来游客们的嬉戏声，她才骤然回过神。他在沙发上睡着了，书摊在膝盖上，脸则沉在暗处，打着鼾声，偶尔会哆嗦下。她悄然站起，贴着他双腿俯瞰。他在梦里也锁着眉，嘴角耷拉着。她想，这个人，到底有什么心事呢？似乎连他的梦境，也是黑黢黢的，探不到底。

这个男人，丝毫没有老北京胡同串子惯有的油腔滑调，除了满嘴京腔，他更像位来自沂蒙山区的村民。不喝白酒，不抽烟，十二点后也从不去簋街的“胡大”吃小龙虾。事后想想，他似乎对她也没有过多热望。有时，他把她约到箭厂胡同的一家酒吧，这家酒吧以十五度的德国精酿闻名。他们一次都没点过最畅销的那款“天路历程”。据说，再能喝的酒徒三杯下肚，也会变成摊烂泥。他通常会带几册旧书，譬如一九八四年版的《喧哗与骚动》，一九七九年版的《红与黑》，用专业塑料封皮包了，在酒桌上递给她，喏，你学中文的，肯定喜欢吧？她只是满脸通红地接过，贴在怀里，身体微颤，仰望着他肉塌塌的鼻翼。事后她想，自己之所以有些失态，并非喜欢这些书，说实话，她连《红楼梦》都没有读完。只是她觉得，人若能将自己最钟爱的物件送给他人，他人就不再是“他人”，而是一种用语言无法丈量的关系了。而她，无疑渴望着这样的关系。

“美兰，你倒是吭声啊。”姨妈打了下她手背，转头对洪婶说，“这孩子，从小大门不出二门不迈，大家闺秀呢。哪里找这么稳当的？如今的女孩，腿是随便撇的。听说没？斯大林街王卫兵的孙女，吸毒进去了。”洪婶说：“我也是瞅着美兰长大的。不知根知底，怎么敢冒昧地给她介绍小潘呢。”

她这才抬起头，朝他们看过去。对这样庄严的相亲场合，经历多了，难免觉得滑稽。媒人都是老派的媒人，全然想不到相亲前让他们先单独联络，看看照片或打打电话，事先暖暖场子。她们只是觉得双方家境门第相若，长相相配就好。也许，亲事成不成都不打紧，这只是她们消磨时间的一种方式。她扫了扫洪婶，将目光挪到小潘身上。

他端坐在椅子上，瞧不出高矮。套了件灰色连帽衫，图案是

《海贼王》里的路飞，咖啡色紧腿裤，一双鬼冢虎牌球鞋。没穿袜子？或是穿了船袜，青色脚踝露出来，似乎也不觉得凉。脸愣眼瞅去是方的，眼大，可并不漏神。他朝她点点头。怎么这般眼熟，哪里见过似的？想起前不久讲过的那篇课文，《林黛玉初进荣国府》，不禁朝他笑了笑，可没敢露牙齿。她牙生得碎，往外凸着，如不细看，会误以为是兜齿。

“人家小潘在北京的国企，名牌毕业，父母做生意。在海淀区有处八十八平方米的房，两室一厅。就想从咱老家找个在北京工作的靠谱姑娘。”这是阿姨当初向母亲递的话。母亲开始没有表情，只是当阿姨说到那处房子，才瞄了瞄她说，这么好的条件，咋还打光棍？别有啥毛病，眼睁睁把美兰往火坑里推。阿姨咂摸着嘴说，姐啊，你从小就疑神疑鬼。咱家美兰条件也不差，不照样没嫁出去？

“我们家美兰啊，”阿姨弓着腰给洪婶续茶，“聪明贤惠，这才眼界高，挑来拣去，这不，转眼挑成大姑娘了。”洪婶说：“老姐姐啊，小潘不也这样？光忙着事业，一晃也满脸胡须。咱姐俩在这里唠唠嗑，让孩子们去里屋坐坐。”阿姨说：“妹妹你跟我想到一处了。你俩啊，好好聊聊。百年修得同船渡，在我这里遇着，好歹也是一甲子的缘分。”

## 3

等她过了三十岁，母亲才似乎骤然醒过神，觉得女儿要老死闺阁了。前几年倒还好，父亲终于死了。安葬完父亲，母亲的腰板才真正直起来，昼夜去广场跳拉丁舞，光高跟鞋就买了三双。听人家念诵，追她的老男人不少，有死老婆的，也有老婆活着的。母亲呢，看上了位退休的局长，人魁梧，虽说起话来满嘴烟臭，可毕竟当过官，气派还是有的。母亲向来喜欢有架势的男人。当年嫁给父亲，怕也是因为父亲的那副好身坯，站在哪里都是打眼的。只是不曾料到局长夫人不是省油的灯，半夜率儿女前来抄家，若不是爬墙头躲邻居家避风头，怕也是被打废了。就断了念想，这才过了几天清净日子，终日跟帮老姊妹打麻将。打着打着想起了美兰，想起美兰一个人在北京漂着，嫁也嫁不出，这才慌张起来。说是慌张也不对，更多的是愤懑。为何人家的女儿都早早嫁了好人家，偏就美兰孤家寡人，回家时皱着眉头、一副别人欠她八百吊的嘴脸？就天天打电话催，又托人弄脸，亲戚老乡的，让人家帮着踅摸打探。

父亲生前的一个老战友，如今还在部队的医院里任职，也是个热心肠，给美兰介绍了位海军军官。日后想起那军官，美兰都会想起澳洲的一种动物。这个祖籍平顶山的男人长得特别像树懒。头发稀疏，一双无辜的大眼随时露出迷茫的神情，似乎是随时都在考虑生与死、大气层污染程度、朝鲜原子弹研究进程、银河系危险指数之类的问题。他本人就是学哲学的，自称最爱海德格尔跟拉康。大学毕业后从军，站没站相，坐也没坐相，随时掏出条手绢擦拭额头油渍。他们吃过两顿庆丰包子，也在便宜坊吃过半只烤鸭。情人节那天，他去酒店开了房。当他在洗漱间洗澡时，美兰看到了扔在地板上的袜子。那是双军绿色袜子，大抵常年洗涤，有些发白。袜子顶部有个洞，死鱼嘴般猛张，似乎要将整个屋顶吞掉。美兰本来脱了衣，此时不禁又一件件穿回，慢慢地走出去。带上房门的刹那，她又想起了出版社编辑。干干净净的，即便在自己的卧室也穿着衬衣，没有空调，只有台老旧的台扇嗡嗡响，脊背的汗水很快洇透，隐隐能窥到肉白色。

面前这男人，是如何的一个男人？看样子倒清爽，脸有些阔，可笑起来时一双眼闪着精光，也伟岸光正。就是看着有些眼熟，像某个当红明星，还是以前真的在某个场合见过？说实话，美兰觉得自己就是监狱里的犯人，几乎没有交际圈。学校虽是私立高中，却以军事化管理闻名。来这里上学的都是“中产阶级”的后代，上学放学，校门口像是开世界名车博览会。工资和成绩挂钩，学生成绩下滑，老师的奖金就泡了汤。终日在学校、饭堂、廉租房跑来跑去，跑着跑着一切都不重要了，很少给母亲打电话，大学同学往来也寡薄。这里的时间，像是被上帝的手指不经意掐断了一截，是比别处短促的。她曾跟住在通州的电气工程师谈过半年，这半年里他们只见过四次。只要想起要在人肉味的地铁里站一个半小时，脊背被冷气打得汗毛竖起，所有相逢时的欢愉就浅淡了。

小潘说："听说，你住在魏公村？我倒是离你挺近。"

"搬到安河桥了。"她继续盯着他。一定是在哪里见过。他说："我可以抽烟吗？"

"抽吧，"她说，"我不在意。"他笑了笑。他有对虎牙。虎牙，凤眼。他抽烟的姿势也跟别人不同：他将香烟夹在中指和无名指之间，烟雾从齿间吐出，旋尔被鼻孔倒吸进去，再从鼻孔里喷出。屋内的阳光比客厅闪烈，这让他的脸一半隐在影里，一半闪在明晃的光中，而他的眉眼，也因了这阴阳交错的光亮，平添了丝神秘。

"没见过帅哥吗？"小潘笑着说，"感觉你挺喜欢我。"

她的心咯噔了下，如果没有猜错……"我喜欢开玩笑，你可千万别介意。我之前的女朋友们，老说我不正经。"

没错，他，就是他……她怔怔地想，现在，坐在她旁侧的男人，就是两年前的圣诞节，遇到的那个男人。她垂下头，颤巍巍地摆弄着南瓜子，好不容易剥开，瓜子仁却落到地上。多么奇葩的事情，她跑了五百里地回家相亲，结果，对方是跟她睡过一晚的男人。更可笑的是，这男人似乎完全忘了她。可她怎能忘了他？他吸烟的动作，他那对俏皮的虎牙，以及他说话的语气。感觉你似乎很喜欢我，那晚躺在如家酒店的床上，他边吸烟边慢吞吞地问她，是不是？不过，千万别喜欢我，我就是个渣男。他这么评价着，同时将手中的香烟甩进水杯。水瞬息染成了黄色，烟头则旋转着沉到杯底。

他跟两年前确实有些变化。那时他留着板寸，现在是蘑菇头；两腮旁蓄的胡子也刮掉了，青色胡茬隐在皮肉，随时在生长的样子；那时他还戴着副黑框眼镜，起夜时她不小心蹭到地板上，他迷迷糊糊地安慰她说，没关系，假的，没有镜片……他一点想不起她来了吗？难道自己的变化这么大？她还记得当时问过他，是哪里人。他想了想说安阳人，她说，哦，我们只隔着一条河。他问道什么河？她说，漳河啊。原来你是河北的啊，他打了个哈欠，说，我前女友是廊坊的，公务员，家里开商场的。当时她心里还酸了下，他还没有忘记前任，语气也是炫耀式的，似乎在对她说，哦，你不如她。虽是刚认识的男人，也知道一切都不会有结果，她当时还是有些硌硬。也许，真的如他所言，她，确乎是喜欢他的。

“我住在海淀南路，”他在烟雾中似乎又模糊起来，“看来我们缘分不浅，以后可以组团吃消夜。你去过云川人家没？那里的蒜蓉澳洲生蚝和波士顿龙虾，味道特别正。”

“我以前住苏州街，”她尽量压住自己的语调，以免声音变形，“真是不可思议。”

“这叫有缘千里来相会，”他说，“以前我不信这句话。我对所谓狗屁箴言、谚语、格言都不信。都是文人用来泡妞的。”

他的眉梢挑了挑，将烟屁弹到地上，探脚捻了捻。她闻到了焦油的煳味。有点想不起来，当初是怎么跟他相识的？又如何去开了房？对这个问题她有些懊恼。按常理来讲所有的细节都该记得，原因很简单，那是她的第一次：第一次跟陌生人开房，第一次将自己的身体完完全全地打开，然后，交给一个男人。

## 4

跟出版社编辑相处的一年中，只上过一次床。更多时候，他们挤在那只辨不清颜色的沙发里接吻。他的手心通常是凉的，攥住她的乳房时，她总是忍不住打个寒噤，蔓延的快感和莫名的焦虑纠缠着她：她一边渴望他的手不要挪开，一辈子都那样紧攥着，一边盼望着抚摸早早结束，好让那种美妙的滋味成为一种回忆。这种矛盾似乎也预示着她与他的关系：她渴望他，她也拒绝着他，然后在拒绝中湿漉漉地等他卷土重来。那次吻着吻着他们上了床。那张床有些窄，她曾暗暗思忖，要是哪天结了婚，一定换张两米乘两米的席梦思，只要躺上去，所有的忧虑便会如露珠般蒸发。

他笨拙地褪掉她的内裤，毛躁地摸她。她喘着气，想帮他把内裤脱掉。他轻掸掉她的手，起了起身，随手甩了开去。内裤被抛到衣架上，在他绵延不绝的亲吻中，她的目光一直注视着那个紫檀色衣架。她不晓得自己是如何了。她的身体随着手的移动如压住又弹开去的弹簧般抖动，开始是急遽的焦灼的，渐渐就平缓，身体里汹涌的潮水在这熄灭的抖动中一点点退却。当他好不容易进入，她大叫了一声。她从来不知道自己的叫声如此尖厉。他嘟囔了句，疼吗？然后就不动了。这样，他们传教士的姿势保持了几十秒，她死死抓着他后背的皮肉，宛若一个行将死亡的人，只有牢牢抓住手边物什，才能将死神的步伐逼得迟缓些。他退了出去，他竟退了出去，手指触了触她的嘴唇，说，好饿啊，我们去北新桥的卤煮老店吃炒肝吧。

她没吭声，闭着眼，听窸窸窣窣穿衣服的响动。等她羞涩地睁开眼，他早把衣服穿好，端坐在木椅上，双臂支着大腿，两手交缠，定定地看她。她忙用被单盖上自己的下身，说，你去外边等我。他说，好的，你没事吧？当门响动时，她留意到那条内裤依然挂在衣架上，犹如凡·高剩下的那只耳朵。

而这个潘姓男人的耳朵很薄，在阳光照拂下，犹如蜡塑一般。

“你在想什么？”他问，“我的牙齿上有韭菜吗？”

她摇摇头。他明显有些不高兴。她只好说："你来北京多久了？"

"一年，"他想也没想地说，"正好一年。前些年一直在上海。唉，上海。"

她不晓得他是否在撒谎。她跟他那次是圣诞节，近乎两年了。她突然想起那是如何的一回事情。没错，她跟出版社编辑分了手。她感觉自己犹如一个被流放到西伯利亚的犯人。那年冬天，接连下了三场大雪，有的男孩开始穿着溜冰鞋来上课。教导处主任把她叫到办公室，跟她说，如果下次月考成绩还是倒数第一，她就要被辞退了。她低头，沉默不语。后来主任说，你也是名校毕业的研究生，我们对你还是充满了期待的……走出教学楼，夜色罩着整座城市。说实话，她没有一点不安。医生曾叮嘱，她的焦虑指数达到了峰值，再这样下去，很容易转为抑郁症，必须保持良好的心态。我怎么会抑郁？她想，我只是想找个人说说话，说什么都行，说从小隔三岔五揍她的父亲，说绯闻从没断过的母亲，说她本科时暗恋过的厦门男孩，反正她只需要一个人坐在她身边。打了一圈电话，才发觉那天是圣诞节，所有的人，熟人，半生不熟的人，生人，都在跟别人享受美食、泡吧、K歌。他们也邀请她过去，不过她听出了邀请只不过是出于某种克制的礼貌。她笑嘻嘻地对他们说，我没事，就是想你们了，快忙你们的吧！

那晚她去了家烧烤店，点了平时舍不得点的青海老妈羊肉，八十八一份。羊肉跟菜单上的图片没什么区别，可她一点食欲都没有。给我来瓶白牛！她朝服务员喊。等半瓶白酒喝下，胃里才暖和起来。她从来没料到自己酒量还不错，头也没晕，只是有些兴奋。多么难得的兴奋，多少个夜晚，她站在出租屋的阳台上，幻想着以一种优美的姿势跳下，掉在往来的行人身上、行驶的出租车上，或者黑魆魆的灌木丛里。当她摇摇晃晃站起来结账时，才感觉连屋顶都在旋转。她扶着棵银杏树吐了半晌，吐得眼泪都滚了出来。我哭了，她想，妈的，我竟然哭出来了。从小到大她就没哭过。她爸拿掸子抽她不哭，她妈扇她耳光不哭，男孩骑她身上尿尿也不哭。邻里都说，瞧，这小崽儿不孬，学习好，性子倔，长大肯定有出息。而那个晚上，当液体从眼眶里滚出来时，她满心欢喜地想，我终于会哭了。她想，原来眼泪真的挺咸。

她坐在医院对面的街心花园里。头顶是鹿角般的核桃树枝丫，没有星斗，不远处的路灯照着她的红色羽绒服。马尾辫上的皮筋不知何时掉了，头发散乱地披在肩上。真冷，她想，北京的冬天为什么这么冷？我为什么不能回家过个暖和点的圣诞节呢？当她叹息着朝旁边看去时，才发觉长条椅上还坐着个人。一个男的。头发短短的，带着副黑框眼镜。他似乎一直在窥视她，当她望着他时，他没有丝毫的不自然。他说，姐们，也被傻×们灌醉了吧？

他无疑也喝了酒，舌头有点短。我才没喝多，她说，这么美的晚上，我怎么舍得喝多？

要是没喝多，我们继续喝。他晃了晃手中的酒瓶说，还有半瓶呢。

她瞥了他一眼。路灯下的他也眯眼瞅着她。你为什么一个人坐在这里？他问，你不怕遇到坏人？她说，怕个鬼，我就是坏人。他干笑了两声，笑声在凛冽的空气里显得短促而得意。喏，他把酒瓶递给她，喝吧，冬天喝酒，爽就爽在喝嗝屁了，还他妈冰窖那么冷。没错，她嘟囔着说，我不喜欢冬天，又干又冷，空气里都是霾，特别像得了乙肝的病人。他说，我倒是喜欢这里的冬天，穿多少衣服都像裸体走在大街上。说着说着他往她这边凑了凑，问，你喜欢“枪炮与玫瑰”乐队吗？她摇摇头说，我很少听歌，没空。他说，如果没有音乐，活着多无聊！他们在一首歌中唱，操死这纽约的冬天吧，即便没有避孕套。她嘿嘿地傻笑了两声。他问，你冷吗？她说，我不冷，都要热炸了。他又问，你要是不冷，为什么老哆嗦？她没有回答，只是仰起脖颈喝了口白酒，一点都不辣，我喜欢高度酒。是吗？他问，不然我去超市里买瓶？她咳嗽了声说，除了7-11，大概都关门了吧。他就不吭声了，她也没有看他，径自又灌了一口酒。

“你平时有什么爱好？”她盯着他问。他仍坐在炕沿上，侧着张脸心不在焉地看着她。光线似乎明亮了些，他的整张脸都浸在栗子味的阳光里。脸很白，没有青春痘留下的疤痕，也没有绒毛，干净得像块抛光过度的玉石。她就是这时恍惚起来的，这个人，真的是那晚的男人吗？夜色笼罩下的男人，神态是疲乏的，烦躁的，一双眼睛黑乎乎，似乎没有眼白。而面前的这个人，说话虽然也油腔滑调，可棕色瞳孔在光的笼罩下有种油彩的黏稠感。也许我认错人了，她想，他们长得确实有点像，可他根本不是他。他，怎么可能是他呢？这么想时，她终于呼了口气。她想，自己的抑郁症可能尚未痊愈，所有的事都往最糟糕里想。也许，回北京了还应该去看心理医生。

“我的爱好不少，就是平时太忙，根本无暇顾及，”他又点了支香烟，“我喜欢打篮球、玩游戏、看美剧、听英文歌。”他依然将香烟夹在左手的中指和无名指之间，烟雾从齿间缓缓吐出，旋尔被鼻孔倒吸进去，仿佛大功率的抽油烟机瞬息就将呛人的油烟吞咽掉，然后，那些淡白色的、散发着烟草味道的雾气从鼻孔里悠闲地、一缕缕地喷出。她不禁皱了皱眉头，这抽烟的动作太像了，那晚在床头，他打开灯，裸露着身子连抽了两支香烟。她蜷缩在他身旁，不敢正眼看他，偶尔从被褥里露出眼睛，忐忑地扫他一眼。后来，她还是被他的抽烟样子迷住了。长这么大，她身边几乎没有抽烟的人。父亲常年哮喘，是连厨房也不踏进一步的，亲戚们也很少有烟民。她从没有想到，一个男人抽烟的动作竟如此优雅：中指压在无名指上，小拇指和无名指成二十度角，当他的嘴叼住香烟时，左手以一种奇怪又陌生的姿势遮住了他的半张脸——只有一双眼睛往上翻剪，似乎凝视着屋顶，想什么凝重的心事。世界上有没有两个抽烟姿势完全一样的男人？不知道，她只知道世界上没有一模一样的桉树树叶，也没有一模一样的雪花。

“有空了带你到我们单位走走，就知道我连上厕所的空隙都没有，”他笑了笑，“还是你们教师安稳，一年四季除了礼拜，还有漫长的寒假暑假。多好，可以去旅行，”他的眼神里瞧不出羡慕的神色，“在凤凰小住半个月，或者去南欧走一趟。你，喜欢欧洲吗？”

“我很少出门，”她摆弄着手里的一颗南瓜子，“寒假暑假我会办复习班，挣点零花钱。”

“南欧可真不错，”他的脸被烟雾渐渐笼罩住，“我最喜欢意大利，意大利的各地中，最喜欢西西里岛，那里的姑娘太热情了，简直能把你融化，当然，罗马也不错，到处都是几千年的古建筑，没准连厕所也是恺撒时代修建的。”他把烟掐掉，“可我不喜欢那不勒斯，街上到处是小偷和妓女，墙上贴着小广告，地上是烟头，脏兮兮，油腻腻，还不如咱们县城漂亮。”

“是吗，”手里的南瓜子被她剥开，里面的果实饱满而油亮，

“我没有出过国，连日本都没有去过。”

“去日本干吗，看看岛国片就行了。”

“嗯？”她将南瓜子塞进嘴里，用舌头舔着。

“没什么，”他讪讪地说，“我们这是进入自我介绍环节了吗？像那些无聊的相亲节目一样，郑重地戴上面具，开始说谎话吗？”

她挤出丝笑容：“你有喜欢的乐队吗？”

“有啊，”他盯着房间的门。那扇门是绿色的。深绿。从她记事起就是这种颜色，这么多年来，油漆依然那么亮，似乎刚涂抹上去般。她记得有一次，小鹿忽然关紧房门，将她推搡在上面，两只手抓弄着她的两只手，然后，咬了咬她的嘴唇。

“我最喜欢的乐队，是老鹰乐队。”他说，“你想听我唱两句吗？”

“不用，”她说，“要是有机会，改天我们去麦乐迪。我每天上班都要经过麦乐迪，可我从来没进去过。”

“中关村附近有家温莎，音效还不错，我们可以去那里唱歌。我手里还有几张酒水优惠券呢。再不用就过期了。”

她看着他，不知道还要问些什么。他，该不是他吧？她小心着问自己。他和他，长得很像，抽烟的姿势也像，说话的腔调也像，可他终归不是他。他，是属于夜晚的，而他，则属于白天。这么安慰自己时，飘在大气层的小陨石终于落地。这只是场中规中矩的相亲，不咸不淡，仿佛是不得不完成的使命，根本不会有任何结果，如此而已。看样子他对自己也没什么感觉。他这样的男人，女人肯定是不缺的。在这个秋天的午后来陌生人的家里，跟一个陌生的女人说些深深浅浅的话，无非也是家里逼的。她有些心酸，朝着屋外喊道，老姨，老姨！

他愣住，似乎不清楚她要干吗。她也不清楚自己要做什么，只觉得想大声喊那么一嗓子。阿姨和洪婶推门进来，脸上满是欣喜。“听你们聊得很热闹，”阿姨瞅了瞅两个人，说，“你们为什么不吃南瓜子？真是不懂养生。那可是我专门从银泰买的，贵着呢，六块钱一斤。”小潘倒背着手说：“以后再来阿姨家吃。我们聊得差不多了。晚上还有场同学聚会，要回去了。”洪婶瞥了瞥他，又瞥了瞥她，问道：“你们相互留电话了吗？”小潘说：“留了，待会儿我送美兰回家。你们放心。”阿姨和洪婶相视笑了笑，阿姨说：“美兰家住在东城，有点远呢。”小潘说：“我开车来的。”洪婶说：“那你就去送美兰，我跟老姐姐再亲热亲热。”

两个人一前一后出了院子。都没吭声。美兰走到拐角处才说：“我自己回家就行，不用送了。”小潘说：“那怎么行？你要是不忙，我开车带你兜兜风吧。”美兰想了想说：“你不是要去聚会吗？”小潘说：“你傻呀。老在你阿姨家待着，不自在。我们溜达溜达多好。”美兰又想了想说：“你去哪里？”小潘说：“我也没打算。说实话我很久没回家了。都快不认识了。”美兰说：“你不常回家看看父母吗？”小潘说：“看个×，他们早离了婚。我妈跟我在北京住，我爸跟他小老婆不晓得死哪儿去了。”

美兰上了车，坐在副驾驶上。他斟酌着说：“你……什么时候回北京？”美兰说：“谁知道呢。”他瞄她一眼：“我们去河边坐坐吧，听说新建了音乐喷泉。”她说：“真的吗？我可没听说。”他咧嘴笑了笑。从侧面看，他跟他简直是一模一样的剪影。

“我挺喜欢你的，”他撒了方向盘，倒了粒口香糖递给她，“我喜欢安静的姑娘。”

两年前的那个晚上，他和她坐在长条椅上，将剩下的半瓶酒喝掉。当他们站起来时，男人踉跄着过来一把搂住她，吻起她的脸颊，然后是耳朵和嘴唇。他嘴唇冰凉，可舌头却比烙铁还热。还从来没有人如此吻过她。她眩晕起来，喝了那么多酒没事，却在这个陌生男人的舌头下站都站不稳了。他身上有种好闻的味道，像是春天时树木的清香。那是香水的味道。我们找个地方接着聊，男人喘息着说，聊一聊，好好聊一聊。她没有答应也没有拒绝。也许她根本没有气力拒绝。他拉着她的手小跑起来，有那么片刻她有些兴奋，只有在电视剧或者电影里，男主人公才会拉着女主人公的手奔跑在大海边或者向日葵地里。他还时不时地低吼一声，似乎在这样寒冷的街头，在跟他们没有丝毫关联的节日，只有这样的吼声与奔跑才真实可靠。

开房没有遇到什么障碍，他无疑是老手，叫她在外面等，十分钟后到酒店一楼的电梯口，他会在那里接她。在漫长的等待中她一度想溜掉，如果没有记错，她叫了 辆滴滴出租。当司机将电话打过来时，她却慌忙着掐掉，然后疯了似的朝酒店跑去。他正在电梯口候着她。他们手拉着手进了电梯，在电梯里他又亲了亲她，她咯咯咯地笑着，浑身的毛孔似乎都在这亲吻中蓬勃张开，同时将空气里所有属于欢乐的痕迹吸纳进去。当房门打开，他手指勾住她下巴，压低嗓门不紧不慢地说：

知道吗，我就喜欢你这样安静的姑娘。你简直就是圣诞老人送给我的礼物。

## 5

他开着车，穿过县城。他们，一起穿过那些他们同样认不太清的街衢、店铺、楼厦和行人。本来美兰还想可能会遇到什么熟人，亲戚啊，同学啊，邻居啊，曾经教过她的老师啊，甚至是经常在广场跳舞的母亲，结果，只是让她约略着有些失望。他们将车停在一家渔具店门口，然后踱到了河边。那条河还跟她记忆中的一样，水面宽潋，芦苇丛里不时蹿飞出翠鸟与鹌鹑般大小的野鸭。一些老人在小路上抖着肩膀吹唢呐，唢呐声热烈喜庆。

“小时候，我常常来这里钓鱼，”他们坐在河边的椅子上，他指着不远处的河水说，“没有鱼饵，就从旁边的玉米地里挖些蚯蚓。钓上的鱼有筷子长，”他用手比画了下，“用酱煎着吃，特别下饭。”她说：“我很少来这里。写完作业要洗衣服，要做饭，要给我爸煎中药。”他好奇地看着她：“你妈呢？”她沉吟了片刻说：“我妈去打麻将了。要不，就到职工俱乐部的舞厅跳舞。”

他“嗯”了声说：“我一点都不喜欢这儿。”

她说：“我也是。”

她知道他肯定在望着自己，她感觉到他朝自己这边挪了挪，“我老想不明白，为什么厌恶这个地方？为什么宁愿饿死在外面也不回来？后来想通了，不是厌恶，而是念想太多。当它太满太涨，快要溢出来，就会把我淹死。”

他许久没有声息。她歪头看他，他眼里竟有些泪水。

她轻声问：“你没事吧？”“没事，”他犹豫着攥住她的手，“我爸以前常带我到这里游泳。”“哦，”她没有觉得突兀，“可我也不喜欢北京。一点不喜欢。它太大，太老，面目慈祥，却满手血腥。坐地铁时，我都在想，自己在一头老怪兽的肠子里穿行。它把我们吞掉，吞掉我们的骨头跟肉，吞掉我们的魂儿，我们却丝毫没有察觉。”

“也许，我们很享受被它用爪子撕扯，被它用獠牙嚼，”他说，“反正，也觉不出疼。”

他的手和她想象中的差不多，白皙纤细，宛若钢琴家的手。手有些凉，她知道有些人的手，无论是夏天还是冬天都是凉的。“不过，你说的还是没错，”他可能觉得有些不好意思，将手缩了回去，“前天，我坐地铁回家。最后一班，一个人都没有。电梯很长，那可能是北京地铁站里最长的一截滚梯。我回头张望，空荡荡的，风吹着，我像是望着地狱的入口。不过，”他的声音旋尔欢快起来，像是小孩子述说有趣的玩具或食品，“北京其实也美，尤其春天，花儿都开了。我喜欢晚上沿着元大都遗址的人工河散步。紫丁香的味道香得能把人熏倒。”

“我都不知道你说的遗址在哪儿，”她有些遗憾似的说，“我有空了，就绕着操场跑步，老师和学生都睡着了，那么安静。”她忽然打住了。医生曾经告诫她，除了药物治疗，治疗抑郁最好的办法就是跑步，疯狂地跑，直到汗水将衣服洇透，直到汗水将鞋子打透，直到窒息感让她无暇再去想任何事情，然后，然后冲个热水澡。她怀疑那个医生在信口开河，医生看上去比自己大不了几岁，镜片后的眼神时常有些游移，说实话，他比自己看上去更像是位抑郁症患者。如果跑步能治疗抑郁，为何每年都有那么多新闻记者、公益律师、腐败官员、富士康工人，毅然地从楼上跳下来？难道他们从没有在夜晚跑过步吗？

“有点凉，”他盯着她说，“我们不如换个地方吧？”

“去哪里呢？”他的手又抓住了她的手，他的动作果断中有些让她意外的放肆，食指在她的手背上蹭了蹭，仿佛春天的昆虫爬过手背。以前，那个出版社编辑也喜欢这样摸她的手。只不过他的手指比他的要粗，手肚上的螺大一号。

“去哪里呢，”她说，“电影院……县城有电影院了吗？”

“你跟我走好了。”他一把将她从椅子上拽起来，“我带你去个好地方。”

她跟他上了车。他开得很慢。秋天的白天很短，竟有些傍晚的样子了。路上行人很多，都是刚下班的人。他们有的骑着电动车，有的骑着自行车，在狭窄的街道上横冲直撞，每个人都想早早回家。她在人群中看到了阿姨。车驶过阿姨那辆“牛蛙”牌三轮电动车时，她的嘴巴张了张，马上又合拢。阿姨要去哪里呢？她那么瘦，就像是具木乃伊骑在一辆古怪的坐骑上。据母亲说，她现在日思夜想要购买一台治疗百病的机器，叫勇士牌磁疗床。两万块钱呢！母亲边化妆边撇着嘴说，我看她到最后，连买骨灰盒的钱也要折腾进去！

“到了，”他说，“小的时候，觉得县城大。现在，觉得县城就像只麻雀。”

这是一家酒店。她听说过名字。该是县城里最昂贵的酒店了。据说县里有头有脸的人家，孩子们结婚时，都会在这里举行婚宴。她愣了愣，随即顺从地跟他下了车。当听到锁车门的响声，她的心才抽搐了下。到这里干什么？到这里能干什么？她的脚步停驻了下，可马上被他拽着朝大堂走去。他跟前台说要间普通大床房。前台的单眼皮姑娘，连头也没抬地说，只有商务大床了，比普通的贵九十八元。他想也没想地说，无所谓。将身份证递给她。单眼皮姑娘说，她的呢。他说，她不住这里的。单眼皮姑娘说，访客也要登记身份证。他皱着眉头说，怎么这样啰唆。姑娘说，该开会了，不但要登记号码，还要拍摄视频照片，上面这样要求的，我们也没办法。他依然皱着眉头说，那你快点好吗？你们的服务态度，一直都这么差劲吗？这样的狗屁酒店，怎么评的五星！

她拽了拽他的衣角。她不明白他为何如此大的火气，她也不明白，他为何带她到这里。自己是那种看上去随便的女人吗？他是不是每次相亲，都会带着姑娘来开房？她沉着脸，尾随着他进了电梯。电梯里很暗，他攥着她的手，一刻也没有松开。走出电梯时，他转身抱住了她，她小小地挣了下。他说，我真的喜欢你，要是你不愿意，我们就各自回家吧。她没有吭声。她委实不晓得说什么。既然如此，只能跟他进了房间。他没有插卡取电，而是先脱了鞋，然后脱了袜子。她哆哆嗦嗦地看着他继续脱掉了咖啡色裤子，又将连帽衫甩到沙发上。

“你咋了？快来啊？”他的声音很温柔，也有些呵责的意味。她没动，他跳下床，抱紧她，咬住了她的耳垂，我知道你喜欢我，他说，还从来没有一个姑娘这样从头到尾地盯着我看过，他笑了笑，“我说的没错吧？”她轻轻地嗯了声。他的舌头太灵活了，犹如断了尾巴的壁虎在她的口腔里来回挣扎。她本来还在想他到底是不是那晚的男人，可这样的念头很快被他温暖的舌苔和灵动的双手淹没。此刻，抱住这个男人，抱住这个饥渴的男人，抱着这个饥渴的男人的身体，比什么都重要。

她被他褪掉了毛衣胸罩，又被他扯下了裙子内裤，当他将她扑倒在宽大的双人床上时，她推开他，坐起来，呆呆地望着房门。

“放心，我锁好了，”他的声音有些谄媚，也许，欲望将他本来的腔调和语速也改变了。

他耐心地吻咬着她的乳头和肚脐，仿佛一名不知疲倦、技艺娴熟的老工匠。她只是睁着眼，摸着他的头发。当他头颅下移，亲吻起她的私处时，她忍不住呻吟了两声。他喘息着说：“我喜欢这种味道。”他猛地从下面蹿上来，双臂杵床，胸腹贴着她的乳房，凝望着她的眼。她眼睛小，她一直在考虑是否要去割双眼皮。“你跟我以前的一位女朋友特别像。小眼，小嘴巴，小乳头。身体也小小的。说实话，跟她做爱很有罪恶感。像在干一个小女孩。”她羞怯地闭上双眼，又用胳膊遮住。“那年圣诞节，我们在街心花园的椅子上喝酒，”他喘息着说，“她酒量可真不错，把我灌醉了。我们去开房，搞了三次，我都被她吸干了。她平时，也像你这样羞涩。”

她想呕吐。他曾经说自己是个渣男。他的舌头舔舐着她的小腿，然后寸寸下滑，猛地咬住了她的脚趾。不，她小声嘀咕了句，可他并不在乎，舌尖继续在脚趾缝隙里舔来舔去。当她感觉到他终于忍不住进入时，叫了一声，套儿。他回应的只是更加粗重的喘息声。他似乎把她当成了一个充气娃娃，他的动作没有什么创新却面面俱到：从正面进入，从背面进入，从中间进入；站着做，跪着做，蜷着做，躺着做；把她压在地毯上，把她按在墙上，把她掀倒在沙发上，把她推坐在马桶盖上，他甚至脊背对着她，将那根东西从双腿间倒推过去，再硬生生反插了进来。她一直小声地呜咽，一直在小声地呜咽。他不停地嘟囔着，烫啊，好烫啊，我就喜欢这么热的。他的汗水滴答在她的脖颈上，滴答在她的乳头上，滴答在她的耻骨上，滴答在她的瞳孔上。他们好像正在以一种古怪的方式接近死亡。当他大叫一声拔出来，将体液射在墙上时，她觉得自己快要死了。她勉强睁开眼，看着黏稠的液体顺着发黄的壁纸一点点下淌。“爽死了，你真棒，”他用床单擦了擦下身，俯身去吻她。她的嘴唇紧闭着，却也被他执拗地撬开。她感觉到在接吻的过程中，他下面又竖了起来。这个跟她在床上厮混的男人，无疑就是两年前的圣诞夜，跟她做了整个夜晚的男人。他已经彻底忘记了她，尽管当他看到床单上的血迹时，曾惊讶地大叫一声，随即将她抱得更紧。抱得再紧有什么用，翌日醒来，男人早已离开。她躺在床上，看着地板上的纸巾和避孕套，像做了一场春梦。只有当下身的撕痛浮升而起，她才回溯了整个夜晚。男人跟她做了几次？记不清了，她只记得每次他都忙不迭地抽离而出，扯掉套子，将乳白色的汁液射到墙上，就像狗总是忍不住把尿撒在电线杆上。她神情恍惚地看着他的臀部在涌射的过程中小幅度地抖动。她想，男人还是穿衣服好看些。

“我累了，睡会儿，”他从身后搂着她，掌心覆盖着她的肚脐。“我很久没做了，”他说，“我连抽支烟的劲儿都没了。”

她摸着他的手背，柔声道：“想睡就睡吧。睡醒了，我们吃火锅。”

“我晚上还有场同学聚会。”

她将他的手挪开。他也没有再抱她。他也许真的累了，很快，就听到了细碎的鼾声。她叹息了声，蹑手蹑脚地坐起来，套上内衣，打开夜灯，垂望着身边的人。他在柔和的灯光下仍玉石般光滑，他的脸本来有些宽，这样看上去竟有些接近梯形。他的胡子，似乎比下午见面时要长了些。一切都在生长，一切都在衰亡，一切都在死神的爱抚中周而复始，她想起英国一位擅长写十四行诗的人，曾经在一首情诗中如此感叹。她向来不喜欢诗歌，可这句话却记得如此牢固。她用手指蹭着他爆皮的嘴唇，他没有动，她就小心翼翼地蠕蹭着他的牙齿。她还想看看他的舌头到底是如何的一条舌头，可他翻了个身，嘴里叨咕句什么，鼾声就又浮起来了。

她的舌尖可能被他咬破了，嘴里有丝老甘蔗的甜，想去洗漱间刷刷牙，又懒得动，只好望着窗外，看那次第亮起的万家灯火，在夜幕的掩映中犹如萤火虫的坟冢，恍惚着连成一片。

2017年12月16于嘉兴

# 直到宇宙尽头

他们选了张紧靠落地窗的米色餐桌。窗外行人简直能看清她颧骨上的蝴蝶斑。

这是家粥饼铺。韦礼安端了盘酱煎鲫鱼，拎了两瓶冰镇黑啤，她则犹豫着盛了碗百合莲子粥。老板娘问她加不加冰糖？她恍惚着摇摇头，旋尔恍惚着点点头。

“喝啤酒不？”韦礼安将鱼头攮进嘴里，刺都没舍得吐，“你该喝点酒，太×热了，我都快休克了。”

他即便休克过去也很正常。他忙活了足有一个小时。有那么片刻她隐约听到水流哗哗的声响，她怀疑洗漱间的塑料水管漏了，刚挣扎着起身侧耳细听，他就猛地将她重新卡按在黏糊糊的床单上……床单上满是墨西哥沙漠里那种肥硕苍绿的仙人掌，一棵连一棵，棘刺是模糊的咖啡灰，他猛烈地撞她一下，仙人掌的棘刺就狠狠扎进她的皮肉，等他松弛着收腰时那些棘刺又迅疾地猝然拔出。在他不知疲倦的高速运动中，她感到自己的肉身已然被那些针刺扎得鲜血淋漓。当他蜥蜴般的长舌来回涤荡着她的耳郭时，她忍不住偷偷伸手蹭了蹭床单。没有血，只有汗液和皮屑。

“其实……”韦礼安朝她挤挤眼，“我们该换个房间。”

那间房确实窄小，在阴面，泛黄的空调虽一直“嗡嗡”响动，却仿佛吹的热风。当他死死勒紧她的小腹大声咆哮时，她皱着眉搡开他烙铁般的肩膀。在墙上那面碎了一角的镜子里，她看到两头黄昏时分从水族馆爬出来的河马：又老又笨，瞪着干涸的眼。

“哦，”她低头应了句，“我一点不热。”

韦礼安讶异地盯着她说：“你属蛇的吧？”

她乜斜他一眼：“你要回家了吗？”

“晚上还得跑趟满洲里。”韦礼安一口气将整瓶啤酒灌下，“你知道我们这行就这操性，赚的辛苦钱。妈逼的，命不好，只能一辈子当孙子。”

多年来他一直跑长途大货。她不但知晓他是个半吊子司机，还知道他是匹昼夜发情的种马。据说有一次路经新疆某个山沟加油，十分钟内他就勾搭上位哈萨克姑娘。他跟浑身柴油味的姑娘在亮银色的空油罐里折腾到鸦翼遮天。当他拍拍屁股离开时姑娘死活要跟他私奔。“还是个处女，”他曾摇头晃脑地炫耀，“皮肤滑得像天鹅绒，头发是奶茶的香味儿。”他老婆是独眼，一只眼球是玻璃的，在超市的金银专柜当收银员。据他说很久之前就分居了。她知道他的话不可信。他是那种一说谎话立马就能被人察觉的人，也许他想要的就是这种效果。

“我忘了洗澡，”他大大咧咧地抓了抓裆部，“我现在就想洗个热水澡。”

她眼皮都未挑，只用筷子将百合一瓣瓣剜出来抿到餐桌上。

“一切都会好起来，”他点了根烟。男人们都喜欢饭后和做爱后吸支香烟。

“我很好，”她的嘴角撇了撇，“莲子真难吃。”

“凡事都往好里想，”韦礼安剔着稀疏的牙齿，“比如我老婆总头疼，老怀疑自己得了脑瘤，又不敢看医生，一拖就拖了两年。前天到医院做CT，才发现只是长了个石榴大的囊肿。”

“没事吧？什么时候动手术？”

韦礼安一愣：“你问我，我他妈问谁？”

他结了账，笑着跟她辞别。他不笑的时候很像个正经人。

“你知道宇宙有多大吗？”她突兀地问道，“宇宙……”

他问道：“什么？绿豆？”

她慌里慌张地摆摆手：“没什么……快去吧……”

他猫腰钻进那辆二手迈腾，关车门时还朝她来了个俄军式敬礼。黑夜已至，屋内格外柔亮。她踉跄着跑进卫生间搂着马桶狂吐起来。眼泪都吐出来了。等按捺住眼角掏纸巾，方才察觉纸巾袋是空的。她蓦然想起全被韦礼安用了。旅馆里没准备卫生纸。

她有些疲乏，下身也隐约着疼。坐在马桶上时她恹恹地想，现在身边要是有张超级柔软的席梦思该多好。如果床上有本科普读物就更完美了。能有什么比在壁灯下躺着读书更舒服的事？她开始想念起旅馆的那张双人床，她依稀记得，床头满是死去蚊蚋的旧血。

她好不容易打上一辆出租车。那家旅馆离街心很远。

她未曾料到一切如此顺利。下午给韦礼安打电话时，他明显有些意外，不过很快就应允了。她选在一家破落偏僻的旅馆，旅馆有个辉煌磅礴的名字：好莱坞。旅馆老板为何起这样一个店名？叫加州旅馆或许更妥帖。她跟韦礼安都有些局促不安。即便韦礼安这样的情场老手，也只是讪笑着在屋内踱来踱去。后来他忍不住说，有事尽管说，你知道我手里没钱，可街上的黑白两道都是铁哥们。不是吹牛逼，只消一个电话，让他们砍张三的胳膊他们不敢砍李四的大腿。

他向来河东说话河西听。她默然凝望着他，仿佛他是她顽劣的孩子。你过来，她摆手说，过来吧。

韦礼安吹着口哨走过来。裤子上粘了什么？她拧着眉头问，这么大的人，吃东西也不当心。她小声地、温柔地呵责着，手指颤颤巍巍在他大腿处掸了掸。裤子上什么都没有。她说，哦，是米粒……米粒……他猛地攫住了她的手，呼吸瞬息急促混浊起来……他肯定想不到，在他敲门之前，她强迫自己吞咽了三粒安定。

该发生的都发生了，跟想象中一模一样，就连他高潮时的表情都跟臆想中的如出一辙：丹凤眼狰狞地挑耸着，而擅长说谎的嘴角神经质地抽搐，散发着烟草味儿的口腔则犹如一条幽深污秽的隧道，仿佛随时随地都能将她吞噬。事后他沉默了，不过马上缓过神，吹着口哨捏了捏她的乳房。她赌气似地腾开他的手说，你能老实点吗？他一本正经地说，不能。一双手又钻过来。她利落地跳下床铺，在满地的手纸中慌乱地套上长裙，说，我饿了。他嬉皮笑脸地说，好吧，做爱不光是技术活，更是体力活。

她撇了撇嘴。在他折腾的过程中她始终左肘护胸，右手紧按住瞳孔。她努力让自己更像是一具仓库角落里废弃多年的塑料交警：色泽黯淡，表情麻木，浑身笼罩着陈旧的灰尘。她甚至有种古怪的想法：也许她厌倦的样子会让他兴致索然。而事实是，她羞涩、略显绝望的模样反倒让他更为亢奋……后来，她只得强迫自己……想象着正懒懒地坐在高速收费口的亭子里小憩……

那条沿海高速公路大抵是全省最岑寂的一条公路，政府修建它的目的，仿佛也只是为了让往来的司机在狭长的海岸线体验到什么是真正的身孤心疲。在漫长的、犹如凝固了的闲暇时光里，她通常读点闲书。她从小就喜欢宇宙方面的科普读物，小学六年级时还写过一篇关于时空隧道的科幻小说，在全县小学生作文竞赛中获了二等奖，奖品是一套《大西洋底来的人》光盘和一个超人模型。多年后她还能想起那个模型的样子：超人浑身隆起的肌肉让他更像是个在舞台上走秀的健美先生。如果没有记错，这位终生都在拯救别人的克利普顿星球人穿件蓝色紧身内衣，勒着红色三角裤，鲜红的斗篷被骤风高高吹起，他的腿呢，一条直立，另一条腿则轻快俏皮地抬起，左手悠然地背揽在身后，右手则热切地伸擎，仿佛随时随地他都能腾空而起飞奔浩瀚的太空……在高中时她陆陆续续读完了斯蒂芬·霍金的《宇宙简史》，然后是彭罗斯的《通向实在之路》，卡尔萨根的《暗淡蓝点》……她喜欢这些貌似刻板实则让人绝望的书籍，只有在这些冷静的、没有任何色泽的文字里，她才能真正体会到作为一个“人”的渺小，是的，渺小的、可笑的、粗鄙的但又不乏高贵的“人”……这段时间她正在读约翰·巴罗的《宇宙的起源》，当然，这次她读得异常缓慢……有时读着读着就走神了，铁皮岗楼犹如狭窄的蒸箱，她却从未觉得炽热……此时的宇宙是静透的蓝。她自己也是透明的，孑然走向宇宙的边缘，没有风，没有影子，没有黑洞，也没有光，更没有彗星和坍塌的小行星。只是干净的、荒芜的椭圆形纯蓝……

“退房吗？”前台姑娘问，“如果现在退，我按钟点房给你算。”

姑娘说话时没任何表情。她轻声轻语地说，不退，我要在这里多住几天。“你眼力真好，”姑娘嚼着口香糖说，“我们家老板的表哥是这片派出所的副所长，你尽管放心。要是整月包房，我给你打八五折；如果办张VIP卡，我还能给你打七折。”

“不用，”她垂着眼睑说，“把房间的床单换下好了。”

“我们一天只换一次，”姑娘拉着长音说，“如果你真想换，要额外交三十块钱。”

她给了姑娘三十块钱，“喷点空气清新剂，”她说，“要柠檬味儿的。”

她不想闻到床单上汗液的馊臭味儿。她希望在安炜到来之前屋子清洁明亮，犹如挂满彩灯的洞房。安炜有轻微洁癖。他从来不用公共场所的马桶。

安炜这么快就赶来了。他骑着辆白色哈雷。这个财政局的公务员唯一的爱好就是摩托车。多年前他骑的是辆豪爵，然后是五羊、嘉陵、宗申，再后来是钱江、力帆、新大洲……也许可以这么说，他的坐骑史就是一部摩托车简史。他现在的这辆哈雷是用刚到手的房屋拆迁款买的。

她从窗口探出身子，俯瞰着他将摩托车小心翼翼停好。他没有立刻上楼，而是眯眼抽了支香烟。她还从来不知道他也吸烟。他的牙齿一直很白，身上总是阿迪香水的柠檬味。他是个自驾游爱好者，也是本地摩托车俱乐部的会长。他骑摩托车去过丽江和青岛。不过他最大的梦想是去布达拉宫。听说他已经选好了路线，要从云落出发，途经北京、河北、陕西、山西和四川，然后由雅安入藏，往返一万公里。他有个卖童装的老婆，抽烟喝酒打麻将，还会跳拉丁舞。

“瘦了，你，”安炜皱着眉头问，“睡不好吗？”

“整宿整宿睡不着，”她捂着嘴打个哈欠，“老怕一闭眼，就醒不过来。”

安炜摸着鼻尖问道：“源源还好吧？”

源源是她的儿子。这个患了自闭症的五岁男孩一直由她母亲带着。源源最喜欢装蜂蜜的玻璃瓶盖。他喜欢所有紫云英气味的铝合金瓶盖。他终日攥着圆形瓶盖坐在玻璃鱼缸旁边玩蚂蚁。没有人知道他在想什么。有时候她木木地想，也许对于可怜的蚂蚁而言，这个喃喃自语的五岁男孩就是整个宇宙。

“昨天他的瓶盖丢了一个，哭闹半天，”她说，“不过他现在认识我了。只要我唱一句《数鸭子》，他就知道我是他妈妈。”

“他这样的孩子通常都有某种天赋，尤其是在音乐数字跟绘画方面。看过《莫扎特和鲸鱼》没？《雨人》呢？”

“没。我哪儿有时间看电影……书都看不过来。”

“我老有种预感，没准儿哪天，他也能成为舟舟那样的指挥家。”

安炜掸掸坐垫微笑着坐进沙发。窗子开着，不远处未拆迁完的阁楼在黑夜里犹如沉默的鲨鱼骨架。“有事就跟我直说，”他没像以往那样喊她的名字，“你其实也清楚，谁离了谁都照样活。我有个驴友，前年登喜马拉雅山时死了。他老婆跟他青梅竹马，葬礼上哭得死去活来，可半年后就跟另外一个驴友同居了。这个世界就这样。世界本来就这样。”

她起身踱到窗前拉上窗纱，背对他抻了抻吊带。他不知何时将电视打开了，是电视直销节目。两个港台腔的男女嗲声嗲气地推销一款价格不菲的不粘锅。“我们家也有这种锅。”安炜说，“炒出的菜比猪食都难吃。”他不知何时站到了她身后，一具精壮的肉身冒着温热气息。她想转过身，身子却仿佛被夜风凝住。她听到他轻声说，日子再难也得凑合着过。哪里有天遂人愿的事？他一直想去西藏，可往返行程要二十五天，年休假根本不够。这些年他一直疯了似的锻炼身体，为了让心脏更健康，每天要在跑步机上跑十公里；为了减少腰腹赘肉，每天要跳二十分钟有氧拉丁操；为了提高心肺功能，每天要骑八分钟动感单车；他甚至练了两年瑜伽，好让自我与天神合一。

“可我就是去不了西藏，”他悻悻地说，“我经常做梦，梦到自己坐在布达拉宫门口，跟一帮哥们喝啤酒吃鸭脖玩德州扑克。”

她终于转过身。他还在喋喋不休地念叨西藏之行。他的鼻尖沁出了汗珠，颌下修剪得齐整漂亮的胡碴冒着青光。她不禁伸手摸了摸。他稍稍愣了下。她又摸了摸他的耳朵。当她的手指蜻蜓点水般蹭着他的肱二头肌时，他果敢地握住了她的小手。他的手很大。

“我一直都喜欢你……真的……你从来不知道自己有多漂亮吗……”他咬着她的耳垂呢喃着，仿佛不是在跟她说话，而是在迟疑着说服自己，好让接下去的一切更顺理成章。当他们磕磕绊绊地脱甩掉衣服时，他忽然焦躁不安地说：“等我，你等我，我出去趟。”

她再次从楼上俯瞰着他。他没有立马发动摩托车，而是托着胳膊又抽了支香烟。他在想什么？夜色已然弥漫开来，她看到他跨上摩托，在一阵急促沉闷的声响中猛然蹿了出去。橘黄色的尾灯光亮在黑暗中越晃越小，最后全然被黑夜一口吞掉。她遽然觉得完全不能呼吸，甚至惧怕起摩托车排气管道的骤响。她觉得一刻也不能在这里停留，必须收拾行李下楼，然后以最快的速度离开这个有着愚蠢名字的旅馆。当她在收银员好奇的目光中趺趺撞撞地推开玻璃门靠住一棵树时，不禁闭上眼战栗起来……

安炜回来时，看见她正裸着身子蜷缩在沙发里看电视。安炜手上拎着条色泽艳俗的床单讪笑着说，幸亏超市还没有关门，否则我真的黔驴技穷了。她盯着他将床单铺好，抻了抻床单的四角，又从裤兜里拽出瓶香水在上面仔细喷洒着。“来吧，”他略显羞涩地说，“来吧，我们……”

她盯着屋顶。这是栋年久失修的老房，屋顶全是下雨时透流而下的水渍，被风阴干，犹如纵横交错的庞大蛛网罩住了本就暗黄的涂料。在安炜耐心无比地挺动中，那些蜿蜒着的奇形怪状的水痕在她眼里幻化成了遥远的、迷人的仙女座星系……仙女座星系里全是这样罅隙般的狭长彗星，它们拖着耀眼的尾巴在宇宙里漫无目的地旅行，直到某颗巨大的燃烧着氢气的恒星将它们彻底蒸发……“舒服吗？嗯？”安炜边撞击边在她耳畔近乎淫荡地呢喃，“我想干死你……干死你……”她没有吭声……仙女座星系是离银河系最近的一个螺旋形星系，它们正在相互靠近对方。科学家们说三十亿年之后，仙女座星系将和银河系碰撞到一起，到那时将会形成一个明亮、结构复杂的混血星系。“你的乳房像戈壁玉那么凉……”一系列恒星将被抛散，星系中大部分游离的气体将被压缩，进而诞生一批比精子还要繁多的恒星。“你干吗老哆嗦呢……”再过几十亿年，星系的旋臂将会消失，两个螺旋星系将会融合成一个巨大的椭圆星系……“等有空了，我骑摩托带你进藏……哦……西藏……西藏……操！我操！”科学家们还说，人类根本不用杞人忧天。如果真的有那天，人类要么业已消亡，要么早移居到二十五光年外的红矮星Gliese581去了……

“下个礼拜，我们一帮驴友去翡翠岛，一块去吧？我从网上买了顶帐篷，到时可以海边夜宿。安炜”

这是安炜走后给她发的短信。她愣愣地端详了半晌，然后转发给了韦礼安。她现在最需要他的舌头。他的舌头不但擅长舔舐女人身体，更擅长传播流言。夜似乎凉下来了。她看了看墙上的钟表，晚上八点半。她简单地冲了个澡。热水器里全是冷水，她也懒得找服务员。冰凉的水流蔓延过脖颈乳房，徐缓着流进下水道。那块香皂是安炜带来的，散发着榆木清香，她使劲擦蹭着身体，手指流畅地滑过每寸肌肤。每寸肌肤都是木质的，它们跟一棵死亡的榆树没有任何差别。她机械地想，贺医生什么时候能到呢？

贺医生在另外一座城市的眼科医院上班，每隔半月回趟家。通常礼拜六晚上，四五家朋友会一起吃顿晚餐。晚餐总是安排在她的前夫，王小塔的饭店里。按照王小塔的说法，肥水不流外人田。贺医生不轻易喝酒，可一旦喝起来别人就全都趴下。在她印象里，贺医生是个神秘的男人，不显山不露水，到了关键时刻却从不掉链子。如果说王小塔是地球，那么，贺医生更像是围绕着地球旋转的月亮。在旁人看来这只是颗天然卫星，只有她知道，这是颗不简单的卫星，在地球诞生之前，它已在太空自转了一亿年。

她跟贺医生交往不多。只记得有次聚会，男人们喝高了，女人们也都喝高了。平静的家庭聚会骤然衍生出一种古怪恣肆的欢乐：安炜的老婆搂着小塔跳起了华尔兹，为了让姿势更优美，她高高掀起了蓬松的朱红色裙摆；而韦礼安则攥着幼儿园老师的手变魔术，让他们惊讶的是，真的有一条绿色蜥蜴从他手心里跳出来……

她偷偷踅进走廊，趴在窗上看着夜空。她不晓得贺医生何时也走过来，杵在她身旁。开始谁都没说话，仿佛他们是两个偶遇的陌路人。后来他递给她一粒口香糖。她犹豫着接过去。贺医生问，看什么呢？她想了想说，什么都没看，我在散步。贺医生沉吟着问，在哪里散步？她说，在宇宙里啊。见他狐疑半晌没有吭声，她才羞怯地笑着说，吓到你了吧？我有个坏习惯，喜欢望着天空发呆。贺医生感慨地说，唉，我有多久没看过星空了？她说，把你病人的眼睛治好，让他们晚上替你看星星。贺医生说，好吧。她盯了他一眼，迟疑着说，其实……我小的时候……却半晌无语。贺医生问道，你小时候怎么了？她扭过头看了看楼道，餐厅里传出明朗的笑声。她还是什么都没说。他似乎有点失望，目光转向窗外的灯火。

其实她想告诉他，她曾经见到过不明飞行物。那年她十四岁，十四岁的她上初二，上初二的她戴副厚厚的眼镜，走路从来都盯着地面。她是他们班唯一不会骑自行车的女生。那时她觉得，自己天生缺乏掌握平衡的能力，就像有些人一辈子都不会煮饭。有天夜色刚至，喝醉了的父亲让她用自行车去同事家驮袋大米。这是个古怪的建议，父亲知道她不会骑自行车。可她什么都没说，推着加重自行车就出了门。走着走着，她的脚步越来越轻盈，而自行车的辐条也转得越来越快。黑暗中她觉得自己的身体如此飘逸，仿佛脚下踩着会飞的云朵——当她吃惊地发现自己已经骑在鞍座上时，不禁惊讶地张大了嘴巴。那是一段揪心的旅途，她忍不住轻声细语地唱起了歌谣。在宁谧的黑暗和自行车辐条清亮的滚动声中，她的眼前突然凭空飘移着一个巨大的飞行物。那个比屋顶还要庞大的环状飞行物犹如金属盘悠然地悬挂在半空，一动不动，无声无息，只是通体发射出耀眼的金黄。她想，它多像一块烤煳了的玉米馅饼。她揉揉眼睛，莫名地笑了。飞行物在半空中滞留了几十秒后骤然消失了。它消失得如此模糊，她只恍惚盯到一枚极度刺眼的亮斑“倏”地下隐匿进无尽的黑幕中，或者，进入到另外一重她永远也抵达不了的空间。

那个晚上，她差点就将这桩往事告诉贺医生。当她留意到贺医生脸上失望的表情时，她觉得有点抱歉。于是她问道：“你知道韦礼安的蜥蜴藏在哪里吗？”贺医生摇摇头，然后满怀期待地看着她。她说：“我也不知道呢。”贺医生笑了。他笑得很慢，犹如纪录片里缓缓绽放的花朵。她从他的笑容里窥捕到一星半点东西。那种东西是什么？她并没往深处细想。

她是昨天给他发的短信。她的短信很简单，她说，想跟他聊聊。发完后心里一直忐忑不安，怕他回短信，又怕他不回。还好，今天中午他回话了。他的言辞跟她的邀请一样简洁明了。他说：没问题，但要先到岳父家吃饭。

她知道他岳父是离休干部，以前是这座城市的纪委副书记。他的妻子，那个笑容永远像蒙娜丽莎一样得体矜持的女人在幼儿园当音乐教师，如今刚怀了八个月身孕。她迅速瞄了瞄床上那条艳俗的床单，一大朵一大朵绛红玫瑰纠缠着盛开，简直能闻到催情糜烂的气味。安炜忘了把床单带走。也许是故意遗忘的。有洁癖的人怎会把洒满体液的床单卷回家？她想起来，还没有给母亲打电话。母亲也没有给她打电话。这段时间她一直住在母亲家。离婚时王小塔把房给了她，可她再也没回过那处带跃层的豪华住宅。

贺医生是晚上十点钟到的。

在她开门的刹那他咧嘴笑了笑："天这么热，我给你买了个西瓜。切好了。"

他的白色衬衣湿透了。他不停地擦拭着额头。她从洗浴室拿了条毛巾给他。他二话没说接过去，将湿毛巾贴在脸颊上。"夏至就这么热，还让不让人活了？"他嘟囔道，"晚上又吃的涮火锅。老爷子最喜欢吃羊蝎子。"她方才闻到他身上弥漫着股浓烈的羊膻味。当他将毛巾从脸上掀下来时，直勾勾地盯着她问："姜欣，你打算在这里待多久？”

他好像知道她并非刚到旅馆。“你还有什么好留恋的？他是什么人，你不比我清楚吗？”他递给她一块西瓜。她没接，而是紧紧捂住脸庞。良久她才将手放下，不安地平摆在瘦削的膝盖上。手心全是大滴大滴的泪。她从来没见过这么庞大的眼泪。

“我什么都懂，”她仰着脖颈说，“你……回去吧。”

他缓缓走过来，离她不过一尺左右的距离。房间里没有开灯，那对癫狂的男女主持人开始推销一种廉价的黄金手镯。他背对着电视机，斑驳流离的光影和杂音在身后闪来闪去。月光洒在他脸上，让他的瞳孔明亮幽深：他更像一位刚走进手术室的眼科医生了。她赤脚蜷在沙发上望他，坚果般的心脏仿佛被他清澈的目光轻砸开一条裂缝——犹如巨大的彗星终被恒星融化，内里的冰冻物、间歇泉和尘埃瞬息喷涌而出。她记得约翰·巴罗曾经说过，整个彗星看上去就像外部包裹着沥青的肮脏雪球，只有被蒸发后，才会产生绵延数百万千米的耀眼彗尾……

“回家吧，”贺医生说，“不为自己考虑，也得想想源源。”

她傻笑着摇摇头。他说：“你也知道，我跟他是发小，穿一条开裆裤长大的。有些话我也不好当面直说。这种事，女人总归是输家。有几个邓文迪那样的？”

小塔跟她离婚半个多月了。离婚时她才听别人说，他包养的女人，那个歌厅的东北小姐，给他生了个儿子，两岁，就住在他们小区，不但住在他们小区，而且就住在他们楼上。她曾无数次见过那女人抱着孩子在院里溜达。春天时她买了美国大樱桃，见到女人正推着婴儿车在草丛上晒太阳，还分了一半给她。女人也没拒绝，只是接过后心安理得地笑了笑。

“他追了我五年，我才嫁给他，”她机械地啃着西瓜，红色的汁水顺着脖子流到胸脯上，“他给我写了十多封血书……”

“我知道。”

“他从来没抱过源源，好像源源不是他的儿子。”

“我也知道。”

“他说开饭店缺钱，我从娘家给他拿了三十万。”

“我都知道。”

“那个女人，长了张锥子脸，公鸭嗓。以前傍过锹厂老板，还傍过中医院的院长。”

“我们……都知道。”

“他把……小晴也睡了……”

他一句话都说不出来。小晴是她的闺蜜。后来，他叹息着走上前紧紧抱住她的肩，停驻片刻后，手缓缓地、缓缓地滑落在她的手腕上。她的手腕上全是一道道暗红的疤，那是用利器割划过的痕迹，虽已痊愈，在灯光下依然如死去的蜈蚣般狰狞地躺在隐隐露出的血管上。她扒住他肩头，瞪着马路上车辆的灯光幻灯片般在墙壁上游移。宇宙里有无数黑洞，最大的黑洞有十亿颗太阳那么重，她感觉自己就像颗迷途的小行星，正被贺医生强力拽引进去。从来没有人知道黑洞里面是什么，就像最顶尖的科学家也说不好宇宙的边缘究竟在哪里。

“你走吧”，她突然改变了主意，她真的什么都不想做了。“回家吧。好好对你老婆。多给她煲核桃排骨汤，记得要用新疆核桃。”

“你多保重，”他虽然这样说，却将她搂得更紧。他们好像在这个世界上，从来就没有拥抱过另一具温热的肉身。

他们静静地抱着，然后一束一束的光聚集成白昼般的明亮，那是房间的灯被打开了。

门口站着两个警察。“身份证拿出来!”其中一个长着对龅牙，声音里是那种恶狠狠的得意，“身份证！”他再次高亢地重复了一句。

贺医生倒没怎么惊慌，他拍了拍她的肩膀说：“先屋里待着，别出来。”

她看到他们连抻带拽地走出屋子。走廊里传来不耐烦的嘀咕声、打电话的喧哗声、时高时低的争辩声。她把自己蜷缩成一个婴儿。她想，最糟糕的时刻还是来了。

然而贺医生很快就进了屋。他自嘲似的说："放心好了，一帮小喽啰，好打发。有时候不得不承认，有钱能使鬼推磨。"

她刚才想赶他走，现在却渴望再次趴在他的肩膀上。他的肩膀很宽。他身上的羊膻味越发刺鼻。

他双手插裤兜里淡淡地扫她一眼："我真走了。她妊娠反应很厉害。"

她光着脚走过去，仿佛走了几光年。她的双脚一寸一寸踩上他的皮鞋，双臂软软勾住他的腰身。他有些许发福，但还不是很胖，腰上的赘肉摸上去很舒服。他们以这种僵硬的姿势站了良久。"你真的想要吗……"他叹息着说，"如果这样能让你舒服点，我无所谓。我真的无所谓。"

醒来时天尚黑着，她看了看手机，凌晨三点。她不晓得贺医生何时离开的。他没有洗澡。她还记得做着做着怎么就流血了。她知道来例假了。她没有告诉贺医生。贺医生很体贴，却也没留意到她体内流出来的血已将身下的床单浸得脏艳。有那么片刻她曾感到一种火辣的干疼，然而也只是小声呻吟了几声。贺医生的力气就更大。他大抵好长时间没做，坚硬得犹如一块生铁。后来她抚摸着他的脊背问："你知道宇宙有多大吗？"贺医生喘息着说不知道。"你知道宇宙的尽头在哪里吗？"贺医生喘息着说知道，就在你身体里。她失望地捋了捋他湿漉漉的头发说：“宇宙开始只是个无限热、无限小、无限密集的点，只有亚原子大小……”贺医生喘息着说是吗，比白细胞还小吗？她说：“是啊，后来，历史上最疯狂的一刻发生了，这个点爆炸了。”贺医生喘息着说是吗。她说：“是啊，宇宙大爆炸之后，才产生了时间、空间和物质。”贺医生喘息着说是吗。她说：“是啊，没有爆炸，就没有时间，所以说宇宙的尽头，就是时间的尽头。”

贺医生停下乜斜她一眼：“你连宇宙都想通了，干吗还放不下他？”

她将浴巾抻过来，小心地擦他的汗水。

“其实……韦礼安傍晚给我打电话了。我什么都知道。”贺医生咳嗽了声，“既然你想这样，我就满足你吧。除了满足你，我还能干点什么？”

他知晓她跟韦礼安的事，可他还是跟她做了。她骤然恶心起来。所有的一切都无比恶心。她扭转过身子，将头深深埋进枕头。她怕自己要哭出声了。他的手指弹钢琴般抚蹭着她汗津津的皮肤，从颈椎骨到耻骨，再从耻骨到脚踝，仿佛他不是在抚摸她，而是心不在焉地替病人体检。“你是不是也给安炜打了电话？”他的声音听上去冷漠克制，“你到底想怎样……”

他还说了什么她真的忘了。她甚至不晓得何时沉睡过去。她睡得一点不踏实，五点钟醒过来一次，天泛白，云雀在野树间歌唱。再次睁眼已是八点一刻。窗外的风潺热起来，一帮孩子正在棵桑葚树下捡黑色的果子。

这个时候，王瑜山肯定早把牛奶打回去了。

王瑜山是云落某行政单位的副局长。他老婆去年得胰腺癌去世了，他也没有再续弦。他平素跟她关系很好。关系很好的意思就是，她觉得他像自己的亲兄长。每次出差他都给她买小礼物。那次从东京考察回来，他送了她一个昂贵的星空投影仪。这个投影仪长得就像《银河系漫游指南》里的机器人马文，有双哀伤宁静的眼睛。它能够模拟流星划过夜空，能够观看1200多颗恒星，还能演示星座连线示意图。王瑜山连她的爱好都一清二楚。在这个庞大的家族里，王小塔最佩服的就是王瑜山。在王小塔眼里，王瑜山不是他同父同母的兄长，而是他多年前离家出走至今仍杳无音信的父亲。

她在王瑜山家门口站了很久。跟王小塔离婚后王瑜山给她打过几次电话，让她有空的话带源源去他家里坐坐。她知道他是什么想法。他一直为弟弟的做法内疚。他就是那种人，总是替别人的罪过感到不安，并且被这种不安打动。她一直不明白这样的人是如何在官场里混呢？可王瑜山混得很好，坊间有传言说，用不多久他就会接替那个快二线的局长荣任一把手了。他生活很有规律，凌晨五点半去星海广场打陈式太极，七点半绕嘉华雅苑绿化带跑十圈，八点钟去奶农家买牛奶。他早餐只喝一杯鲜牛奶。

途经那家性用品保健商店时，她曾犹豫了片刻，然后才毅然地迈进去。那个左颊印块刀形胎记的老板说，这种药男人只要服下，就算他是柳下惠，都能从清晨一直硬到黄昏……她接过来时老板又意味深长地叮嘱，一片就足够了。她胡乱“嗯啊”着小跑出去。她不断安慰自己，所有的这一切，都跟她没有半点干系。如果浩瀚的宇宙里真的居住着一个神（她记得有篇科幻小说里说，神的外形就是一个平面加一个点，因为神认为，这样简洁的外形最具美感），那么，没有肉身的神也会庇护她。

王瑜山从门缝里窥到她时先是一愣，继而憨厚地笑起来。他的笑很符合他的身份，也符合他的年龄。他没有说话，而是伸臂做了个“请”的动作。她屏住呼吸悄然进屋，磨磨蹭蹭地换了拖鞋，然后稳稳坐在那条掉了漆皮的春秋椅上。她曾坐在这条椅子上跟嫂子一块织毛衣，也曾手把手教嫂子绣十字绣。

“源源怎么没一起来？”王瑜山说，“前天我刚让秘书给他买了套夏装，还放在单位，改天你去拿一下。”

她一直没有抬头。在过去的几年里，逢年过节，他们一家三口都要到王瑜山家来吃饭。大嫂是个不会做饭的人，用王瑜山的话来讲，大嫂天生没有长味蕾。通常都是她下厨。无论多普通的青菜，她炒出来都格外清香，更不用说炖鱼炖肉。王瑜山最爱吃她做的菜。他不止一次跟王小塔说，你这辈子能娶到姜欣，真是当皇帝的命啊。

“那个混蛋，早晚有一天我会收拾他！”王瑜山说，“你只管照料好源源就行。等秋天了，我把他送进最好的特殊教育学校。你放心，你们离了婚，不代表没了我这个大哥。”

她默默地睃他一眼，他又说：“你喝水吗？”

他倒了杯茶递给她，随后自己也倒了一盏。她小心地握住杯颈，仿佛稍不留心就要将它捏得粉碎。“我昨晚买了菠萝，你尝尝。你最爱吃菠萝了。”他还记得她最爱吃的水果。她偷偷瞄他一眼，他果真去厨房了。她看了看茶几上的茶杯，摊开手心，手心里的白色药片静静地躺着。她又去瞥他，他正在用削皮器削菠萝。

“你那道菠萝酱鲫鱼，我试着做了几次。可总不是那个味道。”

“菠萝要先用蜂蜜熬制一下。”

“我说呢。”

他将果盘端过来。她一直木木地盯着那盏茶。杯底缓缓冒出细碎的水泡，将几片嫩茶叶顶得轻柔滚动。她觉得难受急了。她觉得哪怕再这样坐一秒都会昏厥过去。

“我走了，大哥。”她急匆匆地说，“我要带源源去游乐场。他一直想坐旋转木马。”

王瑜山似乎对她的猝然辞别并不惊讶。他淡然地看着她，嘴唇翕动几下，却什么都没说。

“我很好，大哥，一切都好，你不用惦记，”她说，“改天……我再带源源来看你。”

“也好，”他的目光越过她，盯着墙壁上的一只蚊子，“又要买灭蚊剂了。你知道什么牌子的好使吗?”

她摇摇头，起身朝门口走去。在湿凉的手指握住门把手时，她忍不住扭头看了看王瑜山。他倒背着手站在那里，仍木然地盯着那只花腿蚊。

她扶着电梯大口大口地喘息。电梯竟然停电了，看来只能顺着楼梯走下来。她要往下走十七层。楼梯间的声控灯也坏了，大概从住户搬进来为止，尚未有人用过安全出口。恍惚着走到十六层时，她收到条短信，是贺医生发出来的：

“因为时间没有尽头，所以，宇宙也没有尽头，是这样吗？”

她想也没想就删除了。她其实很想告诉他，那个学会骑自行车的晚上，到底还发生了什么。当那个比屋顶还要庞大的环状飞行物骤然消失时，那辆陈旧的加重自行车也缓缓倒进路旁一堆大粪里。

城乡接合部的农民都喜欢春天时把猪圈里的肥料堆在庭院外发酵，等雨水过后给庄稼施肥。她闻到猪粪的臭气正在弥散，低下头，一只脚就踩在里面，污秽的汁液正从凉鞋的镂孔里挤泚出来。

那是如何的一种懊恼？她小声着啜涕。自己的一只脚踩在粪堆里，另一只脚则颤颤巍巍地站在干爽的泥土上。她抬头望望天空，没有月亮，连星斗也稀疏，更别说那个幽灵般的金黄色飞行物。在越来越小的抽泣声中她渐渐静下来。黑暗中她甚而剥生出一丝莫名的狂喜。她想，她是多么幸运，一只脚脏了，另一只却是干净的。这么想时，一种冲动的念头也越发强烈：她想把自己的另一只脚也弄脏。她记得当时被这个念头吓了一跳，然后，这个念头就再也消弭不去，最后她望着漆黑的天空，闭眼把另一条腿也迈进肥料里……她冷静地想，这才是她想要的最完美的结果：要么干净得不染一尘一埃，要么从头到尾都散发着恶臭。她当时完全为自己的做法折服，只是在水房里反复冲洗着小腿鞋袜时，眼泪才滴到四处飞溅的水花上。她不清楚自己到底是怎么了。她想，在肉眼看不见的暗物质中，在神秘的超越了光速的飞行物里，一定有疲惫的眼睛审视并嘲笑着她：她渴望头顶上神秘高贵的星空，而事实是，她的双脚只能陷进牲畜的排泄物里……

她到底睡了王小塔的三个铁哥们。过不几天，整个云落人便会全部知晓了。这多好。她本来还想拿了王瑜山的体液去派出所报案，说他强奸了她，可是……她苦笑一声，笑声在黑漆漆的楼道里显得如此空洞，那笑声甚至遮蔽了手机刺耳的铃声。

她思索半天才决定接不接。是王小塔打来的。这个时候他打电话干吗？办完离婚手续后，他从来没有联系过她。她犹豫着按了接听键，然后，是无尽的沉默。她似乎能听到王小塔均匀的呼吸声，他睡觉从来不打呼噜，总是以这样一种匀速的、安然的呼吸度过漫长的黑夜和短暂的黎明。

“他们，操你操得爽不爽？”

他声音平淡，犹如午夜时分哮喘病患者庸常的咳嗽声。

“我知道你天生就是个婊子，一个装模作样的婊子，一个研究狗屁宇宙的婊子，一个从不给男人口交的婊子。你天生就是个婊子。”

王小塔挂了手机。她的身子晃悠了几下，继续走在幽暗的似乎永无止境的楼道里。当手机再次刺耳地响起，她想也没想就掐掉，然后三步并作两步地疾走起来。在十三楼转角处，她被一团废弃的电缆绊倒了，牙齿磕到廊杆扶手，一阵钻心彻骨的疼。可她还是很高兴。当她坐到楼梯上缓神时，下身又开始流血。早晨只记得买药，却忘了买护舒宝，那里只用手纸胡乱垫了薄薄几层。现在，那些温热的、肮脏的血正顺着她的大腿蜿蜒，也不晓得流到何时。她又想起十四岁的那个夜晚，她的脚站在粪堆里，而她的眼睛则久久盯看着UFO消失的夜空……

而现在，通道里没有一丝光，没有一丝人语，甚至没有一丝心跳，她仿佛就坐在宇宙尽头，等待那个无限热、无限密集的点在上帝之手的拨弄下，以超越光速的速度爆炸开去。起初只有亚原子大小，电光火石间点就变得和地球一样，然后，继续在疯狂的膨胀中虚无地蔓延。她安抚着下身无比沮丧地想，时间，终于诞生了。

写于2013年6月21日

改于2014年3月29日

# 风中事

## 风来了

关鹏在超市里买蜡烛、矿泉水、酸奶和面包。新闻里说台风“小仙妮亚”即将登陆。对这座滨海城市而言，台风意味着全城停水断电、万分之零点零三的死亡率、短暂的道路堵塞和名正言顺的休班。对关鹏来讲，停电造成的黑暗、停水造成的暂时性饥渴都不是问题，昏天黑地的睡眠也不会让他得阿尔兹海默综合征。他的担忧说起来颇为可笑：美少女战士王美琳会不会手持断钢剑穿越暴风雨来等他？

他以前不怕王美琳，他以前最怕在楼梯口听到老男人响亮的咳嗽声。那肯定是父亲和母亲大驾光临了。去年，他们动辄克格勃般现身，既不事先打电话，也拒绝配钥匙。对于他们的来访，关鹏开始抱着无所谓的态度。如果没猜错，他们不是给他介绍女友，就是突击检验他的私人生活。不过，女友一概离谱，托的全是八竿子打不着的三亲六故。有次叔伯姑奶给他介绍了东港渔村搞水产养殖的姑娘（姑娘边和他聊天边抓起池子里的海鳗装箱。当她闪电般攫攥住窄扁的鳗鱼头时，他冷不丁打个寒战，下体莫名疼起来）。还有一回，远房姨姥的姑爷给他介绍了名擅长顶碗的杂技演员，头次见面她就忍不住表演了柔术，头从胯间猛然探出，倒立的金鱼眼紧瞪着他……

后来对他们安排的相亲渐生腻烦，却又不便捅破。父亲肺叶里埋藏着无数吨金属氢炸药，这个曾经的炮兵营长最窃喜别人将导火索点着，然后将他人和自己炸得粉身碎骨。他怀疑父亲骨子里有浓烈的英雄主义情结，只有牺牲才是最浪漫庄重的誓言。母亲就更不能得罪。这位在特殊教育学校教了半辈子聋哑儿童、弱智儿童和脑瘫儿童的迟暮美人天生一颗琉璃心，五十多岁了还动辄哀暮春伤晚秋。也许，看过太多肉体上的残垣，总让她习惯看别人的戏，流自己的泪。

还好，他们最近极少来访。兴许是母亲的琉璃心反射到了他稍显冷漠的眼神？兴许是父亲担心自己的火药桶被儿子走火擦燃？说到底，他仍是他们最嫩的那块心头肉，襁褓里喝奶的屎尿娇婴。有段时日母亲婉命他每晚与她视频，汇报饮食起居吃喝拉撒，他就频繁跟同事换班夜夜巡逻，裹着大衣在昏黄路灯下压嗓跟她聊两句，不是跟踪连环杀人疑犯就是追踪盗窃犯。母亲泪水涟涟下线，估计是去吃速效救心丸了。儿女与父母鏖战时总有种冷酷的本能，套路无论新或旧，手段无论刚或柔，终归是旗开得胜的一方。

王美琳就没那么好对付。关鹏觉得遇到王美琳，既脱离了经验主义，也脱离了对称逻辑。

这女孩是在夜店认识的。喝了几杯加冰的假芝华士后，两人开车去了海边。虽是初夏，人已密如蝌蚪。她的手指摸上去如单腿蛏般细小软滑。这是关鹏憧憬了许久的时刻：跟女孩光脚在沙滩上漫步，风吹着他的白衬衣和她的碎花短裙，而海面上由远及近的豪华游轮上，正举办着维塔斯的插电演唱会。在阉伶般空妙绝伦的歌声中他缓缓揽她入怀……那晚没有豪华游轮也没有维塔斯的演唱会，却有架闪着尾灯的庞大客机从海上由东向西急速飞过。他低头吻她，女孩的舌尖冰激凌般凉甜，他感觉自己的整个肉身都被那小小舌尖吮吸着一寸寸融掉，最后单剩下随海风消逝的灵魂。是的，他想到了“灵魂”这个古老的词汇。他们在海边的旅馆开了房。事毕，当他瞥到白色床单上的血迹时，禁不住愣住。

说实话他有些许慌乱。这样的邂逅，或许只能是邂逅而已，他素来不抱什么奢望。可那抹血迹让他隐隐厌恶起自己。后来他们躺在阳台上的藤椅上，吹着咸风，凝望着黑暗中咆哮的野兽。女孩轻声细语地说，她读大学二年级，学的中文，不过最爱的是唱歌。她大部分业余时间都用来参加各种声乐培训，如果哪天去参加“中国好声音”，她肯定得冠军。“你什么职业？”女孩狸猫般蹿坐到他腿上，掐着他脸颊傻笑，“贼眉鼠眼，不会是毒贩吧？”他告诉她，他不是毒贩，是人贩，天亮了就把她拐卖给深山茂林里的老光棍。女孩咯咯笑，顺手将他内裤扒扯下，稳稳坐了上去。这样，波涛声中他们忍不住又做了。当他手扶阳台上的银白栏杆抽烟时，霞光已由绵黑叠云层峦爆射而出，海面上游动着一群又一群黄金铸造的鱼。这让他有种错觉，他的好时光恐怕要来临了。

这个叫王美琳的女孩犹如肥美腥嫩的牡蛎，委实让他贪恋……王美琳是白羊座，天生冒傻气，喜欢零食甜点，不过也吃不胖。她老黏着他去各大夜店喝鲜啤。还从未遇到过如此喜欢喝酒的女孩，似乎她瘦弱的身躯就是看不见的下水道，可以无限量排放各种酒精度各种麦芽糖度的液体。她还烟不离手。他曾忧心忡忡地盘算，由酒精和尼古丁供养的身体，会生育出如何品种的婴孩？

当然这些都是小事。他受不了的是她的脾气。正值夜班，王美琳打电话，吩咐他去哈根达斯买冰激凌。每年夏季单位最是忙碌，上面的官员都来这里度假，如果级别高些，他和同事们得整宿整宿在大街上巡逻。那天王美琳说，如果他买不到冰激凌，以后就别来找她。他只得跟领导撒谎说，犯了结肠炎，要去医院打点滴……两个人去看电影，王美琳想吃爆米花。他说爆米花是垃圾食品，除了香精就是色素。王美琳噘着嘴让服务员拎了六桶，尽数倒在脚边，边倒边踩，边踩边扯着细嗓喊：愣着干吗！付款啊！他久久盯着王美琳，恍然明白件事：王美琳大概是将他当作了她的父亲。

明白了此事，一切豁然：这绝对不是未来孩子的母亲。他需要一个跟他睡觉生孩子、跟他打游戏会亲朋、跟他泡酒吧去西藏旅行的女人，但绝不需要一个将来内裤袜子要他洗、孩子要他喂、饭要他煮、屁股要他擦，稍不留神还可能给他戴顶绿帽子的女人。

想通了，心就散了，电话也懒得打，王美琳打电话也不接。一来二去王美琳也察觉到他有些异样，便常跑宿舍腻歪，找也就找了，见也就见了，睡也就睡了，可曾让他融化的舌尖再不是甜凉的舌尖，那个被海风卷走的灵魂重又栖居进他的肉身。他想嘎嘣其脆结束这段关系，可始终找不到恰宜的借口。他这才猛然发觉，若想摆平一件事，无论好事还是坏事，都需要冠冕堂皇的理由。当这理由还未灵光闪现，只能蟾蜍般被温水继续熬煮。

那日从超市出来，乌云盖顶。他想打出租，等了半晌也未等到，只得怏怏步行。雨点很快噼里啪啦拍到身上，狂风中他如稻草人般被鞭打撕扯，身体险被拉扯进闪电。好歹踉踉跄跄跑回单位宿舍，浑身已精湿。他掸掸头发慢慢悠悠往楼上走。当意识到门前缩着团黑影时，心咯噔下沉下去。看来王美琳还是来了。

“你终于回来了！”那团半蹲的黑影陡然站起，“你他妈终于回来了！兔崽子！”

不是王美琳，是个男人。这男人声音如此熟稔。他揉揉眼眶，这才发现顾长风正三步并作两步地朝自己走来。

“我操！你咋来了？”关鹏吐了吐舌头，“你……”

“是小仙妮亚把我吹来的，”顾长风嘿嘿笑着拽了拽身后。昏暗光线下还站着个小女孩，“快叫叔叔！”顾长风摸摸孩子的头顶说，“你关叔是老爸最好的哥们！”那个长着双虾米眼的小女孩怯怯地说：“叔叔好。”

关鹏皱着眉头问：“怎么不提前打电话？”

顾长风搔搔头说：“电话欠费了。”

关鹏边开门边说：“欠费了就交啊。”

顾长风半晌才磕磕巴巴地说：“我最后的……积蓄，都用来……买……买火车票了。”

## 好基友的碎碎念

顾长风跟他有段时日未曾联络，或者说，顾长风二婚后，就从关鹏的生活中彻底消失。这是意料中的事。顾长风第一次结婚时也如此。他那个在小学当语文老师的妻子其实还算明事理，可顾长风就是那种人：一旦黏上女人，哥们就犹如洗澡时掉下的毛发，全被冲进下水道。关鹏回老家时招他喝酒，他不出来；招他唱歌，他不出来；招他足疗，他不出来；招他打篮球，他不出来；招他打麻将，他不出来。这个叫顾长风的人总会有理由搪塞：譬如在给老婆炖草鸡汤，譬如要给怀孕的老婆洗澡，譬如要给丈人家抢购盘锦大米……有次他甚至信誓旦旦地说，吃海鲜喝啤酒过度，得了痛风，尿酸高骨头肿，走路一瘸一拐，出门甚是不便。然后在超市，关鹏碰到了挽着孕妇胳膊买凤梨酥的顾长风。这鸟人不是尿酸高，而是脑子里灌了硫酸。对这个见了女人骨头就酥软的发小，关鹏只能跟哥们喝酒时恨恨损上两句，最末总要咬着牙根说，早晚一天他死女人手里。死了我也不送葬！你们给我记着！

其实顾长风跟第一任老婆离婚没多久，就闪婚了。二任妻子是县药监局的临时工，没有编制，工资比顾长风高不了多少。论起长相，也只是个女人而已。关鹏一直不明白顾长风看上了她哪点。按照关鹏想法，顾长风该从第一次短暂的婚姻中吸取教训，而不是急着再婚。婚姻不是儿戏，哪儿能这厢旧人尚在檐下泣，那厢新人就在洞房笑？后来听同学说，这老姑娘家世不错，父亲是建筑商，身价千万。思忖一番，顾长风想的也没错，娶个浑身镶嵌着金边的老姑娘，也算良缘。可他实在想不明白，顾长风为何来找他？不光自己来了，还带着跟前妻的孩子豆豆。

“我实在受不了她，”顾长风啃着面包嚷道，“我要跟她离婚！”

“疯了吧你？”关鹏觑他一眼，“孩子才一周岁，哺乳期，法院不会受理的。”

“不同意我也离！”顾长风把面包掰碎了塞豆豆嘴里，“如果再跟她过，生不如死。”

“你第一次离婚时，也这么说。”

“是吗？”顾长风伸出食指蘸起餐桌上的面包渣，“我的命怎么这么苦？”

“苦过朝鲜人民？”

顾长风说：“你还有心情笑？有没有点人性？”

关鹏说：“我的人性早被你泯灭了。”

顾长风哼了声说：“我没吃饱。”

关鹏说：“豆豆吃饱就行了。”

顾长风说：“你他妈一点都不关心我。”

关鹏说：“我又不是你爸爸。”

顾长风不说话，趴餐桌上默默流泪。女儿豆豆用小手帮他擦眼眶。

关鹏说：“这么没出息！做不成小鲜肉，就做老腊肉。”

顾长风哭声更大。关鹏说：“说吧，到底怎么了？我最喜欢给别人伤口上撒盐了。”

窗外飓风降临，枝丫脆响。顾长风断断续续地讲，关鹏有一搭没一搭地听。在他看来，顾长风是个对自己极为不负责的人，或者说，是个完全没有看清自己本质的人。男人到这年岁，对自己还缺乏唯物主义的判断，生活偏离轨道也正常。顾长风说，他没想到第二个老婆是个好吃懒做的女人。婚后没多久就看清了他的家底，积蓄不过四五万块钱，若不是公婆搬扶日子也难将息。就怂恿他将那辆帕萨特卖了。这车是他头婚时父亲送的礼物，只卖了十万，转卖给了谁？她舅舅。不满一载，卖车的钱就全花光了。怎么花的？说不清，反正想买啥就买啥，想吃啥就吃啥，想去哪里就去哪里。本来还幻想着岳父岳母可能会周济布施——有钱人手指尖稀稀拉拉流下的金粉也能抵普通人家一辈子的家底，可事情完全不是这样，岳父痛惜地说，他的家当全压在开发区的娱乐城上了，娱乐城一日不竣工营业，他就一日不能翻身做主。

孩子两个月时闹肺炎住院，顾长风身无分文，又不好意思朝爹妈开口，只得伸手跟老婆讨要。老婆泪眼婆娑地说，你去跟我爸借吧。岳丈借给他两千块钱，孩子住院花一千，剩下那一千，他还给岳父，岳父推辞一番就揣裤兜里了。孩子周岁生日时，他母亲给了孩子两千块钱，老婆回家后要闹一番，说哪里有这么抠的奶奶？孙子过生日只给这俩子儿！平时可只拉扯豆豆，没抱过几次孙子！家里准备好了饭菜，老婆也没吃，抱孩子回了娘家，临关门前撇着嘴说：我妈知道外孙过生日，买了百十块钱的上好野猪排呢！如此这般奇葩种种，真是三日三夜道不尽。

不久两人又生龃龉，老婆指着他说，你呀你，就是个绣花枕头！就是个驴粪蛋！顾长风最听不得人喊他绣花枕头，最听不得别人喊他驴粪蛋。就说，我们干脆离婚吧，你找你的高富帅，我找我的黑木耳。老婆冷笑三声，开始协议离婚，孩子归她，不过顾长风每月要给孩子九百块抚养费。顾长风硬咬着槽牙应了。要知道，他是电力局的临时工，月薪不过两千。不成想日后老婆又反悔，抚养费又涨到一千五。他总不能去喝西北风吧？离婚之事就僵到此。母亲素来心律不齐，往前被第一任儿媳折磨得披头散发，如今又被第二任儿媳折磨得眼泡肿胀，干脆搬进医院。顾长风意乱心烦，想到关鹏，于是跟单位请了长假，带豆豆来散心。

关鹏问："你是不是真铁了心？别他妈住两宿拍屁股走人，回头破镜重圆，搂着你老婆往我身上泼脏水。"

顾长风说："我再不离婚，早晚被她吸得骨髓都不剩。再说，我是出卖哥们的人吗？"

关鹏只得说："那先住我这儿吧。不敢保证你嘬香喝辣，可也不至于吃糠咽菜。"

## 落水狗

"小仙妮亚"并未在此久留，翌日就撤了。关鹏带顾长风和豆豆吃了早餐，又塞给顾长风三百块钱，让他带孩子四处逛逛。这季节，此城最美艳。一座城若吸附了海，犹如美人眉心又点了颗朱砂痣，绿海金沙，白鸥快帆，虽比不得马尔代夫巴厘岛，也被诗人们谓之“太平洋的最后一滴眼泪”。当初关鹏没回廊坊而是报考此处的公务员，跟这海也不无干系。他自小生在平原，十八岁之前没见过山没见过海也没坐过绿皮火车。在他印象中，世界就是浑圆寡静的地平线，线上缀着灰色城郭与枯寡杨柳。头次看到大海时他扒个精光在海水中一路狗刨，几乎游到警戒线。他恍惚是重回到母亲的子宫，在温热漆黑的羊水中游弋。世界那么静，上帝尚未赐予他双耳。

等正式工作，对海的情感则斑驳起来。六七月，大量游客涌入，这座城一改往日肃穆，变成了童话里的城堡。游客脸上俱戴着“笑面人”面具，贩卖海螺草帽泳衣花伞的本地渔民，眼角深匿的狡黠也褪去商人本色，变得如初诞的匹诺曹般天真。盯着京津冀黑吉辽俄罗斯白俄罗斯哈萨克斯坦甚至车臣的美女们箍泳装在沙滩上散步日浴，还真养眼惬适。不过，若是来了“领导”，无论重要的还是不重要的，正的还是副的，退休的还是没退休的，只要是“上面”的，他们这些小警察日子就不好过。各种繁文缛节姑且不论，单是连他这种办公室文职人员也要深夜巡逻就让人委实吃不消。而这个夏天，除了如癞皮狗般生冷不忌棍棒不惧，他还要接待来自远方的落魄故人，若只是如此也罢，偏偏还要时刻担忧那个叫王美琳的女孩。

王美琳即便再没有心肺，也肯定明了关鹏如今的心思。所谓不冷不热，无非是分手的前奏。要是换了旁的女孩，分也就分了，反正关鹏这般的男人一抓一大把。关键在于，王美琳似乎真对关鹏动了心，这是关鹏最头疼的问题。以往处对象都是好聚好散，成年人嘛，做不成情人做朋友，做不成朋友，无非老死不相往来，此城虽小，可要想无故邂逅，还真是沙漠里寻粒做了标记的沙。但王美琳身上有股子凌蛮之气，似乎她若不想分手，关鹏就永远是她掌心里的痣，是她耳垂上的瘤。关鹏不想做那颗痣，不想做那个瘤，他只想找个合意的姑娘，早日把婚结了。

以前倒不急，反正刚毕业，涩果一枚，无论领导还是家人，都劝他以业务为重。如此几年，单位介绍对象的骤然多起来，红娘大多是同事，就不忍拂人脸面，靠谱不靠谱的一概会会，大不了找个借口撤了，人家也不会介怀。碰到有眼缘的，吃吃美食逛逛大街，看看电影泡泡酒吧，合意的日子上上床，处上段时日，脾气秉性要是不合，一拍两散。掐指算算，关鹏见过面的大抵也有三十多位女孩。

其实最急的，还数老炮兵营长和老林黛玉。县城里跟关鹏同龄的，孩子都会打酱油了，即便关鹏待在三线城市，二十七八也是个坎儿。关鹏也有些急。晚结不如早结，孩子早拉扯早省心。可这些年过去，碰来碰去，还真没碰到命中注定的那位结朱陈之美。他素来是个经验主义者，对“谈恋爱”曾做过细致分析，除了自己的择偶标准，他认为至今未婚的关键性因素还是外在的，用列宁同志的话来说，就是事物的性质主要是由取得支配地位的矛盾的主要方面所决定的。

这座城市的坐地户，都想找坐地户，理由也简单，你个外来人，根不深叶不茂，如何能有好前程？若说这城是张网，那么关鹏连只花腿蛛幼卵都算不得；女儿家有点姿色的，首选是私企外企国企的年轻高管，关鹏这样的小公务员，如今连灰色收入也被掐根断茎，日后如何过安逸日子？即便是坐地户愿意找关鹏这样的，不是没正经工作就是长相差强人意，关鹏也瞧不上眼。而那些外地来的女人，长得好家境也好的，首选也是当地男人。关鹏倒不在乎对方仙居何处，只想找个有点文艺气质的姑娘。他想，一定要找个结了婚就再也不会离婚的女人，然后像老炮兵营长和老林黛玉那样过烟熏火燎的日子。而王美琳呢，年小未定性，等她毕业，谁晓得哪里落脚？谁晓得到时会否另栖高枝？她是西安人，极有可能毕业后回十六朝古都。他总不能把工作辞了去做倒插门女婿吧？如此细思，关鹏心气更凉。

这天来突击检查工作的是省厅，作为办公室负责采购的人员，关鹏要订招待水果，还要去酒店订餐。正在这里筹谋，手机急躁地爆响起来。

“我想跟你好好聊聊，”王美琳说，“我下午没课。”“忙着呢。没空。”“你什么意思？”“我的意思是，我现在不想跟你说话。”“我想你……”

“我们分手吧……”他淡淡地说，“分了吧。”

这句话终于说出来了，毫无征兆地说出来了。先是莫名的静，而后传来王美琳急促的喘息声。两个人都没有再吭声。关鹏默默挂掉手机。

一上午他都惴惴不安，老觉得一抬头王美琳就站在眼前。如果她真站在对面，能有如何说辞？不知道。那天中午他在饭店里跑前跑后，每每听到铃声都不禁浑身哆嗦。还好，王美琳再无声息。说实话，他倒希望她在电话里咒骂他一番，那样的话他会好受些。而现在，王美琳的沉默让他犹如深陷黑暗甬道，不晓得何时光亮才会漫进。

王美琳的疯狂是从午后开始的。她打他的手机，他没接。她再打，他还是没接。在半个小时里她打了六十多个电话。如果不是单位有规定必须二十四小时开机，他早把手机扔进抽水马桶。刚开始只是内疚，当刺耳的铃声如复读机般萦绕耳畔时，他渐而麻木起来，将手机调到静音状态，有条不紊地结账、签字、护送领导到高速口、向主任汇报下月预算、复印文件、购买办公用品、到财务报账……手机一直在手包里嗡嗡响动，犹如怪兽在魔瓶中绝望呜咽。下了班，他直接开车回宿舍。推开门，发现王美琳正坐在里面跟顾长风聊天。顾长风嬉笑着站起来说，美琳来半天了，你怎么才回？王美琳没有吭声，只是低头喝咖啡。他一把拉扯起王美琳："你不是想谈谈吗？我们走。"

他们其实也没谈什么。王美琳只是抱着他哭。哭阵停阵，停阵哭阵，后来干脆坐马路边抱头嘤咛。关鹏捋了捋她的长发："回去吧。你现在还是个孩子。等你长大了，我们再谈恋爱。"

王美琳真就打了出租车回校，且几日音信渺然。这倒让他颇感意外。按她的脾性，总要弄个鱼死网破。就想，也许她终于想通了，这世上没有谁离不开谁，谁都不是谁的恒星，谁也不是谁的行星。

顾长风呢，仍带豆豆乱逛，去了海豚馆和极地海洋世界，去了游乐场。更多时候，是在梅地亚广场看大妈们跳舞。关鹏想问他何时回廊坊，话到嘴边又咽了回去。他又跟关鹏要了五百块钱。关鹏想起上高中时，顾长风已经去职业技校念美术专业。他人漂亮，画又好，揽了不少私活。回县城头件事，就是带关鹏下馆子，生平第一顿自助涮羊肉，第一顿肯德基，第一顿必胜客牛排，第一顿日本料理……都是顾长风开着他父亲那辆破皮卡带他吃的。那时的顾长风，是腰缠万贯的老大哥，是世界连通器。他曾想，以后也要成为顾长风那样的人……而现在，看着顾长风略显佝偻的背影，心里说不出的怅然。

那天关鹏突然接到陌生男人的电话。男人的声音听起来闷声闷气又异常洪亮，似乎随身携带着低音炮。他自报家门，说是王美琳父亲，想和他当面聊聊。关鹏想也没想就应了。等见了面，才发觉不光有王美琳的父亲，还有王美琳的母亲和王美琳。看来一场审判要开始了。关鹏还没见过如此阵仗，额头难免冒虚汗。王美琳父亲是个胖子，穿身板正白西服，系条猩红领带。母亲则黑瘦干瘪，满脸罩着杀气。王父也没兜圈子，说王美琳跟他分手后得了抑郁症和厌食症，如果病情继续恶化，后果不堪设想。你说怎么办吧？

关鹏很怕跟成年男性私下打交道。他缺乏经验。印象中，父亲与他虽血肉相连却冒着金属冷冰之气。小时父亲在黑龙江当兵，回家探亲时带不少榛子、松果、奶糖、果丹皮和棒棒糖。上大学后，父亲如果去了超市，仍会买大堆果丹皮，回家默默塞给关鹏。关鹏每次将糖纸剥下，都会发现自己瞬间变成七八岁的男孩。他们没一起喝过酒，没一起打过篮球，没一起下过象棋——他晓得曾经的老炮兵营长在部队时是主力后卫，也是象棋高手。上班后他给父亲买过管萨克斯，回家时也没见他吹过，只是擦得雪亮，摆在电视柜上，像平日的父亲般寡言。

如今面对王美琳的父亲，关鹏一时无语。他继续说："关鹏啊，你们是自由恋爱，可自由恋爱也有底线，不能新鲜劲过了就分手。你去买水果，咬了口就能随便扔吗？你比她大，凡事要让着她，想着她，由着她。"

关鹏沉吟片刻才嗫嚅道："我们分手了，她以后怎样，跟我没什么关系。不过，我倒真心希望她过得好。"

王美琳母亲就是这时发飙的。她从椅子跳起，指着关鹏大声骂道："你什么东西！玩弄完我女儿的感情就想撒手！没门！她又不是过期产品说扔就扔！你给我听好了，我女儿的病治不好，你要养活她一辈子！"

关鹏更不晓得如何应答，只是磕磕巴巴问道："那你们……你们想怎么样？"

王美琳父亲朝老婆做了个手势，示意她息怒。他说："问题很好解决，给你两个方案，你自行选择：一是继续跟美琳谈恋爱，解铃还须系铃人，你留在她身边，她自然会康复；二是你走你的阳关道，她走她的独木桥，不过，你要给她十万元的精神损失费。"

关鹏起身就想走。王美琳父亲清清嗓子说："年轻人不要太拿自己当回事儿。如果你不配合我们，我们就去你们单位掰扯掰扯。你肯定不希望自己的大好前程毁了吧？一个在职警察，玩弄无知少女，话好说不好听啊。"

关鹏的衬衫都湿了，说："你让我好好想想，让我好好想想……过段时间我们再联系。"

王美琳父亲哼了声："你最好明天就给我回话。我在北京开了十二家羊肉泡馍店，手下员工百十号人，可比你个小屁警察忙多了。"

关鹏满脑糨糊。他感觉自己就是条落水狗，正挣扎着爬向岸边。还好，他相信自己游泳技术还不错，姿势也不会太难看。

## 有美一人兮

老炮兵营长和老林黛玉火速赶来了。关鹏听着门外焦灼的敲门声，忍不住去瞅顾长风。顾长风咧嘴道："是我打的电话。信我的没错，酒是陈的香，姜是老的辣。"

老两口水都没喝，先问询起事情原委。老炮兵营长还从褪色的军用书包里掏出笔记本记录。遇到关键性问题，譬如关鹏是否和王美琳发生过性关系？发生过几次性关系？是否采取了避孕措施？有没有堕过胎？老炮兵营长都会皱着眉头用红水笔做标记。当关鹏支支吾吾地将事情说完，老炮兵营长的本子上也密密麻麻写满了字。为了清晰可见，他还利用老林黛玉去厕所的空隙画了张形势分析图。他说，形势有点紧迫，但还不至于到警戒状态。王美琳父母知道开弓已无回头箭，唯一的目标，无非是想从你身上诈些钱财。这时站位要高，目光要远，态度要积极，行事要低调。如果他们真闹到局里，名声肯定受损。这种事，掰扯不清，千万不能让领导和同事认为你是个玩弄女性的男人。虽然现在开放了，但还没开放到美国的程度。不过十万块也确实离谱，我会帮你处理好的。最后，老炮兵营长拍了拍儿子肩膀，铿锵有力地说："战斗开始了，不过我们肯定是胜利一方，美国哪里干得过中国？纸老虎而已。把那老家伙的手机号给我，我和你妈去谈判。"

他们下午四点钟去，晚上七点钟回。回来后老炮兵营长清了清嗓子说："去外面吃火锅吧。"关鹏就知道问题解决了。老林黛玉无疑流过许些泪，眼布血丝，声音也有些喑哑。当老炮兵营长点菜时，她朝关鹏竖起三根手指轻轻晃了晃，于是关鹏知道，赔了王家三万块。那是顿沉默的晚餐，只有豆豆举着爆米花在他们中间跑来跑去。等吃完饭已九点，老炮兵营长执意开车回廊坊。关鹏晓得他认定的事，别人休想劝阻，只得叮嘱他们上了高速要注意安全。老炮兵营长重重"嗯"了声，扫他一眼，说："狼行千里吃肉，狗行千里吃屎。我们是本分人，既不能做狼，也不能做狗，我们要做狼狗，谁欺负咱了，该咬谁就咬谁。记住没？"

这么些年来，关鹏还是头次听到老炮兵营长的肺腑之言，不禁拼命点头，同时将老林黛玉的泪水慌乱着揩去。

以为就没事了。本来他劝顾长风随老炮兵营长一起回老家，可顾长风说，他老婆又改了主意，不想离婚了，跑到单位撒泼耍赖，弄得领导很是火大，此时要回无异飞蛾投火，还是先在这里休养生息。他前几天看广告，发现有家私立幼儿园招校车司机，他就去应聘了，人家也录用了他，还说豆豆如果入托，会减半收费。关鹏就没话可说了。

过不几天局里要举办消夏晚会。每年盛夏，局里都举办这样的演出。有点文艺细胞的男警女警集体出动，会唱歌的唱歌，会跳舞的跳舞，会说相声的说相声，会演小品的演小品，主题无非是“警爱民民拥警、警民携手一家亲”。作为工会兼职干事，关鹏必须像只皮猴不停旋转，挑选节目，购买服装，写主持词，联系场地，事先排演，如此如此，堪比迎春。往年，还要从市歌舞团邀请舞蹈演员领舞配舞。今年领导说了，要开源节流，坚持两个“务必”，伴舞的就挑些腿脚伶俐的女同志跳吧。没经验？那就请有经验的老师带一带嘛。我们女同志抓坏人都手到擒来，还会被扭扭胳膊撩撩大腿这样的屁事难倒？既然领导如此安排，主管副局长和主任也不便多言，吩咐关鹏想办法聘请艺术指导。关鹏有个高中同学在本市艺术学院教书，便给他推荐了舞蹈系的一名教师。

这女人叫段锦。素面，长发，穿条宝石蓝长裙。她跟关鹏在办公室聊了个把小时。声音清脆，时不时夹杂些手势，手势也柔和，并不显得夸张或傲慢，关鹏就多瞅了几眼。事情谈拢，关鹏说：“段老师，天都黑了，您忙活半天真不落忍。不如这样，我请您吃晚饭吧？”

段锦笑笑说：“我晚上有约了，改天吧。你要是还有什么想法，尽管和我直说。”

女人的长发腰间荡漾，关鹏倚着门框愣了片刻。随后，麻烦事就来了。

是王美琳。关鹏本以为再也听不到她的声音了。她嘶哑着说：“你看看我的微博吧。”

一看真吓一跳，王美琳正在微博上进行自杀直播。有张图片是条细柔的胳膊，胳膊上那条醒目红线无疑是刀片割的。还配了句话：“原想选一人到老，择一城白头。不成想终究镜花水月。再见了，我爱的你。”关鹏再联系她时已经关机。除了恐惧，关鹏更感觉到一种深深的厌弃。他不喜欢拿性命开玩笑的人，更不喜欢拿性命威胁别人的人。作为训练有素的警察，他很快得出结论：王美琳只是在恐吓他。这个时间正是吃晚饭的点，他们宿舍的同学肯定都去了食堂，她心血来潮搞了这么张图片来吓唬他。钱她已拿到手，还想怎样？思来想去他给顾长风打了个电话，然后两人去了美大。如关鹏猜度的那样，王美琳穿着睡衣披头散发地开了门，见到关鹏先拱入他怀里，鼻涕一把泪一把。关鹏二话没说，拽起她旋出宿舍。

这间咖啡厅他们以前常来。关鹏给她点了披萨和果汁，看她小口小口地吃，边吃边嘟嘟囔囔，说她把父母赶走了，她会把那三万块钱还给他，她不缺他的钱，只是缺他的怀抱。抬头看着关鹏傻笑，笑得关鹏心里很不是滋味，犹豫半晌才道："你知道我为什么要和你分手吗？"

王美琳说知道，怪我不懂事。

关鹏说："其实那都是谎言。"王美琳说知道，你肯定爱上别人了。

关鹏说："知道我爱上谁了吗？"王美琳摇摇头。关鹏指着身边的顾长风说："如果我说是他，你觉得惊讶吗？没错，我是同志。今天跟这儿出柜也是迫不得已。我不想你嫁个一辈子戴面具的男人，也不忍心将你的幸福毁在我手里。"说完将顾长风搂过，定定地看着王美琳。

王美琳嘴里的披萨掉在桌上。关鹏说："我知道你是个好女孩。我的选择你也肯定理解。你会祝福我们俩的，是不是？"王美琳盯了顾长风良久才说："谢谢你的信任关鹏。我会为你守口如瓶的。"关鹏长叹一声："我知道你是世界上最善解人意的女孩。"王美琳神情恍惚地乜斜他们俩一眼说："为什么帅哥都是同志呢？给我讲讲你们的故事吧。"

把王美琳送走，顾长风再也忍耐不住狂笑起来。关鹏很严肃地问道："我演技怎么样？"顾长风重重捶他一拳说："我才是最佳男主好不好？"关鹏说："好个屁。额头的汗差点滴我手背上。唉，只能用荒唐来对付荒唐。"顾长风托起关鹏下颌说："亲，不会真爱上我了吧？"关鹏掸掉他的手："滚！即便地球上只剩下凤姐和你，我也会选择凤姐。"顾长风"嘁"了声说："你该怎么感谢我啊？"关鹏说："去梦吧好了。不醉不归！"

关鹏将豆豆托付给小弟炳文，然后带顾长风去了酒吧。未承想酒吧里碰到帮老友，酒就喝得喧闹。大鸟在市城管工作，父亲是国税局局长，但人低调实诚，身边总是那个小鸟依人的女友。胡烈和女友正在玩骰子。胡烈是家商务公司的老总，即便在酒吧，白衬衣的袖口也扣得格外紧绷。他女友是港务局的会计，长得特像《复仇者联盟》里的黑寡妇。一帮人猜拳掷骰子玩真心话大冒险，不亦乐乎。顾长风啤酒一杯接一杯，后来又换了伏特加。关鹏晓得他是难得的轻松，压抑这些时日，换成他早疯了。去洗手间时眼风扫到个背影，依稀熟悉却偏念不起是谁，不禁跟着走几步，待看到侧脸才惊喜地喊道："段老师！您也来玩了？"

不是段锦是谁呢。只是换了条黑色短裙，化了烟熏妆。段锦笑道："还真有缘分。这里又碰上了。"关鹏搔搔头："是啊。您自己来的吗？"段锦说："别老您呀您的，我可能比你还小。直接叫我名字好了。”关鹏说：“好啊好啊。您在哪桌？不如过来喝两杯？”段锦说：“跟同事们来的。不方便吧？”关鹏说：“您是我们的艺术指导，有什么不方便的？那是蓬荜生辉啊。”

于是并桌，不管相熟不相熟，先是通乱喝。关鹏喝得少，动辄就去偷瞄段锦。这姑娘无论何时，脸上都挂着抹仿佛随时要消逝的笑容。后来在别人脸上，他再也没有发现过类似表情：那笑容是剂镇定剂，能让你即刻心安，可是因为短暂，又会让你心生怅惘。酒也不乱喝，从不主动敬酒，当别人向她举杯，她含笑盯着对方，象征性地抿上一小口。那口酒洇留在唇齿间，随时都要从红嘟嘟的唇里渍出。关鹏的心有些慌，跟她碰了几杯后，邀她去舞池里蹦迪。段锦摇摇头，说，她不会跳舞。

关鹏说：“我教你啊。”

段锦歪着头问：“你经常教女孩子跳舞吗？”

关鹏说：“我只教喜欢的女孩子跳舞。”

段锦说：“我只和我男朋友跳舞。”

关鹏有些失望。段锦又说：“不过，我和男友分手了。”

关鹏眼睛亮了亮。刚想说点别的，就接到了老炮兵营长的电话。老炮兵营长说话素来言简意赅，口吻犹如长官对士兵训话。他说，我和你老妈商量了几天，决定给你买辆新车。什么牌子？奥迪Q7。为啥买这么贵的车？我们想透了，这世道，人靠衣装佛靠金装，尤其你们大城市，更是狗眼看人低。说白了，买新车就是为了给你提高身价，能更快捷、更省事地找个好老婆。哪儿来的钱？你忘了吗，咱家旧城改造时，老房子换了三处新楼，我不过卖了一处而已。

关鹏愣住，不晓得说什么。老炮兵营长说，这个礼拜天你跟我去北京提车，然后直接开回你们单位。让你们单位的人也知道，咱家不是白给的，让那些拜金姑娘也看看，你不是白给的。

接完电话回到酒吧，段锦已经走了。关鹏有些失落。他不晓得为何失落，此时应该感觉到兴奋才对。还好，不久接到了段锦的短信。她的短信很短，只有五个字：“晚安，小警察。”关鹏盯着那五个字，隐隐觉得有戏。如她对他无意，何必发短信？即便礼节周全，“晚安”两字足够，如果是业务关系，加上“警察”两字也无可厚非，可是前面那个“小”字，就有了些调侃有了些亲昵的意味。关鹏忍不住跟大鸟和胡烈他们又狂喝了几瓶啤酒，内心里始终燃团微微了了的火焰。到散场找到顾长风时，顾长风正搂着位“公主”互留手机号，拽他起来，才发觉路也走不稳。等出租车时，脑子里还想着段锦的背影。他有种预感，如果明天约她共进晚餐，她肯定不会拒绝的。

# 钢铁侠

每日清晨关鹏的行程大致如此：六点半起床，七点开那辆老桑塔纳拉顾长风和豆豆吃早点，七点半把父女俩送到幼儿园，顾长风要开着那辆造型夸张的校车接孩子们。八点到单位。单位没有保洁，需要同志们自己打扫楼梯厕所。刚上班时，关鹏早早跑到单位，拖地板倒厕纸，顺便将同事们的杯中沏满普洱茶。这是老炮兵营长一再叮嘱的，说新人就要眼尖手勤腿快嘴甜。过段时日，关鹏听有人背后议论，说这新来的后生心眼真不少，看着傻，其实比谁都精明，如此急功近利想干吗？听着生气，关鹏故意到得晚，别说墩地板，桌上直积了半尺灰尘。过段时日又听人说，唉，这孩子原来比谁都懒，新鲜劲儿过了，就露真相喽。

关鹏是个经验主义者，上大学时哲学老师讲，经验主义是形而下的哲学，但关鹏觉得经验主义至少要比理性主义靠谱。他发现，大家基本上都是擦着点来。八点半上班，八点二十五分到，到了象征性地抹抹桌子扫扫地，开始各忙各。关鹏也照猫画虎，不过分热忱，也不过分冷淡，反正大家都这鸡巴德行，谁也挑不出谁的理。倒也真的没人说三道四。

这几天去的早，纯粹是因为演出事宜。马上要文艺会演，先是西岗区那个从小学五年级就指挥少先队员合唱团的老刑警得了阑尾炎，接着两个女警在跳拉丁舞时崴了脚，肿成大象腿，再没办法训练，另外就是从网上购买的裙子号码普遍小一码，本来都是臃肿的大妈了，勒身上仿佛群面相愁苦的巴西女奴……关鹏知道考验自己的时刻到了，如果这些小事不能嘎巴其脆处理好，不定遭多少人背后耻笑。

段锦听说后倒帮了不少忙。她说她有个学生指挥是把好手，获过全省的什么“金指挥棒”奖，至于跳舞的就更好说，简直比蚁窝里的工蚁还多。关鹏支支吾吾地问，那费用怎么办？确实，上面给的经费不够塞牙缝，用起来真是英雄气短。段锦说，她那个学生，父亲是老公安，自小崇拜警察，要是指挥这么一帮叔叔阿姨合唱，高兴还来不及，谈什么钱不钱？至于伴舞，备好服装就行。关鹏嘻嘻笑着说，真是警民鱼水一家亲。段锦说，那是，不过，会演结束后，你要请我们吃麻辣小龙虾哦。关鹏赶紧说，等那么久干吗？不如今晚就请。段锦想了想说，改天再说吧，你忙成这样了，我们怎么好意思打扰？

她说得比较犹豫，关鹏说，也好，过几天再请他们不迟。不过我前几天团购了“盛世海鲜”的券，不如今晚我单独请你？听说那里的海鲜煲请的可是韩国料理师。段锦沉默良久，方才盯着关鹏说：“我今晚约了朋友，去看俄罗斯皇家芭蕾舞团的《睡美人》，真是抱歉。”

看来她说了谎，那晚刚提及和男友分手，今晚就约人看《睡美人》？瞥眼段锦，却没再问别的。

不过，晚饭还是在饭店吃的。顾长风发工资了。这货向来是有一分花两分，非要请关鹏吃大餐。关鹏说，那就去吃大排档，老王家的擀面老汤味道杠杠的。顾长风急了，说那怎么成？我还请了同事呢。我可不想让人家以为我抠门。关鹏懒洋洋地问，什么同事啊？男的女的？顾长风说，女的，我们单位的财务会计，人老好了。关鹏问道，结婚了没？顾长风若有所思地答道，应该没有吧？

等见了面，才明白顾长风那句“应该没有吧”是有所指。这是个比豆豆高不了多少的女人，用学术用语讲，这是位成年女性侏儒。身材如孩童，面相却是老姑娘面相。关鹏不禁皱了皱眉。还好，豆豆跟这个叫盈盈的侏儒很合。盈盈脾性也好，声音柔柔的，一辈子都不会着急的样子。他们四人坐在一起，仿佛是两位父亲带着两个女儿共进晚餐。顾长风说，去了幼儿园，人生地不熟，是盈盈关照有加，才让他觉得心里挺暖和。盈盈说，谁都有初来乍到的时候，这么做是应该的。顾长风就倒了满满一大杯啤酒敬盈盈，盈盈也不推辞，一饮而尽。顾长风瞄了瞄关鹏，关鹏也接圣旨般赶紧敬酒。敬第二杯酒时，手机响个不停，看了看，是段锦。心差点跳进酒杯，慌里慌张跑到屋外。

“你到星海剧院接我来吧，”段锦说，“我在停车场等你。”

肯定是段锦遇到意外情况，不然不会这个点给他打电话，也不会用这种口吻跟他讲话。关鹏也没跟顾长风打招呼，开车直奔剧院。到了停车场，空空荡荡，只剩辆宾利停在那里。段锦端着胳膊靠在车门上，她对面是个穿西装的男人。关鹏瞅了瞅那男人说：“段锦，我们走了！”男人愣了几秒，一把抓住段锦，又瞥了瞥关鹏，问道：“这就是你说的新男友？”

段锦说：“没错。”

男人问：“警察？”

段锦说：“没错。”

男人笑着说：“样子不像个警察，倒像个吃软饭的小白脸。”

段锦说：“好坏跟你都没关系。”

关鹏想了想，走过去拉住段锦的手，转身对男人说：“别再骚扰段锦了。她以后不想再看到你。”

男人仔细打量关鹏一番：“这样毛手毛脚的男孩，过两天就腻了。”

两人上了车。段锦用纸巾擦了脸，又掏出化妆盒小心地涂口红。反光镜里关鹏看到她的脸在忽明忽暗的光线中显得那么陌生。“送我回家吧，”段锦说，“我累了。”

途中两个人谁都没吭声。本来关鹏以为段锦会跟他说点什么，比如，关于这个看起来颇为神秘的男人，比如，他们之间曾经发生过的故事，比如，今晚他们一起看的芭蕾舞剧《睡美人》。可段锦的唇线封得死死，目光游离地看着窗外，关鹏也就没好意思开口。不过，男人肯定是个有钱的男人，没钱能开宾利慕尚？男人也是个有来历的男人，当了这么些年警察，还是一眼能看出对方成色。不过男人还是有些特别，不像这个地区的有钱人，脖子上挂着黄金链、手腕上拴着赛鸽蛋的象牙。他看起来很清洁，眼神里满是迷离和……疲惫，仿佛一个随时会睡着的孩子。

段锦在小区门口下了车，朝关鹏摆摆手。关鹏说："要我送你上楼吗？"

段锦说："改天……再请你上来喝茶吧。"

关鹏说："明天上午预演，局长审节目，不要迟到啊。"

段锦只是笑了笑。

回到家里，一个人没有，看来顾长风和盈盈他们聊得很投机。想到段锦说，改天请他到家里喝茶，难免欢喜。又想到今晚她的举动，心里满是疼惜。她骗那个男人说，他是新交的男友。如果对他尚无好感，怎会拿他当挡箭牌？又让他救驾，明显拿他当了贴心人。她还把他的身份告诉了男人，无非想让男人少找麻烦。再有钱的人也不会主动招惹警察。这女人看起来云淡风轻，其实心思缜密得很。关鹏推开窗户，小声咳嗽。他看到顾长风回来了。豆豆走在中间，左手是顾长风，右手是盈盈。他们有说有笑，仿佛是顾长风带着幼儿园的小朋友在郊游。

翌日，段锦来得很早，穿了身咖啡色套装，娴静庄凝，看到关鹏先就笑。只是一笑，关鹏就酥软了。那天虽有局长坐镇观摩，他仍气定神闲地调度，半丝躁气也无，连那个老嗡嗡乱响的音响也傻大黑粗地站在那里，没有中间变调或失声。演员们也争气，合唱气势冲天，眉毛都快从脸颊上飞弹出；扎着马尾辫的小指挥别看纤细，指挥棒一动，先把自己拧成芙蓉姐姐的S形，顷尔调动起千军万马；女人们的裙子全换成了加肥版，她们张着赤红大嘴歌唱、摇摆，深情如天主教堂唱诗班的女童……局长当场表扬了大家，当然也表扬了办公室，说办公室措施得力，安排巧妙。关鹏忍不住得意地瞄了段锦一眼，不成想段锦也正拿眼风笼他。两人相视而笑，段锦还趁机眨了眨眼。她这个小动作不禁让关鹏浑身燥热起来。他抽空给她发了条短信，说：为了庆祝预演成功，我们去吃海鲜吧。不久便收到段锦的回话：“好的，小警察。”

那日的晚餐既喧闹又宁静。喧闹是别人的，觥筹交错，划拳行令；宁静是他们的，只是默然吃饭，间或关鹏抬头看着段锦“嘿嘿”傻笑两声。段锦也不搭理他。关鹏有些恍惚，身边蓦地万籁俱静，这个叫段锦的女人，仿佛已陪伴他在此坐了数十载。

“你老傻笑什么？”段锦终于忍不住问：“没见过女人吃

饭吗？”

关鹏说：“没见过女人连吃饭都这么美。”

段锦说：“油腔滑调，哪像人民警察？”

关鹏说：“人民警察也得学会赞美姑娘啊。”

段锦正色道：“记得正式演出了，千万让那个男主持别再忘了拉裤链。”

关鹏笑着说：“他有前列腺炎。”

段锦“哦”了声：“不早了，我要回家了。”

关鹏说：“回家有鸟意思？我带你看些好玩的。”

段锦狐疑地盯着他，慢慢擦掉唇边的海鲜汁。

他带她去了宿舍。她没反对，安静地在他身后跟着。顾长风带着豆豆去海边了，打开窗户，濡湿的风不时袭来。段锦说：“宿舍够乱的。”关鹏吐了吐舌头：“我有个哥们带着孩子也住这儿。”段锦说：“开收容所啊？”关鹏将顾长风的事简说一遍，边说边踩着板凳将一个硕大纸箱从衣柜顶部搬下，擦拭掉灰尘，瞥眼段锦，慢慢腾腾地打开。

那是箱超级模型：全是大小不等、造型各异的钢铁侠。他们站在箱子里，仿佛一支整装待命的部队。“这个最威武的，三十五公斤呢，是一比一的钢铁侠，3iron Man 3 MK43手办模型，FRP纤维增强复合材料的，啧啧，战甲是金黄色相间，眼睛和胸口能发白光。是不是跟我一样帅？”关鹏把这个跟他差不多高的模型搬开，“这个是二比一钢铁侠，材质是PVCABS的。喏，再瞧这款。本来是漫威的限量版，但战损版是我亲手做的。牛×吧？我一帧一帧看电影，然后买了电钻、焊枪、喷枪、金属油漆、头灯和放大镜，用了半年的休息日做出来。后来用单反拍了照片发到论坛，有人出价三万块钱我都没卖。我怎么舍得卖呢？哎，等我搬新家了，我要专门做个玩具柜，格子纳库要按照电影专门定制，把一至七代全放在水晶弧形格子里。这个想法牛×吧？”

段锦坐地板上托腮仰望着关鹏唾沫星子乱飞，脸上是那种惯常的微笑。她什么都没说。

关鹏有些失望，满以为她会很喜欢，即便不喜欢，最起码也要装出喜欢的样子。他点上支香烟说：“这些都是我的宝贝。下班没事干，就一个个摆出来。站在他们面前，我觉得自己成了将军。小时候，爸爸给我买了套塑料圣斗士星矢，整个暑假我都没出门。”

段锦说：“说实话，你把那个最大的钢铁侠搬出来的时候，吓了我一跳。让我猜猜你的心理吧，你梦想着成为超级英雄，可是呢，内心还是个小孩。”

关鹏犹豫着拉过她的胳膊：“我哪里都不小了。不信的话你摸摸。”

段锦打掉他的手：“谁稀罕啊。”

关鹏说："真的不喜欢啊？"边说边把她拽进自己怀里。段锦拱了几拱，他喘息着说："别动，别动，我可是钢铁侠。"段锦"扑哧"一声笑了，气力就绵软许些。关鹏顺势熄了灯，一把将段锦按住。

## 深海

关鹏没料到和段锦进展得这般顺利。段锦不是矜持的女人，该做的两个人也都做了。关于床事关鹏对自己甚是满意，多年的魔鬼体能训练让他比肯尼亚草原上的猎豹还勇猛。那晚他送段锦回家，分别时吻了她。她的舌头是茉莉花。他闭着眼憧憬，蜂蜜般甜美的日子怕是真来了吧?

才知道什么是热恋的滋味。以前和女人们种种，跟段锦的种种相较，全是温暾的白开水。上班时会忽地想她，想她的桃花眼，想她嘴角不明显的细碎纹理；午餐时会忽地想起她，想她在床上凌乱的长发，想她腋窝牛奶的香气，此时那地方就不由竖起杆旗；下班时会想起她，想她走路的姿势，想她说话时的语调……冷不丁清醒过来，难免自嘲，也算久战情场，何故如情窦初开？怕影响她上课，只有不停给她发短信。短信也清洁，无非是忙不忙，吃了没有，注意午休啊诸如此类的日常性问候。段锦回话一般都要迟些。

他更难受，单枪匹马在城里闯荡打拼的姑娘，哪怕有怪物史莱克疼她也好。

关于段锦家世，关鹏还是在乎的。他觉得，择偶好歹要进行一次科学化、程式化的考察，与王美琳的荒唐事更从反面佐证了此点。这是父母传授给他的经验主义：首先对方有无家族性遗传病史，比如白癜风、癫痫症、红斑狼疮、精神病、抑郁症、舞蹈症、侏儒病、糖尿病，底线是色盲和左撇子——只要不驾驶车辆，色盲和左撇子还是无关紧要的；其次对方父母是否近亲结婚，这东西最有可能隔代遗传，底线是五代以外直系血亲，他相信医学，到了第六代染色体估计就不会交叉影响；三是对方是否单亲家庭。这点也要命，是老林黛玉一再强调的。她认为，凡是家庭不完整的姑娘大都有心理暗疾，比如轻微自闭症、间歇性暴躁症和隐蔽性孤独症，日后必会影响夫妻关系和婆媳交流，底线呢，是父亲或母亲因病早逝，毕竟是天意，对孩子的伤害有限，不会影响心理发育。水务局那个长得像高圆圆的姑娘，虽貌美性温，和关鹏也情投，但因八岁时父母离异，还是被老林黛玉和老炮兵营长一票否决。四是对方有无身体残疾的兄弟姐妹。要是配偶有个脑瘫弟弟或低智商妹妹，岳父岳母病故后如何抉择？百分之五十的可能性是由他们抚养，一旦如此，问题也多米诺骨牌般纷至沓来：家庭负担加重，夫妻矛盾剧增，离婚率骤涨。当初，他颇为心重的那位幼儿园老师，就是因为有个脑瘫弟弟，相处了三个月后，割痛分手两相忘。

虽深陷情网，关鹏仍保持了充足的警惕性，把段锦背景摸个底透，结果也让他颇为得意。她老家是内蒙古呼伦贝尔草原的，父母都是县城公务员，体健貌端，弟弟正上大学，是学校篮球队的队长，还参加过全国大学生篮球联赛。她在上海念的艺术学院，毕业后一直在本市大学教书，去年入的党，曾连续三年被评为全校优秀教师。可说算得上标准的小康发旺之家。唯一让他疙里疙瘩的，是她的前任男友。那个开宾利的男人，时不时会忽然蹦出，斜眼打量他，让他心里陡然一凛。他本想跟段锦问问男人的情况，话到嘴边又生憋回去。即便真问了，段锦也未必说，没准还会勾连起伤心事；即便真说了，难免觉得他小肚鸡肠。两人都不再是打汁机刚打出的纯天然新鲜果汁，没必要计较果汁底部是否有沉淀物。何况，有些事过去，最好的选择就让它埋葬在马里亚纳海沟。

然而那天心里还是硌硬了下。本来说好跟段锦去张北草原音乐节。据说罗大佑、朴树和伍佰要来。奥迪也从北京提来了，正好跑高速磨合磨合。顾长风和豆豆呢，要参加幼儿园组织的夏令营，也不会打扰他俩。查了查天气，不冷不热，最适宜租住帐篷。早早将杂物备好接上段锦。快上高速时，他接到条短信：

“你会后悔的，关。”

你会后悔的。关鹏皱皱眉，盯着号码。是陌生号，也许发错了。转念一想，如果发错了，怎知他姓关？那么，谁给他发这样一条没头没尾的短信？这话什么意思？忍不住偏头看了眼段锦。段锦正塞着耳机听歌，吐着舌头问："怎么了，小警察？是不是忘了带身份证？"关鹏强笑道："也不看看我是吃哪碗饭的。"

那天天气委实不错，关鹏心里却蒙了层霾。他掰着手指数了数最近自己干的活儿，数来数去好像并无漏洞，更没得罪什么人。就是跟王美琳分手而已……对，就是王美琳，关鹏恨恨地想，这不知好歹的，难道还在打他的主意？转念一想又不像。王美琳是个没心没肺的人，什么话都炮仗般直接飞天炸裂，断然不会如此委婉晦涩。心里就有点乱，给小弟炳文偷偷发了微信，让他帮忙查下号码。炳文很快回了，说这是黑号，查不到机主是谁。关鹏闷头闷脑地开了阵车，时不时乜斜段锦两眼。段锦那天吊了条马尾辫，她发质硬，可能刚洗的头，有几根随风胡乱飘拂。她的侧脸没有正脸耐看，下巴过于圆润，可飞驰的阳光打在上面，有种瓷釉方有的光泽。

然而还是挺开心。乱糟糟的音乐节，客栈全满，帐篷租光，伍佰晃着几根油腻的长发唱了《挪威的森林》，罗大佑颤抖着破锣嗓唱了《恋曲1990》，朴树压根没来，然后是些莫名其妙的乐队，新裤子旧裤子，盲肠玫瑰异度空间之类。关鹏从身后搂紧段锦。霓虹灯和射灯将黑魆魆的天空射穿了几个洞。当他抬头仰望天空时，恰有流星驰过，不禁闭眼许愿，无非是跟段锦百年好合之类。许完愿忍不住自嘲，都什么年岁的人，还跟个孩子似的幼稚。即便如此，心里仍是脂蜜流淌。只是当他小狗般舔舐着段锦散发着茉莉香气的发梢时，车上接到的那条短信忽又跳脱出来，一字一字在瞳孔里放大，随着歌声左飘右摇。关鹏猛然间醍醐灌顶：这短信，八成是那男人发的吧？他怎么舍得段锦这样的女人？穷追猛打不成，才发了短信让他生疑猜忌。如此手段，也真够下三烂。想明白了，将段锦搂得更紧。段锦用手指敲敲他脑门说："又发情了？"

从张北回来，忙得是脚尖朝后。先是文艺晚会在梅地亚广场隆重上演。让关鹏欣慰的是，主持人裤链没忘拉好，小指挥的S形堪比逻辑回归模型，小品演员没有卡壳冷场，总之一切都顺当流畅。刚忙完会演，上面的暗访组又来暗访，少不得接待应酬。接着是部里的老干部们来疗养，他们要挨个慰问。除了这些，还有让他担忧的事。有传闻说，纪委收到了举报大局长的匿名信。他呢，虽没做过什么违法乱纪作奸犯科之事，可毕竟是大局长这条线上的人，如果大局长出什么意外，主任他们难免受牵连。不过看样子传闻也只是传闻，大局长照样开他的会，吃他的饭，瞧不出什么风吹草动。他这才稍稍心安，跟段锦商量，是否跟他回趟老家？

他的意思很明了，想让段锦拜会下父母。无论如何，老炮兵营长和老林黛玉这关肯定是要过的。按照他的预测，这关不是问题。

见面无非是给他们提个醒：他有了女友，老林黛玉莫再为他的婚事失眠。段锦那边也无异议，只是说，她要把课调换下，又问去那里的话，需购买哪些礼物？关鹏想了想说，买些土特产就好，爸最喜欢吃虾皮，妈最喜欢吃螃蟹。段锦说，给爷爷奶奶买什么？关鹏心里一暖，她想得真周全，不过是无意间提过，他跟爷奶感情深厚。就说，他们牙齿都掉没了，买些“富贵轩”的糕点好了。本想替段锦打点这些礼品，不料单位有事，等联系段锦，她说已购备齐全。他也就没说什么。

老炮兵营长他们无疑做足了准备。他们住六楼，还有电梯，仍将一楼至六楼的紧急通道细细打扫。屋内更不消说，百十平方米的屋，老两口昼夜未歇地拾掇两天，就差门上插彩旗墙上贴横幅了。见了段锦这叫个亲，老林黛玉左看右看，前看后看，老也看不够。老炮兵营长假装用纱布擦那管瓦亮的萨克斯管，一双老花眼瞪得溜圆溜圆，怎么都忙不过来。到了做饭的点，段锦一直陪老林黛玉守在厨房。老林黛玉赶了她三次都没能赶出来。菜肴无非是老三样，海蟹大虾炖排骨、鲍鱼鲜蛏烧大鹅。满满一桌子菜，就差白酒了。老林黛玉说，地下室还有两瓶陈年茅台，这么欢喜的日子就喝了吧。段锦就陪老林黛玉去了趟地下室。老炮兵营长朝关鹏“嘿嘿嘿嘿”地傻笑，犹如下岗职工中了五百万彩票。关鹏心下暗自得意，酒就喝得有点高。段锦也小酌了两杯，不时偷偷掐下关鹏的大腿。

关鹏就迷离着眼死盯着她看。段锦说，少喝点，待会儿陪我去街上逛逛。老林黛玉忙接话道，去吧去吧，我们县城虽小，也是千年古镇。关鹏说，县城有什么好看的？还是带你去市里转转吧。

两人打车去市里。女人嘛，世界上大抵有三个地方最值得她们留恋：厨房、化妆间和商场。段锦似乎也不例外。在专卖店她看上双红皮鞋。处了这么些时日，倒很少见她这般兴浓。试穿后她又把那双鞋在手里掂来掂去，间或瞥关鹏一眼，半晌才说："真是不错。很早就想买双这种款式的，不想在这里遇到。"

关鹏不是傻子，焉能不明白她的意思？他此时最该做的，就是屁颠屁颠地去开票付款。按理说这是他的职责，即便是热恋中的阿根廷雄火烈鸟，也晓得把最肥美的蛤蜊献给雌火烈鸟。但是——关鹏愣没开口。那双鞋标价二千五百元。二千五是什么概念？他半个月的工资。打小起，关鹏便是个不随便花钱的孩子。这可能和老林黛玉的教育有关系。老林黛玉时常念叨："由俭入奢易，由奢入俭难""一粥一饭，当思来处不易；半丝半缕，恒念物力维艰""常将有时思无时，莫把无时当有时"。甚至还让他把《蔷薇园》里萨迪的那句名言抄到日记本上："谁在平日节衣缩食，在穷困时就容易过难关；谁在富足时豪华奢侈，在穷困时就会死于饥寒。"关鹏出生没几年，邓小平就南方谈话了，可从小到大，关鹏极少买零食，玩具也都是表哥们玩剩下的。他极渴望得到那套塑料圣斗士模型，又不敢跟父母讲，恰逢老师留了篇作文，叫《我的爸爸》。他就在文章里赞美老炮兵营长，说他喜欢圣斗士玩具，过生日时老炮兵营长毫不犹豫地给他买了全套。老炮兵营长偷偷读了他的作文，彻夜未眠。翌日关鹏床头便多了那套梦寐以求的玩具。由此他晓得，不能轻易开口讨要礼物，而是要等对方主动馈赠——即便对方是父母。别看平日里他衣冠楚楚，拉风得要死，其实穿的都不是名牌，全是淘宝淘来的，不是优衣库就是H&M，款式新颖价格便宜，穿一季扔掉也不心疼，即便跟狐朋狗友去泡酒吧，也都是网上团购酒水门票。当然，他唯一的奢侈品就是那些成箱成箱的钢铁侠。

当那双鞋子在段锦手里像团火焰来回晃动时，他其实做了无数次争斗：买，还是不买？买了，段锦肯定认为理所当然，热恋中的男人即便为女人掏心掏肺也理所当然，可以后呢？有一就有二，有二就有三，他开着奥迪Q7，可并不是他妈的富二代。千万不能给段锦造成种错觉：他有钱，他喜欢花钱，他喜欢为女人花钱。不然的话日后矛盾定会迭出，女人的欲望是器官上的息肉，割掉虽还会长，但不至于长得太过臃肿肥大，如果一直不割，很可能发生癌变；不买呢，段锦肯定会好好思忖一番，是舍不得，还是别的缘由？她冰雪聪明，定会明晓他的心思，也会体谅他的难处。果然，段锦见他没有动静，就对服务员说，还要去别家看看，先放起来吧。

就去看她的脸。没有丝毫沮丧的样子。她甚至朝他笑了笑，说："还是有点小贵。我们走吧。"关鹏说："你要是真喜欢，我们就买了。"段锦说："一双鞋子嘛，有什么真喜欢假喜欢的。"关鹏说："也好，也好，不如我们去看电影吧？听说《云图》最近挺火。"段锦说："我们还是随便逛逛吧。你们这里不是有地震遗址吗？应该是免费开放的吧？"关鹏偷偷掐了把她的细腰说："有什么好看的？要去的话也晚上去，还能干点别的。"段锦拍了拍他的头："你呀，满脑子黄色思想，要好好践行党的群众教育路线啊。"关鹏从后面揽住她说："领导一针见血，领导高屋建瓴，领导总是在最关键的时刻挽救同志。"

两人就回了县城。老炮兵营长和老林黛玉早备好了晚饭。依然是饕餮大餐。老林黛玉真是使出了浑身解数，烹炒煎炸，新蔬时鲜，只恨买不得龙肝凤胆，老炮兵营长也贡献了道据说在部队练就、关鹏只在口头听说过的驴肉闷洋芋，吃得关鹏直打饱嗝。段锦不停给老两口夹菜，老两口又夹给她，她又夹给关鹏。待酒足饭饱，老林黛玉去收拾寝室，犹如老宫女侍奉皇后般，一水的新褥子新被，据她说是1985年结婚时的嫁妆，多年来一直压箱底，怕有樟脑丸的气味，已然在阳台曝晒三日。段锦说："阿姨，我跟你睡的。"老林黛玉去瞅关鹏。关鹏说："我妈晚上打呼噜，堪比八级地震。"段锦瞪他一眼，他赶紧说："妈，还是让段锦陪你睡，你们娘俩亲热亲热，好好说说话。”段锦说：“是啊。”老林黛玉就不敢再说别的，忙去铺床温被。

听着身边老炮兵营长均匀的呼吸，关鹏睡不着了。看样子，段锦对父母印象不错。她是面上窥不出心思的人，不过从她言谈中尚能窥知她对自己的家庭甚是满意。这在意料之中。他掏出手机，仔细打量着上面那条新收到的短信：“你会后悔的，关。”这些日子，每天他都会收到这条内容相同的短信，有时是清晨，有时是午后，有时是日暮。他已然认定是她前男友所发。对这位神秘的现任女友的前男友，他一直保持着沉默。说实话他完全有办法查到男人的相关信息，男人的车牌号他当时只扫了一眼，却早牢牢记下。可查出来又有何用？只是条骚扰性短信，连威胁都谈不上。每次看完短信他都想删除，可想了想又保留下来。他也不晓得这是何故。有时看看短信，再去看段锦，就觉得这个女人身上蕴藏着无穷无尽的旧事。他渴望知道她身上发生过什么，但又极力克制自己的好奇心。好奇害死猫这句话他是信的。

父亲来回翻身，想必是酒喝得高了。他悄悄爬起踱到窗前。已立秋，夜色凉润。楼身后是田地，农人种了苞米、高粱和大豆，清甜之气随风卷漫。这晚无月无星辰，分不清哪里是田野哪里是夜空，黑魆魆苍茫虚空，偶有枝叶被风吹得窸窣响动，疾而忧伤，犹如夜海上传来的细碎疲惫的涛声。他点上支香烟，默然凝望着凝望着他的黑暗。

## 烟花

回单位的高速路上，关鹏接到主任来电。主任说你方便吗？方便的话你听我说，大局长被“双规”了。据说是他们写了匿名信。这几天可能会有纪委的人找咱们，当然，咱们向来公事公办，做了的事就承认，没做过的千万不能乱说。记住没？

就挂了。

关鹏蒙了。没想到这天真来了。主任口中的“他们”，他当然知道是谁，无非是那两位向来与大局长面不和心也不和的副局长。本以为之前的传闻纯属空穴来风，不承想坐了实。他心里倒也安生，他和主任虽是大局长的人，但丝瓜藤是丝瓜藤，肉豆须是肉豆须，即便有纠缠，还是分得清，平日里办事全照着规章，没玩过幺蛾子。只不过如若大局长真被拿掉，他们这些一条绳子上的蚂蚱，断胳膊断腿也是难免的。

段锦问道：“出什么事了吗？”

关鹏笑笑说：“没有。办公室的都是奴才命。这不主任又让我安排午饭。”

到了单位一派兵荒马乱。本想找主任私谈，问问细情，可主任没在。其他处室的人见了他，匆匆忙忙点下头，半句话都没有。他甚是无趣，只得坐在电脑前发呆。及至晌午接到顾长风电话，说他在外面租了房子，想下午搬家。关鹏问他为何搬家？顾长风说："我们爷俩不能老鸠占鹊巢啊。快让段锦搬过去住吧。"关鹏也没心思挽留，只说下午帮他拾掇东西。

其实也没什么东西，一个行李箱就把顾长风和豆豆的衣物全装下。顾长风说他租的房子在附近，有什么事也好照应。关鹏寡着脸将他送上出租车，顾长风说："真舍不得我们爷俩？"关鹏挥挥手："滚吧，快滚吧。"顾长风说："我可不是拔×无情的人。晚上一起吃饭吧？"关鹏神情恍惚地点点头。顾长风又叮嘱道："别忘了带上你老婆。"

那顿饭吃得还算热闹。顾长风带了豆豆和盈盈。盈盈烫了鬈发，看上去像个衰老的洋娃娃。段锦和盈盈都围着豆豆转。顾长风扒了关鹏耳朵问："你拉着个臭脸给谁看？"关鹏道："有吗？"顾长风说："怎么没有？是不是掉茅坑里了？"关鹏挤出丝微笑。顾长风说："女人嘛，绰号叫麻烦，漂亮女人嘛，就是麻烦他娘。你是爷们儿，让着她点。"关鹏忍不住瞅了眼段锦，段锦正喂豆豆吃虾，就说："我们能有屁事！"顾长风怏怏道："那就好，那就好。"

顾长风搬走后段锦偶尔住关鹏这里。关鹏住的是单位宿舍，低头抬头全是同事，也顾及段锦老被他们看到，不定传什么闲言碎语，更多时候是他去段锦那儿。是学校的宿舍，不过气氛要闲适许些。那天两人完事后，段锦摸着他的小腹说："我姑父他们来旅游了，我明天上午有课，你去机场接他们吧。"关鹏皱着眉说："单位这几天乱得很，我怕万一……"段锦打断他说："没有万一。"关鹏不吭声。段锦又说："人多，记得开你那辆Q7去。除了我姑父姑妈，还有表姐表姐夫。"关鹏问："接到后送哪儿？"段锦弹弹他脑门："把他们扔大街上算了。"

于是晓得段锦是让他给亲戚们安排住宿。这倒简单，单位跟宾馆素有往来，安排几间房不成问题。不过这几天单位很多人被找去谈话，按说也该轮到他。难免心里绷了根弦。据说问得特详细，连购卫生纸的账目也要核查。

越怕什么就越来什么。翌日刚想去机场，纪委调查组的人就来了，指名要跟他谈话。他在办公室当了几年采购，心里还是有谱的，账务的来龙去脉也清楚，人家问什么，他就老老实实答什么，虽心无赘事，手心也是捏了把腥汗。待到谈完话已上午十点多，姑父他们在机场都等半个多小时了。他这才开着那辆老桑塔纳疯了般开奔机场。中间段锦打过次电话，一个自称"你姑父"的男人也打过电话。到了机场，呼啦围上一帮人，倒把关鹏吓了一跳。原来除了姑父姑妈，表姐表姐夫，还有两个双胞胎男孩。关鹏连忙道歉。

姑父艮声艮气地说，我知道你是警察，忙，就别客气了，一家人不许说两家话。瞅了瞅姑父，典型蒙古人，宽颊细眼，体态如熊，一看就是摔跤高手。

只得又打辆出租，将贵客载至宾馆。段锦早在宾馆等得不耐烦，见关鹏从那辆老桑塔纳车上下来，脸色就有些不对。关鹏忙说单位有急事，段锦也没搭理他，只是满脸堆笑跟亲戚们又搂又抱。饭是关鹏定的四百元套餐，除了猪肉炖粉条就是小鱼贴饼子，段锦抽空问道："怎么没有海鲜？"关鹏一愣，旋尔红着脸说："哦……怕他们吃不惯。"段锦笑着说："你觉得我们呼伦贝尔人没吃过猪肉吗？没吃过鲫鱼吗？"没等关鹏插话就扯着嗓子喊服务员，"来两斤基围虾！再来八只阳澄湖大闸蟹！"

姑父他们热情得让关鹏有点手足无措。给关鹏带了箱"绊马索"白酒、两箱牛肉干和奶酪，还给老炮兵营长带了件羊皮袄，给老林黛玉带了件鄂尔多斯羊绒衫，礼节周全得让关鹏后悔没订只澳洲龙虾。吃完了就嚷嚷着去海边洗澡。关鹏说："现在水凉了，洗海澡容易感冒。"姑父说："不怕不怕，我们酒喝多了，冬天也敢骑马背上睡觉。"关鹏不好再劝阻，将炳文唤来，两人开车将一大家子运至海边。段锦问："怎么没开你那辆奥迪？"关鹏支支吾吾道："雨刷器坏了。"

其实那辆奥迪关鹏倒极少开。平素都停在宿舍后院，上班下班依旧开那辆老桑塔纳。原因是有的，这么年轻，开着辆百八十万的车，同事不定在背后唠叨什么闲话。可老炮兵营长既然买了，又不能不要，只有跟段锦出去兜风购物，才悄悄开上。发动车时也探头探脑，怕被哪个同事撞到。

段锦说："记得六点钟接我们。"

关鹏忙说："尽量，尽量。"

段锦扬了扬眉，想说什么又没说，转身带着姑父他们去买泳衣泳裤。

结果下午五点多主任来找他。主任虽比他只大四五岁，却是个沉稳干练的老江湖。在关鹏印象中，如若天漏了窟窿，主任会悠闲地迈着八字步去超市买胶带纸，断然不会有丝毫慌张。可这次不同，主任脸色阴沉，坐他对面只是抽烟，屋子里满是烟雾。好歹他抬起头，盯着关鹏说："兄弟，哥对不起你，白跟我混这么些年。下午局党组找我谈话了，说给我换个岗，去党办管理资料，待遇还保留着，只是没实职。我倒没什么，不过连累了你，心里难过得很。我担心没准哪天，他们也要拿你开刀。"关鹏沉默良久方道："主任，这么多年了，我最了解你。无论你去了哪儿，或者我去了哪儿，我们还是穿一条开裆裤的铁哥们儿。"主任的眼眶有些湿润，哽咽着说："我明白。这样吧，晚上我们去喝酒。何以解忧？唯有杜康。古人的话总是没错。"

关鹏也不好意思拒绝，心里想着段锦那头，却也不能扔下老主任。忙给段锦打电话，说单位加班，让他们打出租回市里，晚餐也不能陪他们了。段锦说：“晚上我就不去你那边了。”关鹏说：“好的好的。把姑父他们陪好。别忘了替我敬杯酒！”

那晚主任喝了瓶衡水老白干。关鹏知道主任能喝。据说有次主任陪上面的人吃饭，喝了两瓶茅台，喝了两瓶茅台的主任照样陪客人打牌打到天亮，一句酒话没讲，一件酒事没办。那天两人没如何言语，都心知肚明，此时说什么话都是废话。喝完酒都九点了，主任打了车回家。关鹏赶紧联系段锦。段锦说，姑父他们累了，已睡下，她也没什么精神，正躺床上读书。“我就不过去了，”关鹏舌头都短了，“明天我有急事，你陪他们去极地海洋馆吧。孩子们最喜欢海豚。”段锦沉默了会儿，问道：“你是不是有心事？”关鹏说：“没什么，单位最近有点忙。”段锦又沉默了会儿，说：“要真有什么事，尽管跟我说，没准我能帮你的忙。”关鹏笑道：“你能帮什么忙？别替我瞎操心，好好教你的书。”

第二天醒来头痛欲裂。关鹏急忙赶到单位，单位也没什么鸟事，平静如风暴眼。难得清闲，关鹏找了本落了尘土的小说，有一搭无一搭地看起来，看着看着想起内蒙古来的客人，忍不住给段锦打电话。段锦说：“我们玩得好着呢，你忙你的。”关鹏说：“你们要是去森林动物园就跟我说，那里的园长我认识。”段锦说：

“那个动物园除了绵羊就是黄牛，呼伦贝尔有的是。”

白天清闲，晚上偏又来拨客人，尽管主任已调离，可后勤的事还是关鹏负责，依旧忙如龟孙。回宿舍倒头就坠梦里。醒来时发现段锦坐在床边凝望着他。关鹏拉住她的手问：“什么时候来的？”段锦抽出手拍拍他的脸：“姑父他们明天下午就走了，你陪我送送。”关鹏问道：“才来屁会儿的工夫就走？”段锦说：“他们要带孩子去天安门广场看升旗仪式。下午四点的火车。”关鹏将她搂过来猛亲，段锦推开他，整了整裙子说：“明天记得到学校接我。”

翌日去火车站的路上，段锦突然说：“糟了，忘了给姑父他们买点吃的。附近好像有家乐福吧？”关鹏说：“你等我。”很快就回来了。段锦瞅了瞅，塑料袋里有六根双汇火腿肠，六个乡巴佬茶叶蛋，六瓶北纬48度矿泉水，问道：“只买了这些？”关鹏说：“是啊。不够吃吗？七点钟他们就能到北京。”段锦喃喃道：“哦，你想得真周全。”本来关鹏还想买几桶方便面，想想吃不了也会扔掉，何必浪费呢，就说：“那当然。”段锦乜斜他一眼：“我记得旁边超市里土特产也不少，鱿鱼片黄鱼干乌贼肉啥的。”关鹏问道：“你没给姑父他们买吗？”段锦说：“买了。”说完定定地看着关鹏。关鹏说：“咋啦？”段锦想了想说：“没什么。”

亲戚们走后那几天，段锦没怎么联系关鹏。关鹏也没有往心里去，他这头虽风声松懈，心里那根弦绷得倒比之前更紧。局里已陆陆续续清理大局长的旧部，人事处的处长去了食堂管伙食，监察处的处长下派到分局当副局长，总之都是明降。像关鹏这样没职位的，最担心的就是下派到某个兔子不拉屎的派出所当巡警。他联系了几次主任，主任只是叮嘱他，做最坏的打算，不过年轻人吃点苦总是好的，要记得星云大师那句话，吃苦是福。关鹏还能说什么，坐办公室如坐针毡，接到段锦电话也没个精神头。那天段锦说，好久没去酒吧了，晚上去玩吧。关鹏倒有些意外，她极少主动张罗去如此闹腾的地方，就说，好啊，我把顾长风也叫上。段锦说，那我把师姐带上，好久没见她。关鹏问，什么师姐？段锦说，大学的闺密，以前都在上海读书，现在做酒店呢。关鹏说，怎么没听你念叨过。段锦淡淡地说，她呀，比大人物都忙，不是想见就能见到的。

关鹏跟顾长风到得早，碰到了大鸟胡烈他们。大鸟似乎有什么心事，死劲喝酒，偷偷问胡烈，这才知晓，大鸟跟女友分了，本打算十一月底结婚，问题就出在买车上。大鸟想买辆荣威W5，女友不干，说一辈子结这么次婚，要买辆好车，起码要捷豹XE吧。大鸟说车就是代步工具，有辆凑合着用就行。女友说，如果买荣威，那婚也就不必结。本是两人私话，怎么被大鸟父亲知晓。父亲说，那就让她嫁给买捷豹的男人吧，咱们家买不起。大鸟又犯了个错误，把话传了给女友，女友告诉了家里，家里又不干了，说大鸟家有的是钱，买辆破车还要推三阻四，明明是瞧不起我们闺女，这婚不结就不结，再说了，我们家闺女找什么样的找不到？如此如此，再加上亲戚添油加醋煽风点火，大鸟干脆和女友分了。

关鹏说："至于吗？她以后到哪里找大鸟这么好的富二代？有钱不乱花，颜值高不乱搞。真是傻×一个。"胡烈似乎颇为感慨，说："现在的姑娘，老觉得全世界都对不起她，老觉得全世界都是她的，"瞅了瞅"黑寡妇"嘿嘿笑着说，"像我女朋友这样视金钱如粪土的，真还是快绝迹了。"关鹏就去看港务局的女会计，看着看着难免羡慕起胡烈来。

关鹏喝得有点晕乎，见到段锦进来时忙晃晃悠悠站起来迎接。段锦说："快来拜见我师姐。"关鹏就去看女人，一看不打紧，头先炸开去。那女人见了关鹏也是愣住，盯看着关鹏。段锦说："大眼瞪小眼的，怎么，你们认识啊？"关鹏忙摇了摇头，师姐笑了笑，说："你男朋友长得可真像那个明星，叫什么来着？跑男里的，对，郑恺。"段锦说："他可比郑恺帅多了。"

师姐入座，时不时瞥眼关鹏，关鹏忙低头倒酒。她怎会是段锦师姐？他跟她早就相识，有段时间单位来了贵客，都住富丽华酒店。女人就是富丽华酒店的前台经理。关鹏那时到办公室不久，常办漏兜的事，女人帮他打过几次圆场。关鹏难免对她微生好感。她是那种男人看过一眼就永远忘不了的女人，说美艳呢，端庄起来堪比玛利亚圣母，说端庄呢，眼风扫过尽是春水微澜。有次结账后，关鹏笑着说请她吃饭，她也没拒绝。在海边的山庄，他们喝了三瓶波尔多红酒。与电视剧里老套的情节无异，他们睡了，关鹏一直认为那次是睡女人睡得最爽的。后来两人也交往过，她很喜欢关鹏。不过关鹏做了些调查，发现她情史杂乱，又约了几次后对她说，还是做朋友吧，友情远比恋情长久。他记得说这话时是在家火锅店，羊蝎子冒着浓烈的膻味，水汽像雾霭般将两人笼罩，根本看不清彼此眉眼。从坐下到离开她一直没说话。关鹏这才知道，世界上最有力气的动物不是大象，不是雄狮，也不是抹香鲸，而是沉默不语的女人。

没想到如今在此相遇，更没想到，她竟是段锦师姐。酒意骤醒，话也不敢多说，坐段锦与师姐对面，眼风却笼着胡烈大鸟那桌。段锦说："你呀，心不在焉。要想喝酒，就去找那帮狐朋狗友吧。"关鹏如获大赦，嘴上却道："我怎么舍得？丢下两个美女，简直是犯罪。"段锦说："随你便吧。"关鹏立马正襟危坐，脸上砌笑目视着段锦。冷不丁扫到师姐貌似哀怨的目光，只得低头小酌。段锦和师姐在嘈杂的音乐声中窃窃私语，时不时同时抬头扫关鹏一眼，扫得关鹏心如鹿撞。还好，过不多时师姐起身辞别，她说，相聚时难别亦难，酒店里还有点要紧事，先行告退了。段锦嗔怪道："你啊你，总是这样，这心刚热乎，就幽灵般飘走了。"师姐说："哪里有女人老恬不知耻当灯泡的呢？等哪天大家都空闲，到我们酒店里喝。我好多年没醉过，倒真想好好醉一场。"段锦说："也好。"

师姐走了，段锦默然跟关鹏喝了几杯血腥玛丽，说："我这师姐，大学跟我一个宿舍，最是贴心。人长得美，又挑剔，一晃到现在也没嫁出去。"

关鹏皮笑肉不笑。

段锦说："你们单位要是有合适的，不妨给她介绍介绍。"

关鹏说："我们这清水衙门，全是糙爷们儿，有品有位的师姐，哪里瞧得上眼？"

段锦说："你倒是很了解师姐呢。"

关鹏说："天下美女的心思，全都差不多。"

两人边说边走出酒吧，在关鹏那辆车旁停住。段锦摸着车门说："这辆车是贷款买的啊？"

关鹏说："谁讲的？我老爸卖了处拆迁房呢。"

段锦笑吟吟地望着他，半晌才说："上次跟你回老家，阿姨说，车款只是交了首付，叔叔每个月要还贷的。"

关鹏不禁皱了皱眉，一时无语。转念一想，段锦说的也不无道理。县城里一处拆迁房，也就四五十万的价钱，还真只够付个首付。自己倒从没想过这个问题，就说："管他呢。老爷子的心意我也不能辜负。日后有了钱，我也给他买辆好车。”又说：“你闭上眼睛，我有礼物送你。”段锦眯眼看他，关鹏说：“小狐狸，听话。”段锦闭了眼。关鹏从包里掏出件物什搡她手心。等她睁开眼，却是枚黄金十字架，在微光浸润下尤为闪亮扎眼，不禁“啊”了声说道：“你怎么……”关鹏将她揽入怀中，吻得她半个字也哼不出。她搡开他，将十字架在手里翻来覆去地瞅，“你真是有心，后面还刻了我的名字。”关鹏说：“姑父来时，说你小时在教堂受过洗，那天路过金店，就特意定制了这枚十字架。也不知道你是否喜欢。”段锦又将十字架把玩一番，犹豫着戴到脖子上，喃喃道：“其实……”关鹏嘿嘿笑着说：“其实我们该回家了。”

回到宿舍，难免巫山云雨。关鹏兴致高涨，段锦却颇意兴阑珊。关鹏打她身上翻落，她也没如往常那般帮他擦拭，只在黑暗中看他抽烟。“以后少抽烟，老了，肺就成了破蛛网，”她将灯打开，俯身凝望着关鹏，关鹏将烟雾喷吹到她嘴里，她也没有往常般拧他耳垂，只是说：“我倒是想看看你收藏的那些钢铁侠呢。”关鹏说：“黑灯瞎火，有什么好看。不如好好看我。”说罢屈臂展示肱二头肌，段锦嫣然，从床上跳下，搬了凳子去够。或是太沉，怎么也没搬动，干脆从凳上下来，手里抓着把烟花。关鹏已然忘记何时买的，段锦呆呆地说：“我们去放烟花吧。很多年没放过了。”边说边用抹布将上面的灰尘撸掉。关鹏说：“半夜三更去放烟花？”段锦说：“是啊。

也不用走太远，附近不是明德广场吗？”关鹏叼着烟屁假装恨恨地瞪她一眼，说：“唉，良辰美景本应颠鸾倒凤，却要无故去受风寒。”段锦说：“就这一次，以后也不会有了。”关鹏说：“那不行。以后我们有了孩子，逢年过节，都要一起放烟花。”段锦笑了笑，没说别的，只用手轻柔地蹭着烟花细杆。

是小跑着去的。广场除了他俩再无旁人。关鹏用火柴将信子引着，段锦一手抓杆，一手捂住自己左耳。关鹏说：“别怕，只是烟花，又不是鞭炮。”段锦不听，依然那般姿势。广场上灯光灰昏，耳畔有咸风号走，关鹏看着银白色烟花柔曼地喷涌，于风中摇曳盛开，随即消散开去，星星点点伴着“刺啦”细响。段锦笑得清澈，后来忍不住跳跃挥舞起来，宛若婴孩，烟花也随之雀跃流离，将夜风划开一道又一道口子。放完了一支，关鹏说：“我们不如去角落里，那样烟花才更美。”段锦咬着下唇说：“算了吧，我还是喜欢在明亮的地方放烟花。颜色单调是单调，心里却安稳。”关鹏说：“傻丫头，总是跟别人想的两样。”段锦也不搭理他，径自又引一支，将手臂高高举起，关鹏仰头，看那烟火被风吹得一路飘摇，竟有些痴了。很快烟花燃尽，关鹏将段锦裹进自己夹克衫里。段锦一直不停哆嗦，不晓得是寒风侵袭，还是兴奋难平。不禁将脸贴至她耳畔，却听她念诵道：“桃花落尽满阶红，后夜再翻花上锦，不愁零乱向东风。”就问：“你说什么呢？”

段锦淡淡地说：“没什么。几句酸词腐句而已。”

关鹏如幼犬嗅骨般闻着她发香，说：“甭给我拽词，要记得跟粗人说粗话。”

段锦未应，关鹏却察觉到她在轻推自己。当她转过身仰望着关鹏时，关鹏见她瞳孔中似有泪光，不禁埋怨道：“操，没想到你这么多愁善感呢。”

段锦的嘴唇翕合数次，这才说缓缓道：“关鹏……我们分手吧。”

关鹏将耳朵侧过，问道：“你说什么？”

段锦说：“我们分手吧。”

关鹏傻盯着她。她从脖颈上摘下十字架，想了想塞给关鹏，说：“送给别的好姑娘吧。”

关鹏一句话都说不出，近乎粗野地将十字架套勒进她脖颈。她没有反抗，任关鹏将十字架塞进内衣。等他大口喘息着横眼瞥她，她只是随手捋了捋被夜风吹乱的头发。发梢上全是烟火的碎屑。

## 麋鹿

关鹏一直后悔那晚眼睁睁地看着段锦离开。夜那么深，出租车也少，他为何没开车将她送回学校？他坐在明德广场的台阶上闷头抽烟，呛得自己咳嗽不已。有那么片刻，他凝视着段锦越发黑小的身影，眼前除了朱玉碎片，再无旁物。当段锦拐弯时，他猛然站起狂奔过去，风割双耳却万籁素净，仿若他在深海区游泳一般。他看着段锦离自己越来越近，恰在此时，走过来一干人马，不是别人，正是此区的巡警。他们一般都在下半夜巡逻。他不由自主将脚步缓下。等这干人走远，再去寻段锦踪迹，已如黑鸟入夜。不禁坐到马路牙子上，又猛抽了几支烟，想那段锦为何突然提出分手。就这么白牙露红唇启，将过去抹得干干净净，一走了之。思来想去仍然莫名，打段锦的电话，通是通了，没人应答而已。如此反复数次，心就越发荒凉。回住处取了车，直开到段锦楼下。敲门半天，悄无声息。就想，像段锦这么聪明的，怎会猜度不到他如此这般，肯定是去别处借宿了。心扭成麻绳，怏怏回了宿舍。躺在床上如被旺火烹炸之鱼，满肚子的怒气无奈。翻过来翻过去，天似乎快亮了。他开上车，又跑了趟段锦的宿舍，猛擂房门，不会儿对面探出头，骂道，神经病吗？半点公德心都没有！关鹏怒气冲冲地瞪那人一眼，那人轻手轻脚关了门，门缝里遂又传出嘀咕声，警察有什么牛×的！

警察能有什么牛×的呢，连个女人都搞不定。关鹏只得又回住所，站窗前看那光亮膨胀蔓延，旭日诞生，霞光凛冽。匆忙洗脸赶往单位。单位又要开会，布置最末季度任务事宜。其间他溜到厕所，战战兢兢拨弄那号码，遗憾的是又传来熟悉的铃声。他想，说不定段锦也在纠结懊悔中，没准中午会主动联系自己。待到中午，倒真是接到了电话，不过不是段锦，而是顾长风。顾长风说晚上要请他和段锦吃饭。他最近炒股，小赚一笔，因而将饭店定在了最豪华的金鼎轩。关鹏有气无力地应付着他，脑子里满是段锦。

下午跟领导请了假，去了趟大学。他知道今天下午阶梯教室有段锦的课。结果却是位白发老先生。老先生说，段锦跟学校请了长假，说家里有事，回了内蒙古。关鹏道了声谢，蔫头蔫脑折回车里，瓷眼望着银杏树的叶子。自己哪里犯了大错，让段锦如此决绝？她那么聪慧宽厚，如果是小错，断不会这样果断。两人相处数月，脾性都摸得透，自己也没有过什么难堪可隐瞒。想到这里突然念及师姐。段锦带师姐跟自己见面，是什么用意？难道她知道了自己和师姐的关系，这才让两人相见以辨虚实？可忆起昨晚场景，除了略显尴尬，也没说什么错话。即便她知晓了，那又如何？谁的旧爱不是他人新欢？越想越乱，越乱越想，然后猛地察觉，那弱小的、不安的、如彗星般扫过的阴影似乎曾在他脑海中迂回游动。从接到那条莫名其妙的短信开始，一种不祥的预感就如夜之鸱鸮萦绕不散。他翻出手机，扫了眼中午收到的短信：

“你会后悔的，关。”

即便如今，他也没有后悔过。如果说，此前几年的单身生活是雾霾之都偶然的几次放晴，那么认识段锦之后，几乎日日是海南岛绵延的晴空。她毫无缘由地离开自己，又玩起失踪，难道有难言之隐？到了晚上，昏昏沉沉去赴约。除了顾长风，当然少不了盈盈，这次顾长风还叫上了炳文。也难怪，他早把炳文当成自家的男保姆了。盈盈似有心事，菜没吃，酒也未喝，不时拿眼风扫关鹏，欲语还休，关鹏也没心思去思量。见到顾长风倒是愣住。这家伙一身名牌，手腕上还戴着块价值不菲的名表。顾长风见他那副嘴脸，忙讪讪地说，偶然认识一哥们儿，是股市操盘手，透露不少内部消息，今年股市行情大好，于是挣了些零花钱。关鹏低头饮酒，也懒得听他絮叨，喝着喝着晕乎起来，撑着双臂想站立，不承想腿脚绵软跌坐椅上。他恍惚着想，妈的，自己一定是生病了。

果真就在医院躺了数天。也不晓得是否昨晚受了风寒，发烧咳嗽拉肚子，冥顽不退。顾长风看守两天，又是验血验尿，又是心电图胸透，忙得四脚朝天，只得暗地里通报给老林黛玉。老林黛玉和老炮兵营长连夜赶来，见关鹏脸颊苍瘪，难免黯然。关鹏自小皮实，还真没患过灾病，大不了感冒，药也不吃，打几场篮球出几身臭汗，小恙即安。那天顾长风探病，关鹏将老林黛玉和老炮兵营长支走，断断续续跟顾长风说了段锦的事。顾长风大惊，说："你们郎才女貌，神仙眷侣的，咋会变成这样？你是不是做了亏心事？"关鹏苦笑一声说："我堂堂正正，能做什么亏心事？"又瞥顾长风一眼，“做亏心事的是你吧？你那块浪琴手表，从哪儿偷来的？”顾长风嬉笑着说：“朋友送的。”关鹏说：“你又说你炒股赚了钱，可你哪里来的本钱？巧妇还难为无米之炊呢。”顾长风沉默了会，仍嬉笑着说：“我们从小光屁股长大，你不是不知道，我向来胆小怕事，违法的事从来不沾，”不待关鹏再追问又匆忙道，“我又该做脑电图了，先不陪你了。老话说得好，天涯何处无芳草，分就分吧，总有好麦穗在后头。”

关鹏问：“什么脑电图？”

顾长风笑笑说：“没什么。”

关鹏没跟父母谈段锦的事，可住院这几天，段锦一次没来，老林黛玉和老炮兵营长再迟钝，也难免心生疑窦。那天输完液，老林黛玉边给他按摩手腕边漫不经心地问：“段锦出差了吗？”关鹏湿巴着眼不吭声。这时老炮兵营长问：“儿子你说实话，是不是你们出了问题？”关鹏挣扎着起身，说：“我们分了。”

老林黛玉和老炮兵营长对视一眼，未再盘问。待到下午，老林黛玉说：“妈是过来人。你要真放不下，就豁出脸皮死缠烂打，软磨硬泡。女人家，最大的缺点就是心软。”又说：“要是放得下，就别再想陈芝麻烂谷子，你条件好，就是天上的仙女，都恨不得嫁给你。我刚和你姑姥姥通了话，她说有个高速公路上的收费员，漂亮又贤惠，要不先见上一面？”关鹏将头摇得如龙睛鱼尾。

老林黛玉说：“唉，不过段锦这孩子，倒真是懂事。”关鹏心一阵绞痛，老炮兵营长使个眼色，老林黛玉忙借口买水果出去。老炮兵营长说：“儿子，你把段锦电话给我，我想跟她当面谈谈。”关鹏说：“我的事我来处理。放心吧。”老炮兵营长站立一旁，搓着手似有心事，半晌才磕磕巴巴地说：“儿子，哪天我带你去把包皮割了吧。”

关鹏一时无语。他小时候确实是包皮。那时老炮兵营长从部队回来，最喜欢给他洗澡。“没事的，”关鹏低头嗫嚅道，“不影响。真的不影响的。”

老炮兵营长讪笑着将一把棒棒糖塞他枕下转身走了。关鹏偷偷剥了支含嘴里，明明是最喜欢的荔枝味道，尝起来却是苦的。

其实这些天他一直给段锦打电话，可每每俱是失落。看来段锦已然铁了心。有时他盯着房顶想着与她的点滴过往，总想号啕一场。可这把年岁，又怕被医生护士听到，更怕惹老林黛玉和老炮兵营长神伤。好歹出了院，老林黛玉和老炮兵营长元神归位，他也到单位上班。这些时日，单位仍是惊魂未甫，老局长未肃清的旧部仍如惊弓之鸟。他懒洋洋地处理着日常旧务，不慌不忙，心也渐渐澄明。那天他接到老主任电话。老主任说：“有两件事想告诉你，一件好，一件坏，你想先听哪个？”关鹏笑着说：“我都这鸡巴操行了，还能有什么好事？”老主任说：“那我就先说好事。我表妹有个同事，在街道办事处工作，淑女一枚，要不要见见？”关鹏说：“坏事呢？”老主任沉吟片刻说：“我听到私下里消息说，这次又有一批人被下放，你呢，被分配到官营派出所了。”

官营派出所是最偏僻的所，开车到市里尚要四十分钟。关鹏说：“我还是先考虑考虑工作吧。”老主任说：“也好也好。越偏远的所越锻炼人，你还年轻，有的是机会。”

虽被贬到派出所当巡警，介绍对象的却没少。闲极无聊也联系了几位。有个某区宣传部的干事，在电话里问了他的学历专业，又问了他身高体重，戴不戴眼镜之类，还要了他的照片。后来说，觉得两人气质不符。关鹏有点生气，说那好歹也让我看看你模样吧？那姑娘倒也大方，迅速将照片传来。关鹏一见不禁哑然失笑，照片上的人，从面相上根本看不出是男人还是女人，好像还是兜齿。还有某小学教师，在电话里问了他幼儿园的毕业成绩，小学的毕业成绩，中学的毕业成绩，大学的毕业成绩，工作后有没有立过三等功，还问了问他最喜欢什么动画片，最后也不了了之。关鹏自嘲，如果不说是《圣斗士星矢》，而是说《熊出没》，会不会就成了？如是几番便彻底没了兴致。那天去超市购物，忽然一位女孩远远跑过来搭讪，却是王美琳。王美琳倒没什么变化，只是睫毛膏比以前打得更重，看上去成熟许些。王美琳用一种怜悯的神色打量关鹏一番，支支吾吾道：“有件事我……我不知道该说不该说。”

关鹏说："怎么，三万块钱花完了吗？"

王美琳白着眼说："你怎么变得这么刻薄？我们虽然分了手，可还是拿你当朋友。你们的事，我可半个字都没跟别人说过。"

关鹏就笑。笑是一种没有副作用的镇静剂。

王美琳说："那天我在商场见到了顾长风……就是你那个男朋友。"

关鹏咦了声道："他怎么了？"

王美琳说："唉，我没想到男人和男人在一起，也喜欢跑偏。那天他挽着个珠光宝气的女人买衣服。那女人啊，没五十岁也有四十岁了。"

关鹏说："这有什么稀奇的？陪朋友逛街呗。"

王美琳说："你知道一起买什么吗？乳罩啊。他怎么能这样对你呢。"

关鹏想了想说："我跟他分手了。"

难免有些担忧顾长风，不知道这家伙玩什么幺蛾子。想哪天定要跟他好好聊聊。东西还未买全，就接到老主任电话，老主任说，上次提到的那个姑娘，人家催了，问要不要碰碰面，也是好几户人家排队呢。关鹏说，主任你就做主吧。

第一次见面他去晚了。刚结扎了件棘手的事，几位女大学生援交，在辖区的小旅馆被抓。到达旅馆时，他远远看到老主任正背对他跟位中年妇女聊天。那个面目模糊的女人有头蓬松乌黑的头发，这让关鹏有种错觉，仿佛女人的身体跟空气没了界限，随时都会被吸入到一个黑洞里，而他在行走的过程中，女人的轮廓却越来越亮，从看清她黑沉沉的眼袋到看清她眼角被脂粉涂盖的皱纹，心情才豁然起来。他跟老主任打了招呼，又跟女人握手。眼光游离时才发现，中年妇女身边坐着个女孩。他很惊讶刚才进来时没瞅到她。也许，是恰巧她头上的灯光太黯，抑或是，她母亲庞大的身坯将本就羸弱的她挤成一张可有可无的影子。

“你好，我是米露。”她欠起身，朝关鹏点了点头。她有些羞怯，仿佛躲在树桩后的麋鹿。他不禁朝她咧嘴笑了笑。

那顿下午茶，基本上是例行公事的下午茶。米露母亲肯定带女儿相亲无数，问题演习多了，难免延伸出某种略显疲惫的惯性。比如她问了关鹏的家庭情况，父母的职业啊，年龄啊，家庭成员啊，他是哪里毕业的啊……关鹏盯着中年妇女一一作答。后来他干脆不等问询就主动说下去，他觉得这样会让这个女人歇息会儿。说实话，她干燥、浓重的鼻音让他有种被审讯的感觉。他说，他上班时间不长，只有五年；他说，他在北区买了处楼房，还没装修，不过面积不大，只有九十平方米；他说，他工资不高，如果不算奖金，只有五千来块……在他平静地介绍自己时，留意到女人的眼神越来越冷淡。她甚至有些走神，望着黄色桌布上的一块铜钱大的油渍。

她那头蓬松的头发上栖了只苍蝇。关鹏看到那只苍蝇安静地舔着毛茸茸的纤腿。

“时间不早，我们先回去了，”女人白了女儿一眼，“你晚上瑜伽馆不是还有课吗？”

关鹏刚知道米露除了白天在东区的街道办事处上班，晚上还在一家瑜伽馆当教练。

老主任瞥了关鹏一眼，关鹏犹豫着说：“阿姨，我送送你们吧。”

“不用了，”女人仰着下颌说，“我们自己开车来的。”

女人的语气有些意料中的生硬。关鹏扭头去看缩在女人身后的米露。米露只是垂着头。

在胡同口倒车时，一辆红色轿车从他那辆Q7旁缓缓蹭了过去，无疑是米露母女。又瞅到老主任正开着车窗抽烟，就摇下玻璃按了按喇叭。老主任见到他很是吃惊，摆了摆手大声喊道：“操，啥时候买的新车？中彩票了？”

十五分钟后，他接到老主任的电话。他说，米露的母亲对他挺满意，希望他跟米露先处段时间，待会就把米露的手机号发过来。“好好把握机会啊，”老主任叮嘱道，“别忘过年了，给我买条猪背腿！”

## 吃货

然而也只是见了一面而已，再无联系。说实话没什么心气。脑子里想的尽是段锦。那天他开车偷偷去教工宿舍，正碰到段锦在楼下晾衣。天那么凉，段锦穿着件宽松的白衬衣，下身裹条咖啡色长裙，脚上是双拖鞋。难道她不冷？关鹏真想将她冰凉的脚趾捂上自己胸口暖一暖。他闷头抽了支烟，再抬头时段锦已端着洗衣盆往楼道里走。他打开车门追了过去，可追了几步就停住，仿佛谁在背后猛力扯住他。他想，看样子她过得很好，晾衣服时嘴唇翕动，无疑是哼着歌谣。她过得好，说明她早已经不在乎自己，即便如老林黛玉所言，一味死缠烂打，又有什么意思？他开始还怀疑段锦是否与那个看芭蕾舞剧的男人重又修好，可这几天仍收到那条骚扰短信，看来男人也未曾知道他跟段锦分手。回头将自己和段锦往来的短信和通话记录全部删除，又将段锦遗留在自己房间的长筒丝袜和化妆品扔进垃圾箱。暗自思忖，段锦会不会也将那枚金十字架扔了吧？站了片刻，恍惚着将丝袜和化妆品弯腰捡出，扔进盛钢铁侠的箱子。想到那天晚上段锦站在凳子上搬箱子，又疼了下。再看看那些神色形态各异的钢铁侠，已经很久没留意过他们了。虽短短几个月，却仿若星辰移转，已多少年头。

那天局里开大会，让全体干警参加。开完会已是下午，没回所里，在街上转了转。想起来手机摔坏了，就跑到电子城。电子城门口长年累月躺着个乞丐，刚将车停好，便看到有个姑娘正往罐子里扔钱，转身离开时可能绊到了石头，一个趔趄跌在路边。关鹏大踏步走过去，忙将她搀扶起来。姑娘刚说了声谢谢，倏尔又道："关鹏？"

关鹏定睛一看，面熟得很，一时又有些恍惚。那姑娘又说道："我们喝过下午茶啊。"

关鹏说："你是米露？"

米露笑了笑。关鹏说："好久未见啊。"

米露又是笑了笑。

说实话关鹏有些愧疚。自己当时对段锦耿耿于怀，米露虽留了手机号码，却从来没有联络，委实失礼。就说："有空没？一起喝杯咖啡？相请不如偶遇啊。"

米露垂头，后点点头。这样在初冬的下午，这两个相过亲的人重新面对面地坐到桌子的这头和那头。这座城，一到了冬天，就像是美人患病掉光了头发，萧瑟愁苦。咖啡馆里也没几个顾客。他们靠窗坐了，各自点了杯拿铁。音乐放的是李志，先是《春末的南方城市》，后是《和你在一起》，再是《你离开了南京，从此没有人和我说话》，恰逢都是他喜欢的，越听越暗哑。米露也不说话。一杯拿铁喝完，关鹏看了眼米露。米露穿了件米黄色高领衫，梳的马尾辫，整个人缩在灯光照不到的暗处。即便如此，她的额头仍然光洁如蛋清。她一直盯着那块素色的桌布，不时伸手摸摸上面凸起的花朵。似乎花朵时不时变成火焰，手指被火烫着般缩到唇边，轻轻吹上一吹。

是她孩童般的动作打动了他，还是民谣忧伤的旋律打动了他？关鹏已经说不清楚了。他素来最厌恶伤感主义，他喜欢的是干练实用的经验主义。可那天下午，那个与米露面对面喝咖啡的下午，他突然滔滔不绝地讲起话来。他讲到小时候父亲当兵，每次回家都会给他买果丹皮；他讲到喜欢圣斗士星矢玩具，曾经偷过伙伴的阿布罗狄；他讲到初中时曾经跟顾长风反目成仇，因为顾长风找了个名声不好的女孩；他讲到高中被母亲强行拆散的女朋友，她有两颗尖尖的吸血鬼般的虎牙；他讲到大学时军训，被教官罚了三个小时的军姿，他咬着牙愣没倒下；他谈到工作后总被一个老同志为难，后来闹清楚是有次吃饭，他从桌上拿走了唯一的一盒中华烟；他谈到到了官营派出所后，同志们都对他事事提防，似乎他是个携带病菌的感染者……

在他说话的时候，米露也是低着头的，间或抬起头，迅速瞥他一眼，然后静静转动着手里的咖啡杯。她乖巧恬静的样子似乎更加激发了他说话的欲望。当他偶尔看到窗外暮色已起灯火阑珊时，这才问了句：“不如，我们一起吃晚餐吧？”

米露说："出来这么久了。"

关鹏说："是啊。没想到碰上我这个话痨吧？你喜欢吃海鲜吗？我们去海边吧。"

米露站起来，靠着窗台看着关鹏。关鹏极少看到如此宁静的瞳孔。

他们先开车到海边走了走。海边散步是正餐最好的开胃酒。风很大，两个人沿着海岸线走。海岸线那么长，黑暗一步一步被抛在身后，松软潮湿的沙粒不时灌进鞋子。米露只穿了件毛衣，关鹏将自己的警服披到她身上。她没有拒绝，紧了紧领子。耳畔唯有波涛的呻吟。他们也谁都没吭声。有那么片刻，关鹏觉得是在跟自己的那件警服散步，风吹得满面细沙，他时不时回头张望米露一眼。远处灯塔的光芒隐隐地晕在米露脸上，让她的目光笼了层动人的羞涩。关鹏又想到和王美琳的那个初夏夜晚，他们也如此漫步，只不过王美琳是只喧闹的鸟罢了，而段锦从来没有跟他来过海边，他为何从来没有约段锦来过海边呢？他皱了皱眉，回头疑惑地看米露。米露说："有点冷。"

关鹏本来点了红酒，米露说："知法犯法。"红酒就没启。待开车送米露到家，已月上柳梢。关鹏问："你平时忙不忙？"米露摇摇头。关鹏说："我们以后没事了，就出去溜达溜达吧，闲着也是闲着。"米露点点头。关鹏问："你妈知道你跟我出来吗？"米露笑了。关鹏搔搔头说：“这个礼拜六你要有空，我们到‘盛世’吃极品海鲜煲吧，韩国的料理师呢。”米露说：“好。”

果真去吃了海鲜煲。米露不怎么说话，吃起东西来倒还尽兴。这样他们很快就将这座城市的美食吃了个遍。米露话少，面目极少有表情，只有吃饭了，五官才生动活泼起来，眉眼盯着热气腾腾的食物，嘴唇抿得紧紧，在食物入口的刹那，她的瞳孔会瞬息肿胀，仿佛久未饕餮的美食家终于吃到了传说中的佳肴，而实际上入口的，无非是块铁板豆腐而已。关鹏想，找个话少、爱吃、能吃的女人当老婆也是个不错的选择。这次他放弃了经验主义，在他看来，经验主义已经在很大程度上妨碍了恋爱的进程，更多时候，它会将一个人带到理性主义的泥淖：能做什么，或不能做什么，甚或是做到一半发觉不能做什么，其实都是僵化的、一成不变的思维定式。他没有如往常般去查米露的背景，米露是真实的、动态的、形而下的，她的眼睛一分钟眨十二次，比标准值少三次；她的脖子大概有十一厘米，比标准值长二厘米；她左手的小拇指还比右手的小拇指短十毫米……至于她的父母做什么职业，她谈过多少次恋爱，有无隔代遗传疾病，都是无所谓的、虚无的问题。只要看着她甜美、庄重地吃东西，看着她少女般单薄的身躯下意识地隐藏到暗影中去，关鹏的荷尔蒙就会骤涨。

那个周末他们在关鹏宿舍做蛤蜊丝瓜牛奶汤，两人正在商量要不要加蚝油，关鹏接到了一个电话。电话是区公安局打过来的，那个语速缓慢的警察问，是关鹏同志吗？有空的话来我们这里一趟。关鹏很是好奇，不禁问道，你是哪位？对方说，我们开会见过的，你在办公室的时候，还来我们这里做过调研。关鹏问，今天正忙，过两天去行吗？对方沉吟片刻说，咱们都是自家人，我也就不说暗话。段锦是你前女友吧？她失踪二十多天了，学校报了警。前几天在月亮湾发现了具尸体，经过法医鉴定和亲属认定，我们已经确认是她。你要是不忙，我们想咨询些事情，顺便做下笔录。

手里的蚝油瓶就掉在灶台上，碎了，厨房里满是腥气。

其实只是象征性地做笔录而已，比如何时分的手，分手后有无联络，最近一次见到段锦是在何时何地，有无其他线索和嫌疑人等等。关鹏只是呆呆地坐在椅子上，别人问什么，他就回答什么。后来那位同志说，关鹏啊，我看你也挺伤心的，快回去吧，你也别介意，我们这是法定手续，你是明白的。关鹏站起来，盯着对方说，如果还有什么要问询的，尽管找我，如果你们找到了凶手，也一定要告诉我。

回到宿舍，蛤蜊丝瓜牛奶汤已盛好上桌，米露正在用高压锅炖肉。见关鹏进来也没说话，只是盛了碗汤摆到他面前。汤有点凉，白色乳汁漂着星油花。米露站在他背后问，热一热吗？关鹏忽而转身抱住她。她那么单薄，宛若十六岁少女。没事吧？米露细声细语地问道，乌贼炖肉马上要出锅了，洗手吃饭吧。关鹏仍死死地钳箍住她，后来米露说，累了，就先睡会儿。关鹏这才踉踉跄跄回了房间，躺在床上动也未动。不久米露蹑手蹑脚地过来，替他脱了鞋袜，又探手摸了摸他的额头，喃喃道，有点热呢，我给你冲杯板蓝根。关鹏一把拽住她的小手，将她拉到自己胸膛上。米露说，大白天的……他迷迷瞪瞪扒掉她的外套和裤子，甩到床头，猛地就进入了她。她嘴里还嚼着粒牡蛎，满嘴的腥凉之气，关鹏也不管不顾。他小心地起伏着，米露说，我在那本《美食大全》上，又看到一道好菜，叫貉子乌鸡炖当归。貉子肉味儿土腥，乌鸡正好能解，如果配上定西的当归、章丘的大葱、西宁的枸杞和铜陵的紫姜，既滋阴壮阳又安神宜睡……关鹏狠狠噶住了她的嘴唇。

## 安眠

段锦的事，区局再也没找过关鹏。关鹏本来想私底下找几个铁哥们儿问问案情进展如何，可思来想去也就罢了。有时深夜巡逻，便想起分手的那个夜晚，段锦在明德广场放烟花。那晚风大，白色烟火很快被夜风吹得四处飘逸。他还记得她的发梢上，全是烟火碎屑。

这桩案件在本市很是轰动，多家小报都曾经做过专题报道。毕竟是座小城，一位貌美大学女教师离奇失踪死亡，倒真是不错的饭后谈资。他听人家说，宿舍楼的人最后一次见到段锦时，她是穿着睡衣跑下去的，匆匆忙忙上了辆红色出租车，之后就再也没回来。坊间有传言说是情杀，也有传言说是劫色，无论哪种说法，段锦都被塑造成一个无辜的受害者，这让关鹏多少有些心安。他曾经查过骚扰短信，十天之前还能收到，那时段锦早就遇害，说明发短信的人不是凶手，也就是说，那个颇为神秘的段锦前男友，应该不是嫌疑人了。在他的意识里，那条傻×短信就是她前男友发过来的。关鹏还记得他的车牌号，也曾经考虑过是否将号码告诉给专案组，或者自己私下里去查查，想了想，此时多一事不如少一事。如果显得过分关注此案，反倒有可能引火烧身。自己本来已是虎落平阳，何苦还要防备别人从身后捅上一刀？

倒是将老林黛玉和老炮兵营长请来，跟米露见了面。老林黛玉盛装出席，穿了件枣红对襟描金唐装，绾了高高发髻，还打了腮红，看上去倒比米露艳光四射。老炮兵营长套了身青色中山装，在关鹏印象里，只在表哥婚礼时穿过一次。无疑他们对米露甚是满意，当场送了米露枚铂金戒指，说是老家风俗，算是头次见面的薄礼。关鹏焉能不明白他们的心思？无非又是把满腔热情全押宝般押在了米露身上。米露也未推辞，大大方方接过去，道了声谢，就直接戴在了无名指上。老林黛玉就笑得更为灿然，眼角的皱纹几乎都要从脸上挤下。老炮兵营长也很是开怀，自斟自饮了两盅白酒，临休息时还郑重地拍了拍关鹏肩膀说："你这孩子眼光不错。真是虎父无犬子，强将手下无弱兵。"

仍是带着米露四处吃吃喝喝。有时也陪米露去瑜伽馆。所谓瑜伽馆，只是租了某处学校的几间废弃仓库，学员全是半老徐娘。有回关鹏先去执行任务，再去接米露。他从窗户外偷着瞅了几眼。米露穿着芭蕾舞演员才穿的练功服做示范动作。她双手撑住地板，两条纤弱的腿盘在胳膊上，仿若观音坐莲。关鹏想，这个喜欢吃也喜欢瑜伽的姑娘，兴许就是那个他等了这些年的人？此时便又念起段锦，念起她的种种，鼻子难免发酸，只得逼迫自己将目光死死钉在米露身上。

然而还是忍不住想段锦的事。那天他在内部网上，怎么就莫名其妙搜索起段锦的个人信息。这个系统是个巨大的搜索引擎，全国联网，只需输入个人身份证号，此人所有信息就会一览无遗：比如何年何月何日刷过信用卡，何年何月何日住过酒店，何年何月何日购过房屋。关于段锦的信息极少，除了在商场购买过家电，几乎没有别的信息。他托着腮帮，百无聊赖又随手输入一个身份证号，等他意识到那是米露时，不禁摇头笑了笑。不过还是顺手点了下鼠标。他本来正在喝茶，当网页上一条条记录滚动起来时，他不得不放下了手中的杯子。

米露竟然在两年里住过三十六次酒店。

她为何如此频繁出入酒店？只是街道办事处的普通职员而已，平时又极少外出参会。酒店基本上是同一家酒店，钟点房。关鹏百思不得其解，蓦然想起头次相亲的情景，当她母亲听说他只是个收入不高的普通警员时，眼里满是冷淡之色，也没有留联系号码，只是当见到自己开的那辆轿车时，才将电话号码发过来……内心又是狐疑又是郁闷，便给米露打电话问个究竟。米露说："有事吗？"她的声音轻柔，又仿佛能渗出蜜糖。关鹏心就软了，说："晚上有空没？我们去酒吧。"米露说："好。"

那晚在酒吧，关鹏遇到了大鸟，大鸟对他一通埋怨，问他为何好久不来耍。关鹏说，我们这些小警察，天天为人民服务，哪里像你们这帮闲人，活着就是吃喝玩乐、纸醉金迷。大鸟说，眼瞅着年根了，你们也不歇歇吗？关鹏说，到了年根，贼忙，我们更忙。逡巡一番不见胡烈，就问，胡烈呢？大鸟惊讶地说道，你真不晓得？胡烈把公司的高管职位辞掉，在婺源买了处民居，带女朋友隐居了。听说在那里开了家客栈，又是种田又是养花的。关鹏有些讶异，艳羡道，"黑寡妇"也辞职了？大鸟说，什么"黑寡妇""白寡妇"，快把这杯"大都会"喝了！

酒是喝了不少，想问米露的问题却始终没问。米露酒量好，不过也不乱喝。后来跟大鸟他们玩起掷骰子。关鹏迷迷糊糊地看着米露想，她开过三十六次房又如何？即便她真的曾跟男人胡搞，也只是过去的事。她如今对我好，我也对她好，就够了。这狗屁日子，能有个暖被窝的人就不错了。眼眶有些潮，凑到大鸟他们那边，见他们玩得正嗨，也不便打扰，便走到吧台前又买了杯朗姆酒。一口还未咽下，手机便响起来，一看是顾长风。不待他说话便骂道：“你个臭小子，哪里鬼混去了？多少天了，也不向党汇报你的思想动态。”

那边沉默半晌，才说：“关鹏，我在东区派出所。你快过来趟。”

关鹏说：“咋啦？找小姐被抓了？”

顾长风支支吾吾说：“差不多吧……”

也没跟米露打招呼就呼哧带喘去了东区派出所。到了之后才明白“差不多吧”是什么意思。年前省里来了命令，又是一轮新的“扫黄打非”，顾长风跟某女人在宾馆，警察查房时被抓。开始顾长风狡辩说对方是他老婆，可是竟连他老婆的名字都不知道。如此这般，如此这般。又不想让派出所通知单位，只得找关鹏来交罚款。

出来后关鹏使劲踢了他一脚：“你妈的！老也管不好自己那条鸡巴！”顾长风不言语。关鹏又踢了他两脚，不成想顾长风蹲路边抽泣起来。关鹏笑也不是，恼也不是，只得递给他支烟：“不是我瞧不起你，找一夜情还找个四十九岁的，你他妈什么品位？”

顾长风站起来，猛地搂住关鹏放声大哭，哭得关鹏眼角发酸，忍不住摸了摸他脸庞说：“你呀，还不知道吗，无论你变成什么鸟样，我都是你死党。我们从九岁就是死党了。”

顾长风更是哭得歇斯底里。关鹏说：“想开点，有什么啊。活着，就是让别人笑笑，顺便笑笑别人。”

顾长风抽噎着说：“我跟你说实话，你可别生气。”

关鹏说：“我要总生你的气，早他妈被气死了。”

顾长风说，他跟那女人根本不是普通约炮，女人是要付他钱的。他做这行也三个多月，不然哪里有钱请他们大吃大喝？关鹏听傻了，瞪眼盯他，良久才反应过来，结结巴巴地说：“你……你……你……”

顾长风说：“她们要么是有钱人，要么是有钱人老婆。到了这岁数，除了吸毒和找我这号人，活着也没什么意思了吧。”

关鹏转身就走。顾长风一把扭住他说：“还有件事我没告诉你。我脑子里长瘤了。”

关鹏骂道：“你脑子里没长瘤会做这样的蠢事吗？！”

顾长风说：“真的，秋天查出来的，我从你那里搬走，就是不想让你知道，怕你担心。瘤子已经核桃那么大，一直在吃药。医生说，最晚年底做手术，不然压迫神经，就会变成傻子，破裂的话……”

关鹏瞅他半天，才问道：“为啥不早跟我说？”

顾长风嗫嚅道：“从小就是我照顾你……不想快而立之年了，反倒让你操心。”

关鹏将车门打开，说：“先上车。明天带你到协和医院检查检查。”

顾长风说：“再说吧。”

关鹏说：“你是想让我替你收尸吗？甭想得太美！”

顾长风将脸转向窗外。关鹏说：“米露催了，我们去酒吧接她吧。”顾长风没吭声，一直盯着窗外。关鹏瞅了瞅倒车镜，却是下雪了。今年冬天来得早，雪却从没飘过一场。雪花很小，缓缓落在车上，落在路上，落在深夜里安眠的房屋上。关鹏将暖风打开，瞥了眼顾长风。顾长风似乎睡着了。也只有没心没肺的男人入睡才这般快。他叹息了声，打开雨刷器，将细雪刮掉。

路过海滨浴场时，他接到了主任的电话。主任的声音有些游移，他说你在哪儿？讲话方便不？关鹏说，方便。主任停顿了片刻说，有件事我不知道当不当说。关鹏道，跟我还有什么藏着掖着的？放心，过年了我肯定给你买条猪背腿。主任没笑，又是沉默。关鹏就觉得有些不对劲。主任说，我有个哥们儿在重案组，正好负责段锦的案子。关鹏的心抽搐了下，问道，抓到凶手了？主任说，你别急，现在只是有了些线索。关鹏将耳朵紧紧贴在手机上。主任说，你知道有种行业叫代孕不？关鹏说知道，前年不是还抓了几个非法代孕的吗？主任咳嗽了两声说，段锦以前……也干过这行，替某个公司高管生过一个男孩，人家给了她一百二十万。你知道，有钱人就喜欢这种高学历的……

主任还在唠叨什么，关鹏已经听不清楚。他挂掉手机，愣愣地看着方向盘。雪虐风餐，白茫茫遮了公路，遮了别墅，遮了海与天，也遮了这漫漫长夜。他摇下车窗，海风疾卷，迫着雪花刮进脖颈，他不禁打了个寒战，去瞅顾长风。顾长风打着细碎的鼾声。他打开双闪下了车，站在公路上。公路旁就是大海。夜里的海什么都看不到，雪花即便在夜里，也是黑色的。他掏出手机，看了眼早晨收到的那条短信："你会后悔的，关"，随手关了机。

后来，他点了支香烟，不声不响地抽起来。

2015年12月5日于北园

# 人人都应该有一口漂亮的牙齿

一天晚上，三个人走着回家。其中一个说，真冷啊，不如我们去吃消夜吧，暖和暖和。另外两个没吭声。提议的人见没有动静，就说，巫山烤鱼、绝辣小龙虾、麻辣香锅、鸭血粉丝汤、潮汕涮牛肉、铜锅羊蝎子，或者新疆红柳烤串，再来瓶红星二锅头，天哪，光是想想就过瘾。她说话之前，可能隐约预感到将会冷场或被婉拒，因而底气不足，腔调不免显得疲弱，甚至有丝冷清的温柔。另外两人中的一个，不妨称之为男1吧，没想到接茬道，也好也好，说实话，我根本没吃饱，光顾着喝酒了。说完男1和她都忍不住去看剩下的那个人——只好叫他男2了。男2龇着牙说，整就整呗，谁怕谁啊?

她笑了，说，听口气你挺能喝啊？男2竖起大拇指说，不是哥们吹牛，想当年在铁西区，我喝倒过三个酒罐子，其中一个把屎尿都拉裤裆里了。她转过头凝望着他，说，真的？男2说，啥真的假的，待会试试不就知道了！她又去看男1。男1把烟头掐灭，眯眼看她。

男1眼小，眯起来时似乎单剩下眼睫毛了。她说，瞧，那不就是家烤肉店吗？哇，我最喜欢吃爆烤大鱿鱼了！男2说，都是福尔马林泡的，有啥吃头，要吃就吃鲜羊腰鲜羊宝鲜羊眼，一嘴下去，血都扑哧扑哧出来，那才过瘾。她捂着嘴笑。捂着嘴笑，又不说话，就表明她的确是有些害羞了。

他们找了个靠近落地窗的位置。是男1选的，他说这个角落最亮堂，又能看到窗外风景。男2没说话，不过男1似乎知道他想说什么，是不是觉得我特矫情？他看着男2。男2一愣，说，整啥呢大哥，别婆婆妈妈的，点菜吧！

他们没点小龙虾，没点肥羊腰，而是点了条梭边鱼。也忘了谁点的菜，反正端上来时红艳焦酥，鱼背铺了千层椒，鱼身下煨着黄豆芽、芹菜丁、紫甘蓝、春笋干、金针菇和咸豆皮。这才有冬天的样儿，她愣愣地瞅着氤氲的热气说，整个冬天都没吃过像样的饭呢。说完她瞥了男1和男2两眼，我以前老不明白，北京的这些年轻人为什么都喜欢吃川菜湘菜。冬天这么干燥，身体像草纸一擦就点着了，现在是明白了……男2问，明白啥？她慢悠悠地搛了一筷子鱼肚，说，吃完你就懂了。男2说，我很少吃辣，我一直觉得，天下最好吃的东西，不外乎“东北三炖”。她问，咦，哪“三炖”？男2掰着手指说，能有啥，血肠炖酸菜、西红柿炖肥肠、猪肉炖粉条呗。

从烤鱼上来男1就没说过话。本来倒了一口杯二锅头，也没见怎么浅。只皱着眉头，右手掫着腮帮。男2问他，咋了哥们儿？想到啥不省心的事了？跟咱唠唠？男1朝他摆摆手，仍是副不耐烦的模样。她就问道，是不是牙疼了？男1猛地点点头，眼神里满是感激神色。这神色似乎鼓舞了她。牙疼是怎么个疼法，她说，只有深夜里痛哭过的人，才真正晓得。说完她伸手触了触他的头发。他的头发有些扎手，仿佛刚落树的栗子。

他端起酒杯，笑了笑，笑也是歪的。没错，他吸溜着牙齿说，疼得让人感觉连人生都没了意义。可能他对自己用了“人生”“意义”这些词颇感意外，讪讪地喝了口酒。酒似乎也滞留在齿间，让他的半边脸都僵硬狭促起来。她轻声问道，去医院看过没？蛀牙还是智齿？吃药了吗？唉，不过，吃药也是白吃。

来几颗花椒，服务员！男2扯着嗓子嚷道，麻溜点！服务员大抵被这嗓门惊到，忙不迭地小跑着走开。顷刻用勺子扤了几粒过来。男2低头瞅了瞅说，咋都这小？没大粒花椒吗？服务员不语。男2将花椒递给男1说，哪儿疼用哪儿咬着，别老吸气，别老说话，咬上几分钟就好了。土法子，管用着呢！

男1犹犹豫豫地接过花椒，塞进嘴里，看着她和男2。店里本来人就稀少，此时更显得格外静。他们似乎能听到男1急促的呼吸声。她问道，好点没有？男1没有点头，也没有摇头。男2说，老灵验了，我奶牙疼，疼得用头撞墙，一个老中医给了这个偏方，才安稳了。虽说是偏方，可也是有来处的。《神农本草经》上都有记载呢。知道不？花椒味辛、温，主治邪气，除寒痹，还能坚齿明目。如果再喝口白酒，见效更快！好点没兄弟？男1没吭声，喝了口白酒，强笑着看男2，说，你喝酒的套路还挺深。

男2撇了撇嘴说，咋这么说话呢兄弟？啥套路啊，不都是为了你嘛。还有个法子，你也试试。左边牙疼，找右手的合谷穴，使劲掐几分钟就行。知道合谷穴在哪儿不？喏，就在大拇指和食指中间，离虎口边二三厘米。说完他举起双手示范了一下。如果是右边牙疼，就掐左手。他盯着男1问，是不是好多了？也就是你，别人要这个偏方我可是收费的。

她扑哧笑了。男2长得极瘦，头发看样子几天没洗，眼睛有点斜视，眼镜的镜片碎掉了也不换，跟他凸出的两颗大门牙倒是般配。羽绒服脏兮兮的，若是细细查看，领子油腻，胸前还破了几处，明显是被钉子或利器勾划开，鸭绒毛都钻了出来。这样一个人，说话声该是柔和的、慢条斯理的、慵懒的，不成想却是铜锅爆炒豆子般。她忍不住跟他碰了杯酒。男2一大口下去，一拇也有了。就问，你到底能喝多少？男2乜斜着她说，酒再能喝，也算不得好汉。要是再逞强撒个酒疯啥的，就更被人瞧不起。酒这玩意儿，说白了就是个助兴的，类似软性毒品，是不大姐？

她一愣，不明白为何跟她叫大姐。自己很老吗？难道比他还老？这时男1说道，喂，你们瞧，下雪了。他声音轻柔，他们还是不禁将脖颈甩向窗外。整个冬天，北京也没下一场像模像样的雪，倒是雾霾整日罩着。尽管戴口罩上班，她还是感觉到那些肉眼看不到的颗粒透过口罩弥漫进她的鼻腔，然后顺着咽喉沉淀到肺部。有段时间，她老是咳嗽，尤其是深夜，响亮的咳嗽声简直遮盖住了野猫的叫声。她老想去医院拍个胸片，可一想到那些比蚂蚁还密集的病号，往往就先胆怯。她想，肺叶跟自己一起慢慢地衰老、死亡，其实也没什么可遗憾的。

窗外的雪很小，零零碎碎。男1说，终于下雪了。明天终于可以去故宫拍雪景了！来，我们走一个！说完先将杯中酒干掉。他的牙齿似乎已经不疼了，她想，他牙齿间的花椒粒肯定也被酒精冲到了胃里。男2说，干就干！谁怕谁啊！一抬手也把酒给嘬了。她犹豫了片刻，喝了一半，说，高兴归高兴，这酒我是不能干掉的。男2问，为啥？她说，我酒量不好，喝醉了，你们谁背我回家啊？不如这样，我给你们讲个关于牙齿的故事，就当我把剩下的酒给喝了。

男1说，这主意不错，我同意。她瞅了男1一眼。男1眯缝着眼睛也在瞅她。她朝他扬了扬眉梢。这个动作似乎有点突兀，可并不显得轻佻。男1说，人说汉书下酒，今天我们就牙齿下酒。男2径自又倒了满杯，倒完后大约怕人说他贪杯，又忙给男1斟满。他们俩，男1和男2，都肃穆地盯着她。

她说，好吧，这个故事是关于我祖母的。她是北方人，虽是北方人，却没用奶奶或者婆婆这样的称呼，而是用了“祖母”这个词，似乎唯有如此称谓，才能让她的讲述显得庄重雅肃。她说，我祖母只有我父亲一个儿子，父亲早年当兵，后来转业到地方当公务员。父亲一向孝顺，祖母六十六岁那年，牙齿不知怎么都掉光了，父亲便把祖母拉到县医院，配了副假牙。那时候父亲一个月的工资不过百十块钱，这副假牙就花了八十块。父亲一点不心疼，他拉着祖母的手说，以后你就又能过上好日子了，有什么能比有副好牙齿更幸福的事情呢？

于是，祖母便有了幸福的假牙。可是，那副假牙她只戴了一天就偷偷摘掉了。她觉得这副牙齿太昂贵了，如果整日里戴着，不仅要咀嚼大米小米、谷子高粱、花生红薯，还要咀嚼黄豆、绿豆、蚕豆、野枣跟核桃，逢年过节了，还要咀嚼猪排、羊排、牛肉和鱼刺，就是老鼠的牙齿也禁不住如此折腾，何况是副洁白的瓷牙？除非父亲在场，吃饭的时候她从来没有戴过假牙。可这并没有妨碍她的好胃口。一日三餐，她就用她的牙龈喝粥吃馒头，嚼茄子豆角辣椒和白菜，即便是嘴馋了想吃核桃，她也用牙龈直接啃。那副假牙呢？那副假牙被她藏在柜子上的搪瓷缸里，闲来无事了，她把它攥在手心里不停地摩挲。她喜欢手指抚摸瓷牙的感觉。那些牙齿如此光滑、细腻，像是婴儿娇嫩干爽的皮肤。她最喜欢的是那两颗门牙，坚硬顺滑，仿佛一口能咬断牦牛的脊骨。后来临睡前，她也将那副假牙放置于枕边，拇指食指有一搭无一搭地蹭着，像是老尼深夜里盘着心爱的佛珠。也许，祖母真的将这些排列齐整、摸起来凉滑的牙齿当成手串或挂链了。那些年，哦，应该是那三十年，祖母一直用牙龈咀嚼食物和药物，那副假牙，变成了她最珍贵的玩物。你能想象吗，后来她的牙龈也都变成了牙齿的样子，红色的肉和神经下垂，像是古怪的赘物，咬起老黄瓜或者脆骨来，倒比牙齿还要干脆利落。

九十六岁那年，祖母身板一直都还硬朗。有一天，是冬天吧，她突然发觉那副假牙不见了。开始并没在意，以为落在灶台或者炕沿下，寻了三两天仍是没有下落，这才有些着急，钻蝲蝲蛄窟窿倒耗子洞，连厕所都翻遍了，仍是没有找到。隔不几天，她就躺在炕上不能动了，饭菜咽不下，药也不肯吃。父亲找了最好的医生来家里看，只说受些风寒并无大碍。不成想半月未足，就离世了。咽气前方才拉着父亲的手说，她的假牙丢了，肯定是阎王派牛头马面将她的牙齿偷走了。阎王嫌她活得太久长，就偷了她的假牙。父亲一直哭。父亲也快八十岁了，牙也全掉光了。他安慰祖母说，你就别骗我了，我老早就知道你从来没戴过那副假牙。有没有它，你不照样吃香的喝辣的、照样活得比谁都滋润吗？祖母说，你个傻小子，什么都不懂……什么都不懂……将头扭向墙壁，叹息了声，再也没有醒过来。

她一口气说了这么多，仿佛有些疲乏，夹了块春笋慢慢地嚼，嚼着嚼着脸上似乎才有了光泽。男2愣愣地问道，然后呢？她说，什么然后？男2说，这就是你要讲的故事吗？她说，是啊。男2似乎有些失望，半晌才说，那你奶的牙齿到底丢哪疙瘩了？她说，你问我，我问谁呢？反正祖母下葬那天，父亲又买了副假牙，放进棺木里。他可不希望祖母在另外一个世界，连一颗牙齿都没有，哪怕是颗假牙。

男2挠了挠头，目光转向窗外，说，你这故事神道道的，我也没听懂。既然说到牙齿，那么，我也给你们讲个关于牙齿的故事吧。

她说好呀好呀，我感觉你是个特别会讲故事的人呢。他嘿嘿地笑了两声说，咱是实在人，不会拽词，讲完了你们可别笑话我。这时男1说话了。他很久没有说话了。她在讲故事时他只是托着腮帮，两条黑线木木地看着锅里的金针菇被小火翻滚上来。他说，你讲吧，讲完了我也讲一个。这么冷的天气，锅是热的，雪是新的，故事是没听过的，好。

男2没有接茬，径自说道，你们好好瞅瞅我，发现我哪里有不一样的地方没有？说完他转动头颅，先是朝左，后是朝右，然后脑门朝天，再是下颌朝地，末了，龇牙咧嘴地目视着她和男1。

她和男1委实没瞧出什么异样之处。他颇为得意地摇了摇头，没瞅出来吧！他敲敲自己的两颗门牙说，这俩牙是假的！假的！烤瓷的！

我要讲的就跟这两颗假门牙有关。那年初冬我进了剧组。在这之前，我刚摔掉了两颗门牙。咋摔的？老倒霉了！晚上喝酒回家，走着走着走到了下水道井盖上。妈的，井盖是半掩的，我只觉得脚下一空，身子猛然一坠。幸亏老子打小就练跆拳道，四肢灵活，往下沉的瞬间我下意识地张开大嘴，想要咬住点啥东西。没错！你们猜得没错！我用牙齿咬到了井盖的边儿，当然，也只是咬了一口而已，随后就他妈的落进了下水道。真是两眼一抹黑，英雄无用武之地啊。幸亏有好心人路过，把我拽上来。我那时完全蒙了，直接打车到了医院。检查完了，只是掉了两颗门牙，脸浮肿得跟井盖那么圆。躺了几天就出院了，医生建议我到牙医专科去镶牙，我打听了下，死贵死贵，种一颗牙要两万块钱，平常的烤瓷也得五六千。就有些犯寻思。这时恰好有个导演朋友让我去给他当助理。镶牙也来不及了，就这么着，一个没有门牙的人来到了海边。

这朋友本身就是个腕儿，演了老多电影电视剧，可他老揣着导演梦，这次从网站搞了些钱，要拍部文艺片。文艺片成本小，剧组也就百十号人。第一次拍片，朋友贼他妈卖命，他一卖命，别人就得卖双倍的命。那天在海边拍武戏。刚下过雪，零下十摄氏度，武行现从北京调过来，晚上十点才下高铁。一个镜头拍了二十遍才过，这时都快凌晨一点了。冷透了×的，我穿了两件毛衣，外面还套了羽绒服。有个化妆师，却穿着条呢裙，时不时哆哆嗦嗦地给男主角补妆。我当时想，傻×，臭美啥，冻成冰棍了吧。完事了她就钻进一辆大巴。为了省钱，大巴也没开暖风。我老觉得不落忍，就过去问她，要不要穿我的羽绒服？车里黑漆火燎，估计她也没认出我是谁，只使劲摇头，说不怎么冷。一听她说话的声音就是南方人。也只有南方人才敢穿条呢裙来海边拍戏吧。我也没说啥，继续忙活我的。心里想，这就是典型的死要面子活受罪，好心当成驴肝肺。

第二天中午，正吃盒饭，走过来一女的，问我吃不吃水果。我一瞅，不就是昨晚那个差点被冻死的化妆师吗？这天太阳好，明晃晃的，我仔细瞅她。长得不赖，瘦，胸大，就是腿有点短。我就说，我是肉食动物。我说话的时候她明显一愣。我想她可能看到我的牙了。如果不是，她为啥要笑呢？捂嘴笑，皱纹也不少。我说笑屁啊，没见过说话漏风的人吗？她还是笑，说，这是莲雾，你尝尝。我是头次听到这种水果的名字。就拿了个，歪着嘴用槽牙啃。她也没说啥别的，靠墙喝咖啡。我问你叫啥啊？她说，我叫若彤。她说话的声音好听，尤其是白天，感觉耳朵都酥了。

戏拍得紧，常常凌晨一两点才收工，清晨七八点又要赶赴拍摄地。有天拍室内戏，收工早，回到酒店死狗似的睡着了。睡得正香有人敲门。开了门，却是她。她说，我们化妆组要去吃消夜，你去不去？我迷迷瞪瞪地点点头。等去了有点后悔，他们四个娘们儿一个爷们儿，都不喝酒，就是饿死鬼似的猛吃肉。她就说，你好像很喜欢喝酒的样子。我说咋啦，男人不喝酒不抽烟不赌钱，活着还有×意思？她让店家拿了两瓶小刀酒，说，既然你喜欢喝，我陪你哦。我说，就你那小样，作死啊。她笑了笑。她笑的时候特别好看，我的心动了一动。你们笑啥？无论男人女人，来了电，都一个操性，恨不得立马把对方扑倒。那天我把她扑倒了没？拉鸡巴倒吧，我被她灌倒了，一人一瓶白的，又整了七八瓶啤酒原浆。断片了，早晨醒来，都十点了，爬起来，发现桌子上有早饭，一盒粥俩包子。旁边放着张纸条，写着：后会有期。操，有啥牛的啊，不就是黄鼠狼子被母鸡咬了口嘛。他妈还装×，字条是用繁体字写的。

那天之后跟她见面的机会越来越多。见了面也不一定有机会说话，看对方一眼，笑笑。心里真爽啊。是啊，咋那么爽呢？晚上收工了，她会来我房间坐坐，别想歪了，啥都没有，就是坐坐。我才知道她是台北花莲人。一个花莲人，干吗跑到大陆来当化妆师？没整明白，也没问过她。只记得她偶尔说起，在厦门读的大学，毕业后就再也没回台湾。能干啥？瞎聊呗，跟她说我小时候的事。我们那时候，都喜欢打架，仿佛要是不打架，就对不起保卫科，怕他们失业。书包里都揣着刀子上学。他们管我叫“四眼狗”。为啥叫

“四眼狗”？妒忌呗。我是好学生，只揣书，不揣刀。有天跟七八个男孩刚进校门，就被保卫科的拦住，要挨个检查书包。前面几个×崽子，哪个也没放过，可书包里根本没凶器。到了我，保安说，不检了，进吧。妈的，这×根本没想到，那几个崽子的砍刀全藏我书包里呢。

我说得唾沫星子乱溅，这时她走过来，一把搂住了我。我当时跷着二郎腿坐在椅子上，只好仰头看她。我们对视了足足三十秒，她才低头亲我。没错，她先亲的我。她的舌头咋那么软呢，来来回回在我门牙的位置舔来舔去，舔着舔着她就笑。我脸有些红。不光脸红，别的地方也红了，站起来，抱起她，扔床上。没料到她又坐起来，说，你要干什么，我们好好聊天不行吗？我听她的语气有些急，就怂了，没敢乱动。这样，她光脚坐在床上，抱膝，下巴枕在膝盖上，继续听我胡侃。到了凌晨一点，她抱了抱我，说，晚安，没有门牙的帅哥。转身回宿舍了。

说实话，我没搞过几次女人，大多数时候，都是自己搞自己。也没正经谈过几次恋爱，哥们这么帅，眼高，但是手不能低。每天晚上，无论多晚，她都会来敲门。一听到敲门声我就硬了。硬了就硬了，憋着，跟她说话，啥都说，小学说完了说初中，初中说完了说高中、大学，然后说咋入的影视这行，剩下的就是娱乐八卦，明星丑闻，音乐文学，除了两岸关系，我们啥都谈，性也谈，口无遮掩。她要是高兴了，还会给我读诗。谁骗你们谁孙子。读的都是外国人的诗，我可一首没记住，什么我喜欢你是寂静的，我远离了黑暗与爱啥的，整不明白。整不明白也得听，瞪着大眼睛竖着大耳朵听。她声音绵绵的，有一点点沙哑。她读的时候，我就用手机给她配乐。找的《冰血暴》里的一段，花腔女高音那段，她老喜欢了。她可能都没听出来，她读了那么多首诗歌，我就用了一首音乐。

我跟她在一起快活不？这不和尚头上的虱子嘛。能憋住不？咱也不是柳下惠，可是，人这玩意儿，有时候就是贱，会被一种特别美、特别好、说也说不清的东西罩着，操，这时欲望就显得贼他妈低级。当然，我们会接吻。只是接吻？也不是，有回我忍不住将她的上衣脱了。她没说啥，我就亲她乳房。可别往歪里想，就这点干货，别的没了。咋可能扯犊子呢！她别看长得柔柔弱弱，性子倔着呢。当然，有时候她也主动亲啊，亲得我云里雾里的。剧组的人知道不？不能让他们知道，省得成谈资笑柄。戏拍到一半，眼瞅着情人节了，我那时候想，咱也浪漫一次，等那天了，我就向她求婚。真的，她是这辈子第一个让我有结婚念头的女人。

这中间我悄悄回了趟北京。干啥去了？镶牙呗。你说我总不能豁着两颗门牙向一个女人求婚吧？多磕碜。贵就贵呗，恋爱中的人，从来都觉得金钱是粪土。我跟牙医说，镶德国进口的烤全瓷。情人节上午，我赶到片场，先一路忙活，后来我把她单独叫出来，说有点事。她看到我时明显有些吃惊。她说，你的牙齿怎么了？我得意地说，没咋地啊，我只是让它们变成了以前的样子。她默默地看着我，不吭声。我说是不是更帅了？她说，我不是说过吗，缺两颗牙齿也不影响什么。我说咋不影响呢，影响老大了，两边的牙齿没了支撑会倒排的，老用槽牙嚼食，会让我的两腮越来越大，到时候鞋拔子脸变梯形脸，没准鼻子也会跟着歪掉，你不得把我甩了？她说，我都不认识你了。我说，你只是不认识我的牙龈了。她笑了笑，说，记得你跟我说过，如果我喜欢，你就永远不去镶牙。我说，没错，你还说过，如果我能做到，你就嫁给我。

说到这里，我忽然觉得哪里不对劲了。我的手一直揣裤兜里，手心里攥着那枚钻戒。可是，我完全没有勇气将它掏出来了。我感觉手心里的汗已经将戒指打湿了。她看着我，说，新牙很漂亮。没错，她就说了这么句，转身就走开了。

那天晚上，我们照例在宿舍闲聊。我嘚啵嘚啵时，她一直盯着我的门牙，盯得我有点瘆得慌。她的眼神就像一个刚懂事的孩子目不转睛地盯着一头母猪，或者一条死鱼。我故意将她的注意力转移到别的上面，比如我给她变魔术，变出了一只小花栗鼠，她虽然大笑着将花栗鼠捧在手心里摸，可我觉得她的眼神还是在偷偷打量我的门牙；比如我学卓别林跳舞，我多希望她能专心地盯着我的大头皮鞋我的黑色礼帽或者手里用来当拐杖的衣架，可，可是，妈呀，她的瞳孔仍然死死盯着我的门牙；比如我学单田芳讲《隋唐演义》，边讲边将程咬金的三板斧一招一式演示给她看，操，她还是盯着我门牙……整得我老不爽了。后来我喊了一嗓子，你他妈神经病啊！真的，或许只是心里瞬间的念想，可却被我喊了出来，不仅喊了出来，还又加了一句，看屁啊！信不信我把你门牙打掉！

没错，你们猜得没错，她起身走了，关门时，她扭头笑了笑。台湾人就是有礼貌，虚伪的礼貌。她为啥不狠狠骂我几句？那样的话不是更解气吗？我还能顺坡下驴，把兜里的钻戒掏出来，跪在地上，顺便把婚给求了。你们是不是觉得，我一个大老爷们贼他妈事×？没错，我就是一事×，就是一傻×。第二天开戏时，我们一起吃盒饭，可她一句话都没说。是的，一句话都没说。我老想道歉，可这嘴像是被线缝上了，那两颗门牙怎么都露不出来。那天晚上她没来找我，我也没找她。第三天，我们导演让我跟生活制片去上海的外景地看景。看了三天景，回去时，却没看到她。我跟化妆主任问，若彤去哪里了？化妆主任说，制片人在横店还有一部戏，将若彤抽调到那里去了。

男2说到这儿，不知怎么就打住了。男1和她对视了一眼。她问道，后来呢？男2说，有个屁后来。我给她打电话，她也接，说两句就不知道说啥好了，只好挂掉。逢年过节的，我都给她短信问候，她也回，就两个字，谢谢。你说我还能咋办？我他妈还能咋办？

男2扫了眼她和男1，举起杯子，抬了抬下巴，意思是，喝酒吧。她看到男2的眼睛有些湿润。如果身旁无人，男2或许会哭吧？她已经多年没有见过男人哭泣了。男人的眼泪，向来只留给黑夜和阴道。男2这口酒喝得不少，或许，此时的酒跟水已然没有多大分别。她盯着男2乱糟糟的头发和破碎的眼镜片，竟然有些许难过。这难过是属于男2讲的故事，还是属于她自己，她委实分辨不清。她看了看男1，男1绷着脸指了指窗外，吞吞吐吐地说，你们看，雪越来越大了。到了明天，无论红城墙，还是黑色柏油路，都是白的了。男2说，有啥看头，想看雪了就去东北。这点破雪，不够塞牙缝呢！男1揉了揉腮帮子，扭头跟服务员说，你好，再帮我拿些花椒粒。

等花椒粒再次塞进齿缝，男1的脸色和缓些，他用公筷将豆皮从鱼肚下翻上来，你们吃些东西吧，他说，点了条这么大的鱼，却干坐着喝酒，真是犯罪啊。

男2说，你担心啥，我几筷子就能把这条鱼干掉。你还是讲你的故事吧。她瞄了男1一眼，给他夹了块鱼眼附近的嫩肉。他点点头。他应该知道，鱼身上最好吃的就是那里。

男1的语速有些慢。当然，他想快也快不起来，让一个正犯着牙疼的病人讲一个关于牙齿的故事，也许是一种变相的惩罚。他无疑很享受这样的惩罚。他的语速虽然缓慢，但是吐字清晰，他或许并不想拿腔捏调，可事实是，当那些句子断断续续地从他厚重的嘴唇里吐出来时，确实有一种话剧演员背诵台词的效果。他可能也意识到这样的说话方式有些不妥，然而又有什么办法？此时他只能以这样一种姿态镶嵌到两个陌生人关于夜晚的记忆中。

有个女人，男1说，这个女人嫁给了她的高中同学。能有多少女人顺利嫁给情窦初开的恋人而且生一对龙凤胎？从世俗的角度理解，这个女人是个幸福的女人：有个高大健壮的男人，有份公务员的工作，还有两个刚蹒跚学路的孩子和一套一百八十平方米的房子。她已经不太年轻，但是也不老，化完妆后，可以称得上是美女。对她来说，唯一的遗憾就是丈夫在外地工作。丈夫是做什么的呢，也许是在太平洋大西洋跑船的水手，也许是野生动物摄影师，总之，男人半年左右才回来一趟。父母知道哄孩子是件大事，便搬过来同住。每天下班时，母亲把饭做好了，父亲陪着孩子们玩耍，吃完后，碗也不用刷，地板也不用拖，她只需负责躺在沙发里看看电视，或者逗逗孩子们。她似乎又回到了少女时期。有时候她照着镜子梳头，听到父母嘀嘀咕咕着拌嘴，恍惚又回到了十七八岁。没错，她的心一点没老，也许可以说，她可能从来就没长大过。

有一天，父母带着孩子们回家了，她一个人吃饭、看电视。闲来无事就开始玩手机。她很少上交友软件。可那天，她怎么就上了，不仅上了，还跟一个男人聊了许久。是男人主动加的她。视频里的男人长得很帅，她想，她还从来没有见过这么好看的男人，不但好看，嘴巴也甜，妹妹妹妹地叫着，说话声音清脆干净，笑起来眼睛就变成了两瓣桃花。他自称从外地来此公办，一个同事没有，一个朋友也没有，饭也懒得吃，到现在还饿着肚子。他说饿着肚子的时候，眼神是那么失落，让她不禁想到那些没有人管的孤儿，忍不住就说了句，你要是饿了，我做给你吃。男人说，真的吗？男人说话时没有丝毫的惊喜，这让她有些不舒服，就说，给朋友做顿饭，有什么大不了的呢。男人的眼神就亮了，说，你真的把我当朋友，真的愿意为我做一顿晚餐吗？她说，是啊。男人说，那把你地址发给我，我去吃妹妹做的大餐。她想也没想就将地址发给了男人。发完之后就后悔了，说，我在开玩笑呢。可男人并没有回话，这样，她反倒有些失落，丢了手机，躺在沙发上看韩剧。没多久门铃就响了，她以为是父母又带着孩子回来了。开了门，才发现，门口站着个陌生男人。

她刚想说什么，男人将食指放在唇边“嘘”了声，进门，将门锁好，脱鞋脱外套，仿佛到了他自己的家一般。说实话她当时吓坏了，以为进来的是劫匪。不过瞄了两眼，才发现这男人，竟然是刚才跟她聊天的人。她嘟囔着说，你真来了啊？又嘟囔着说，怎么这么快呢。男人说，我饿了啊，想吃妹妹做的饭。她这才心安些，偷偷打量着他。他比视频里还要清俊。当时她以为他是个电影演员。

她为他做了一碗蛋炒饭，放了一碗紫菜汤。他吃饭的样子很安静，嘴唇边没有一滴汁水，而且没有半点声响，完全不像自己的丈夫那样狼吞虎咽。她竟然看得有些呆了。她或许一直是个花痴，只是自己没有察觉而已。反正，男人吃完饭，他们又在客厅里看综艺节目，看着看着，男人的手就伸过来。她说，你老实一点啊。或许她说话的声音过于轻柔，或许她那时心里委实在荡漾，反正男人并没有将手拿开。也许男人看来，那更像是一种羞涩的暗示。他将她的手指放进嘴里吮吸起来。她当时是怎么想的呢。也许什么都不敢想。他将她抱进卧室，将她衣服褪掉，然后像她的丈夫一般覆盖了她。

她从来没有遇到过这么温柔的男人。那天夜晚，他们至少做了三次，事毕歇息片刻，男人的欲望就又如生铁般坚挺起来。他还是个有情调的人，从卧室到客厅，从客厅到卫生间，从卫生间到厨房，再从厨房到阳台，总之，他的脚步和汗水几乎遍及了她家的每处角落。她想大声喊叫。她从来没有大声喊叫过。但她只是用手狠狠捂住了自己的嘴巴。倒是他，间或轻吟或淋漓着轻呼，对不起……对不起……她听到他不知是愧疚还是兴奋的喃喃声。

男人离开时是凌晨三点。她沉沉睡去，醒来时看着镜子里的自己，懊悔和羞愧让她的泪水不由自主流满了脸颊。她竟然做了这样的事情，还是跟一个连姓名都不晓得的男人。她在浴室不停地清洗着自己的皮肤，想把男人身上的味道全部冲洗掉。然后，她又开始清扫房间，把厨房、客厅、卧室、阳台的犄角旮旯打扫得干干净净。她可从来没有如此勤快过。当她气喘吁吁地坐在床铺上小憩时，偶然垂头间，在床脚，是的，在床单几乎覆盖的床脚下，她发现了一颗牙齿。

那是一颗洁白的牙齿，没有烟渍，没有饭渍，也不是四环素牙。她当时的第一反应就是，难道自己的牙齿掉了？舌头舔了半天，根本不是。那么，她想，这是谁的牙齿呢？

这是一颗成人的牙齿，绝对不会是孩子的乳牙。难道是丈夫的？一想到丈夫，心又抽搐起来，可是，从来没有听他说掉过牙齿啊。更不可能是父母的，他们虽然老了，可牙齿比老虎还要尖利，况且他们从来没有进过她的卧室。难道，这颗牙齿是……那个男人的？想到那个男人，她的脸就红了。然后，她想到了一系列让她可能一辈子都不能忘记的事情。

她和男人视频。男人说，牙齿怎么可能是我的呢？我牙口好着呢。我要开会了，宝贝，改天再聊。他的声音很淡然，完全不如昨晚那般急切。她支支吾吾地说，我把手机号码给你，你忙完了，记得打给我。男人说，没问题啊宝贝，想死你了。他的嘴唇贴到屏幕上，亲了亲她。

那么，这颗突如其来的牙齿，就只能是丈夫的了。他掉了颗牙齿，却从来没有告诉她。这么想时，她有点难过。到底难过什么，她自己可是一点都不懂。那天晚上，她吃过晚饭，想给丈夫打个电话问候，可鬼使神差地，她没有联系丈夫，而是连接了跟男人的视频。让她意外的是，男人将她拉黑了。他怎么能这样呢？她有些愤怒，在房间里不停地走动、揪头发、哭泣、擤鼻涕。慢慢地，愤怒就像暗夜天空中的鳞爪闪电，很快被黑暗吞掉。她手里呆呆地攥着那颗牙齿，整整在床上坐了半宿。

丈夫半个月后回来了。丈夫还是以前的丈夫，吃饭狼吞虎咽，做爱像发动机。她跟他躺在床上，汗水淋漓。事后她想了想，从枕头底下掏出那颗牙齿，柔声问道，这颗牙齿，是你掉的吧？又镶了颗新牙吗？丈夫将灯打开，拿过来，审视了半晌，问道，什么我的牙齿？我换牙后就没掉过一颗。他龇着牙齿说，你敲敲，你敲敲，我的牙口比牲口的都瓷实呢。她看着丈夫说，怎么可能呢，怎么可能呢，怎么可能不是你的呢？不是你的，又是谁的呢？丈夫说，管他是谁的，爱是谁的就是谁的，难道你不想我吗？说完又卷土重来。她目光呆滞地盯着天花板，手指死死捏着那颗牙齿，任男人要着他想要的。

男1讲到这里就停了。他一口气说了这么多话，说了这么多话似乎也没有让他的疼痛减轻一分。他蹙着眉，又去看窗外的雪。男2已经没有气力看雪了，他趴在桌子上睡着了。他的鼾声时大时小，涎水一条条耷拉到油腻的桌面上。

后来呢？她问道，那颗牙齿到底是谁的？

男1仍望着窗外，说，后来，那个女人魔怔了，无论是上班还是下班，无论是在卧室还是在厨房，无论是在床上还是在床下，兜里都揣着那颗牙齿。有时候她会突然翻开她母亲的嘴唇，问道，你是不是掉了颗牙齿？有时候她会盯着同事的嘴巴，听人家说话，听着听着她走上前，拉着人家的手问，张美玲，你掉了颗臼齿吗？如此反复几次，家人才发觉她有些异样，只好强行带她到医院检查。医生说，女人得了抑郁症和深度焦虑症。说到这里，男1突然站起来说，我们撤吧，很晚了，明天还要出差的。

她着实有些意外，指着男2磕磕巴巴地说，那他……他怎么办呢？

男1说，他会醒来的。没有回不到家的男人，只有回不到家的女人。

她没有跟男1抢着结账。她觉得这是对男1的尊重。出了餐馆，才发现窗外的雪跟从窗内看到的雪不一样。她想到自己喜欢的一个男作家，经常在小说里写到雪。他为何那么喜欢雪呢？每次写到雪，他都会用到“肥硕”两字。这一晚的雪，倒是真的很肥很硕。北京已经四五年没有下过这么仓促这么漫天的雪了。她打了个寒战，脚底一打滑，险些就摔倒，幸亏男1一把拽住了她的手。他的手比她的手还要热。她犹豫着问道，你贵姓？

他没回答，而是反问道，你想知道我讲的故事，是如何一个结局吗？不等她吭声，他就自言自语地说起来。他的声音在雪色中有些游离，也许是那些胡乱飞舞的雪花让一切都不真切起来。他说，后来，那个在外地工作的丈夫，与一个同事在某个酒局上相逢。这个同事以前是他的哥们儿，关系铁得很，只是有一年，同事忽然辞职去了南方。这一次久别重逢，真是让人惊喜。同事那天跟他喝了无数的酒，后来又去酒吧喝，他们把那个酒吧所有的1664全干掉了。后来同事不停地吐，吐完了抱着他不停地哭。他安慰同事说，人生何处不相逢，何必如此伤感呢。同事断断续续地问道，大哥，你还记得有一年……我去你老家出差吗？“丈夫”想了想说，记得啊，本来该我去，本乡本土的，可老总非要我去杭州。对了，我还把你嫂子的手机号给了你，嘱咐你有空了联络她，让她请你吃顿便饭来着。同事哭得就更厉害，说，我嫂子啊，确实请我吃过饭呢。我只是没跟你提起过。丈夫说，我怎么从来没有听你嫂子念叨，唉，这个女人，从来都是稀里糊涂。同事就在酒吧的椅子上睡着了。丈夫盯着同事，恍惚想起来，这个同事，就是去他老家之后辞职的。当时身为副总的丈夫还甚是惋惜，同事名校毕业，精明能干，又是花样美男，人气爆棚，他的离开，让公司损失还真是不小呢。

男1讲到这里咳嗽起来。她看到男1身边的雪瓣都被咳嗽声震飞了。在雪中，男1的身材显得格外魁梧。她拍拍他的后背说，不知道我们什么时候，才能再聚一次呢？说实话，她本来想要他的手机号码，转念间又觉得有些冒昧。只不过是一场莫名其妙的酒局上碰了一面，顺路步行回家途中，又吃了顿消夜而已。这么想时，她不禁匆匆往前赶了几步。再回头，男1的身影已然模糊。他喝多了？在呕吐？不过，喝多喝少都跟自己没有干系。北京这么大，每晚喝醉的人可能比欧洲某个小国的人口总和还要多。想到这里，她不知怎么就下意识地摸了摸自己的牙齿，自嘲地笑了笑。后来，她忍不住回头又张望了几次。什么都望不到了，无论是立交桥还是楼厦，树木还是人迹，都被凛冽的白色裹挟遮蔽。她走在城中，却如走在旷野中。隐隐约约地，她还听到了旷野上的风声。

2017年3月12日于北园

# 朝阳公园

那个春日午后，当护士小丁为我们打开第五病室的窗户时，老白发现蒲公英花开了。他小心翼翼地抱着暖气片攀上窗台，用本地方言大声地喊着“花儿！花儿！”然后他矬圆的身躯朝窗外挪动。泥鳅一把揪住他的毛衣领，叱喝道，小家伙，找死啊！老白就不再吭声。老白怕泥鳅，可老白依然扒着粘满花粉和苍蝇屎的玻璃喊，“花儿！花儿！”日后念及老白，我总要想起日本动画片《玛亚历险记》里的那只蜜蜂，椭圆肚，雀斑脸，脸上蘸着蜜汁与奶酪，只不过，那只叫玛亚的蜜蜂是女孩，老白是男孩。

老白的叫声把小猪、苹果和我也吸引过去。小猪操着一口沧州话嘀咕着什么，尽管我一句没听懂，也不难猜出他被窗外的天空与花朵迷住了。而苹果，跟我们一样六个月没离开那栋楼的苹果，唏嘘着说，花儿都开了，学校又要组织春游了呢。

泥鳅笑眯眯地问，你们去哪里春游？苹果瞥他一眼，懒洋洋地说，我不是跟你讲过吗，每逢五月，各年级的少先队大队长，都去云冈石窟写生。唉，那些老师从没换过地方，比如，去悬空寺，去栖云阁，去晋祠，哪怕去公园里逛逛也好，那些石佛，皱着几千年的眉头，冷冰冰的，我真是看腻了。

我们沉默了片刻。我们，从住进医院那天起，就在病房、厕所和检验室里吃饭、尿尿、趴在一张巨大修长的床上被医师按住抽骨髓。老白是白血病，泥鳅和我都是过敏性紫癜，苹果和小猪是肾炎。我们每天都吃激素，我们都长得蛆虫般又白又肥又美。尤其是小猪，脱了衣服躺在床上哼哼唧唧，宛如猪圈里刚产完崽的母猪。如果他身上的肉匀给他妈妈一些就好了。他妈妈瘦得像只腊月里的黑老鸹。

你想不想出去……逛一逛？泥鳅问苹果。苹果看了看他，又看了看我，说，你疯了吗？小猪也盯着泥鳅问，你疯了吗？苹果说，要是被翟主任发现……你不怕吗？小猪盯着泥鳅问，要是被翟主任发现，你不怕吗？苹果挑了挑眉说，不过，也没什么大不了，最多写份检讨书。小猪往嘴里塞了块水果糖，嘟嘟囔囔道，不过，也没什么大不了，最多写份检讨书。

我们都知道，病号不能随便出住院部。上午十点，探望病号的人能从正门游鱼般一条条凫进来。

我有个好主意，泥鳅说，既然正门出不去，干吗不走偏门？

苹果问，偏门？小猪问，偏门？老白跟我也好奇地望着泥鳅。

泥鳅正了正他头顶上的呢绒前进帽，双手括成喇叭的样子，神秘兮兮地压低嗓子说，你们，从来就没走过地下通道吗？我们狐疑地看他，他看着苹果说，那次我爸带我到翟主任家吃饭，走的就是地下通道。说及“地下通道”时，他似乎打了个寒战，不过，他马上挺直了腰身，握着苹果的手说，不用怕，我们有手电。有什么怕的呢！不过是太平间在那里。

苹果咬着嘴唇没吭声，一会儿望望天花板，一会儿看看泥鳅，小猪把她的手从泥鳅手里拽出来，她才说，世界上根本就没有鬼，我也有手电筒，你带着小猪和小楚，我带着老白，前后脚，很快就能到外面了。外面，她忽而笑了，外面，她说，那么多的花儿！那么多的蝴蝶！那么多的棉花糖！小猪说，外面，那么多的花儿！那么多的蝴蝶！“那么多的棉花糖”还没说出来，泥鳅死死捂住了他的嘴巴。小猪的大眼珠咕噜咕噜转了许久，泥鳅才收手。憋死我了！小猪喘着气说，那么多的棉花糖！

小猪是从什么时候变成鹦鹉的？没有人知道。他跟苹果是后来转入我们病房的。据小丁阿姨说，他们从住院那天起，就在一个病室。中间也分开过，不过小猪离开了苹果，就会哭得昏厥过去，医生没有办法，只好把他们安排在一起。后来，小猪就变成了鹦鹉，苹果说什么，他就说什么。他是个喜欢读书的孩子，有本《格林童话选》，封皮掉了，内页脏兮兮的，粘着干掉的口水，被夹死的蚊子和它的血，还有些碎掉的花瓣。他小气得很，从来不把书借给我看，我也不在乎。反正我也很忙，我每天都会写日记。他不会写日记，他的字也很丑。

按照泥鳅的安排，我们一个个逃离了第五病室。先是老白。老白最矮，估计从医生眼皮底下大摇大摆地走过去也不会被察觉。第二个是小猪，小猪遇到些麻烦，正好有医生来找他，敦促他交住院费。泥鳅不慌不忙地说，袁医生，小猪闹肚子了，跑了四趟厕所。袁医生皱着眉头说，这孩子，真不让人省心，他要是回来，叫他来我办公室。泥鳅说，袁医生，你的头发真好看。袁医生笑了笑说，小滑头。第三个是苹果。据苹果自己讲，临行前很是犹豫，要不要脱掉病号服，换上那件领口绣着牡丹花的黄裙。泥鳅斜着眼说，你会冻死的。这才打消了她的念头。泥鳅最后一个离开，我们四个在地下一楼围着圈发抖、咳嗽、蹦跳许久，才听到了泥鳅的声音。他的声音在暗处显得异样洪亮。孩子们都在吧？他清了清嗓子，准备好了没有？出发！

之后的三十多年，我常常想起那条阴冷、狭长、类似石油管道的甬道，也曾经在梦里无数次行走在无尽的旷黑中。而梦的结局无非如此：在甬道的终点，是个水缸般粗细的出口，要不是我吃了激素，可能很轻易就爬了出去，可那时我肥胖如蛾，这样问题就变得滑稽起来：我的上半身爬出了洞口，下半身却卡在了洞口里面，就像童话里偷吃农夫母鸡的狐狸一般，只好仰望着洞外蔚蓝的天空，等待着猎枪随时响起。而真实的情景是，我们五个人，手拉着手行走在甬道里，尽管有手电筒，可光亮只能照到两三米远的地方。我走在最后，前面是小猪，他的手心不时沁出的汗水把我的掌心弄湿了。后来，是的，后来突然响起了歌声，如果没有猜错，那歌声无疑是从小猪的喉咙里颤颤巍巍喊出来的。他唱的什么歌？唱了多久？在唱歌的过程中有没有人制止他？已然忘记。我们在他的歌声中默然行走，我唯一能听到的，是自己心室里血液流淌的声响。多年后我对那条甬道的回想似乎证明了我是如此迷恋那漫长的、几乎没有尽头的危险旅程。我一点都不记得是否看到了太平间，是否看到了标有“太平间”字迹的房间，是否看到了在空中飘荡的魂灵，或者说，我对太平间的存在与否始终保持了一种怀疑的态度。反正，当最前面的泥鳅停住了脚步回头对我们吹了声口哨时，小猪的歌唱才戛然而止，仿佛一场盛大、奢华的演出终于被唯一的观众厉声喝止。我们，听到泥鳅不紧不慢地说，孩子们，推开这扇门，就出住院部了。

老白就是此时哭起来的。他的哭声没有孩童般的稚嫩，更像是位中年肺结核病人午夜时的抽泣。苹果将老白一把抱起来，紧跟着泥鳅出了甬道。老白尿裤子了，尿液顺着裤管淌进鞋子里。老白只是一心一意地抱着苹果哭。他大概是将苹果当成小白了。小白是老白的爸爸，他是大同市第二机械制造厂最优秀的钳工。

接下去我们似乎该在草地上打滚、摘野花或者挖蚯蚓。可事实并非如此，事实是，我突然紧张地说，我必须重新回趟病房，忘了拿样东西。泥鳅弹了下我的脑门说，发什么神经！我只好说，忘了拿病历卡。泥鳅又弹了下我脑门，你个兔崽子！除了病历卡，就不能用练习簿写日记吗？

他们知道我每天必须写日记，随时随地地写，他们也知道我为何如此勤奋。住院之前我写了一篇作文，被语文老师当成范文在全班朗读，并且说，如果张楚同学每天记日记，每天摘录好词好句，长大后就会成为一名作家。她说话时的语气我至今仍记得，毋庸置疑中透些疲惫，或者说，有些轻微走神。我们都知道她儿子在今年的“严打”期间，因为亲吻一个氮肥厂的陌生姑娘被关进了拘留所，正在等候审判。我不知道什么是“作家”，可当我看到语文老师爆皮的上嘴唇下嘴唇噘了噘马上又缩回、脸颊上的肌肉瞬息消瘦又瞬息复原时，这个陌生的名词猛然让我的呼吸有些急促，就像是铁匠挥动手中生锈的锤子，终于给一匹驽马钉上了第一副马蹄铁。从那天起，我就开始写日记。我什么都写，什么都敢写。住院后尤其勤奋，我忠实地记录着病友的名字、年龄、性别、爱好、籍贯、是否少先队员、谁打针的时候哭、谁的尿是黑色的、谁喜欢吃饭时放屁、小丁阿姨到底是喜欢我还是喜欢泥鳅、比巫婆还老的翟主任为什么脸上总是副要把我们扔进烤炉的神情，当然，还记载了苹果每天都跟我说了哪些话。就是这样的。那些文字被我记录在一摞偷来的病历卡上。我把病历卡藏在褥子下面。

你放心，我给你买个练习簿，苹果说，我有五毛钱，剩下的给老白买棉花糖。小猪说，你放心，我给你买个练习簿，我有五毛钱，剩下的给……朱小明买棉花糖。

泥鳅撇撇嘴说，小猪你真不要脸，都多大了？还跟老白抢棉花糖。

小猪不说话，老白就说，小猪你别心窄，我一口你一口，哥们儿有福同享。

苹果说，你们这些小屁孩，咋都是话痨，你裤裆干了没？

老白说，姐呀，我的亲姐啊，有啥了不起，谁没尿过裤子啊。

苹果说，你再顶嘴，我把你卖给马戏团。她说话时的语气是轻快的，透着棉花糖的甜味。我看到柳树的絮子飞到她唇上，很大的一团，她用舌头舔了舔咽下去。她的喉咙蠕动时，我也忍不住咽了口唾沫。

我立马开心起来，说，你们知道公园在哪里吗？小猪摇摇头，苹果和泥鳅也摇摇头。我说，沿着这条马路一直走，走啊走啊，过三个红绿灯，路的右边就是公园。

老白问，公园里有狗熊吗？有老虎吗？有蟒蛇吗？有金钱豹吗?

我说，除了北极熊和帝企鹅，公园里什么都有。于是大家开始议论起最喜欢的动物。老白说他最喜欢鸭子，鸭子嘴扁扁的，还会吃栗子跟杏仁。苹果最喜欢猴子，她的梦想就是结婚了在家养只母金丝猴，还要教金丝猴织毛衣织毛裤织套袖。泥鳅最喜欢猎豹，他说猎豹总是独自觅食，也不怕豺狗。小猪呢，小猪说他最爱白天鹅。他只在《格林童话》里听说过这种动物，但从来不知道它长什么模样。在童话里，要不是公主在绞刑架下给变成天鹅的哥哥们编织翅膀，要不就是天鹅驮着女孩去寻找传说中的龙。我们这样杂七杂八地争论不休时，泥鳅喊，一级战备！快！快！小丁！小丁！

我们立刻朝他手指的方向瞅去。一点没错，那个梳着马尾辫、慢慢悠悠骑着白鸽牌自行车的女人不正是每天给我们打针、量体温的小丁阿姨吗？她肯定是去幼儿园接孩子了。要是被她发现可就惨了。瞬间我们就被马路旁的一间老房子吸了进去。我们透过木门上的窗户盯着她，盯着她一寸一寸消失在槐树的浓荫里，这才呼了口气。等我们转过身，才发觉店主乜斜着我们，半晌他才打了个嗝，拖着鼻音问道，你们这些病孩子，要买什么，嗯?

苹果说，你这里有练习簿吗？店主说，要几个？苹果说，一个就够了。店主说，一个不卖。苹果说，你可不能耽误我们作家写日记。店主又打了一个嗝，苹果说，你最好给他便宜点，等他成了作家，把你的店名写进小说，那可是免费广告。店主嘁了声说，一毛二。苹果朝我吐了吐舌头。她的舌头很短，舌苔是黑色的。

我们按照我的说法先过了一个红绿灯，又过了第二个红绿灯。在第二个红绿灯的岗楼里，坐着位警察叔叔。泥鳅说，老白，你去问问他，公园怎么走。苹果说，真是多此一举，小楚不会骗我们的。小猪说，真是多此一举，小楚不会骗我们的。泥鳅说，我刚才看公交车的站牌，下一站是棉织厂，根本不是公园。

苹果瞥我一眼，我的脸就红了。我说，我也记不清楚了。

我确实记不清楚了。我从来就没有去过公园。我到现在也没弄清楚，当时为何要撒谎。大人撒谎很正常，大人要是不撒谎，世界就瘫痪了。可我当时为何骗他们？我记得苹果并没有生气，她拍了拍老白的屁股说，去吧，去吧，就说你迷路了，你家住在公园旁边。

老白捶了捶胸脯说，有困难找老白，看我的！

我们盯着老白滚进岗楼，又很快从岗楼里滚出来。他说，我们方向走错了，应该在第一个红绿灯就往左拐，遇到红绿灯再右拐，就到公园了。不过，警察叔叔说，公园里根本就没有狗熊，老白盯着我说，难道狗熊也生病，去住医院了？

我说，也许它们都出去春游了。它们老关在笼子里，也想出去烧香拜佛，向管理员汇报后，管理员摆摆手说，去吧去吧！早点回笼子里！它们就手牵着手去云冈石窟玩了。

老白哼了声，啥都没说。泥鳅和苹果朝我笑，只有小猪朝我吐了口唾沫。

好吧，我们就往回走，按照老白的说法，在红绿灯往左拐，走着走着，对面晃过来三个男孩。他们斜挎着书包，还抽着烟。也许在他们眼里，我们就是一群穿病号服的胖斑马。

你们有钱吗？为首的那个男孩问。这个男孩比其他男孩瘦，左眼比右眼高，脚上趿拉着双回力牌球鞋。我们都不晓得说什么，我们好久没有跟病房之外的孩子们打交道了。

问你们话呢！都是哑巴啊！男孩将香烟啐掉，上前揪住小猪说，兔崽子，给爷爷两毛钱，爷爷买烟抽。

小猪连推带搡地挣扎了几下，男孩就扇了他俩耳光，你不给爷爷钱，爷爷烟瘾上了咋办！你咋这么没良心！一点都不孝顺！他将小猪的袄兜裤兜上上下下摸了个遍。穷光蛋！滚！男孩踢了小猪两脚，小猪就呜呜地躲到树后。

我们紧紧地盯着他，盯着他朝苹果走过来。苹果往后退了两步，尖着嗓子喊道，你们干吗？！我是第十实验小学的大队长张春艳！敢欺负我，我就告诉老师！

男孩嘿嘿笑着摸了摸她的脸，她就喊，前面是岗楼，敢欺负我，我就喊警察叔叔！男孩说，傻×，你以为我怕警察？操，我怕的是你这样的丑姑娘。他边说边朝苹果的兜里摸去，苹果踉跄着往后退，跌坐到马路牙子上。男孩上前一步，将腿叉在苹果身体外侧，感觉像是在朝她撒尿。也许他真是那么想的，只不过偶然路过的行人打消了他这个念头。他踢了踢苹果的屁股，又蹲下身去摸她的裤兜。苹果扭过头看了看泥鳅，又看了看我。

泥鳅没动。他只是哆嗦着紧了紧自己的灰色呢绒前进帽。

我睃了泥鳅一眼，也没动。说实话，三十多年过去了，我仍然记得苹果的眼神。

苹果又尖叫起来。她的声音把树上的叶子都震了下来。小猪是何时冲上去的？反正我没看清楚。我只恍惚瞥到一条条蓝杠纷纷蹿了过去，猛然将男孩拱倒在地上，男孩还未来得及骂人，先行呻吟起来。他的声音既恐怖又刺耳，仿佛医生没有打麻药就将他身上的腐肉割了下来。等那一条条蓝杠闪回我们身边时，我们看到男孩号啕着跳起来，捂着耳朵转身就跑。另外两个男孩愣了片刻，也蹽了，他们飞奔的速度让他们犹如两条仓皇逃窜的野狗。

我们去看小猪，才发觉他的嘴里叼着什么东西，黑血顺着他肥胖的脖颈流到病号服。他看了看苹果，又看了看我们，才将嘴里的东西吐出来。是一片薄薄的肉。如果没有猜错，应该是那个男孩的耳垂。老白抱住苹果，苹果说，别怕老白，老白别怕，有姐姐呢，我们走。小猪吸溜下血沫子说，别怕老白，老白别怕，有姐姐呢，我们走。

泥鳅我俩讪讪地跟在他们仨后面，不知说些什么。无论说什么都丢人。走着走着苹果转过身，哼了下。老白也转过身，哼了下。他们继续走，泥鳅跟我也继续走。走着走着苹果又转过身，倏尔笑了，说，你们俩想啥呢，快走，难道等他们再追上来？泥鳅也笑了，说，我刚才……苹果说，别说了，你们肯定吓傻了。我和泥鳅去看小猪，小猪的嘴里还在流血。这时我们听到老白说，同志们，到公园了！

我们顺着他的胖爪子看过去，有个高高的木牌，上面写着四个大大的毛笔字："朝阳公园"。我们还看到好多老人和孩子，孩子手里牵着红气球，还有些人在不远处的草坪上放风筝。有一只风筝是巨型蜈蚣，飘着许多条细腿。老白说，苹果啊苹果，你看到卖棉花糖的了吗？我的虫牙又痒痒了呢。我咋这么没出息呢。

我们没有看到卖棉花糖的，却看到一位戴帽子的解放军叔叔大踏步朝我们走过来。走到我身边时他抓住我的手说，咦，小楚，你怎么跑这里来了？我这才看清，是爸爸的警务员小李。我想了半天也不知道怎么说。当然我怎么说并不重要，反正小李将我拉到他身边，对我又亲又抱，后来他说，想不想你妈妈？跟我回军营吧，她要是看到你，肯定高兴死了。

没错，那天，我确实没有跟泥鳅苹果他们去公园里春游。后来我也没去过那个公园，我甚至不晓得里面到底有没有大象，有没有帝企鹅和蟒蛇。也许它只是个普通的公园吧？除了些花草，就是些游人。没错，那天我跟小李叔叔回了部队，爸爸去北京出差了，只剩下妈妈在家里。她看到我时一点都不惊讶，只是懒懒地问了声，回来了？然后慢腾腾地和面，给我切了一碗面条，里面放了肉丝、笋干跟荷包蛋。吃完后我就看电视，电视里正在上演一部电视剧，里面的人武功都很厉害，能在空中翻好几个跟头，那个男孩很笨，叫郭靖，他的很多长相奇特的师父们经常打骂他。看着看着我有点伤心，要是我会武功，就不会怕那个一只眼高一只眼低的男孩了，旋尔我又同情起那个男孩，要是他父母看到儿子的耳朵缺了肉，还流血，会不会揍他？……后来我就睡着了。

等我醒来时，天已经亮了，我妈给我热了面包和牛奶，吃完后又让小李叔叔开车把我送回医院。我从正门目不斜视地走了进去。说实话，我已经忘记那条甬道在哪个方位。在进入住院部的瞬间，我想起来昨天晚上没有写日记，更让我懊恼的是，我把苹果送我的练习簿也落在家里了。

我做好了最坏的准备，我想小丁阿姨肯定会骂我，袁医生会骂我，翟主任不会骂我，她极有可能把我从窗户扔出去。她尽管枯瘦，我却老觉得她极有可能是位深藏不露的大力士。我顺着楼梯一阶阶爬上去，又蹑手蹑脚地回到病房。让我奇怪的是，病房里一个人都没有，我又跑到医办室，也是一个人都没有。我只好又回到病房，在门口，我遇到那个总是不停擤鼻涕、得了慢性肺炎的女孩。她眨着眼说，你也不知道小猪去哪里了？我说小猪能去哪里呢，他又没长翅膀。女孩不耐烦地白我一眼说，小猪失踪了，你还幸灾乐祸。我说小猪怎么会失踪呢，昨天下午我们还去公园春游呢。女孩说，是啊，听说你们一起去的，你回家了，不过，只有泥鳅、苹果和老白回来。袁医生和翟主任等了半个晚上，小猪还没影儿，就派了全科的医生护士去公园找，找不到，报了警。今天又去找。泥鳅他们也去了。

我没有搭理她，进了病房，翻出病历卡，开始补昨天的日记。我写道：1983年5月12日，晴。今天，我和苹果、老白、小猪和泥鳅去公园游玩。一路上花红柳绿百鸟争鸣，鼻子里全是柳絮。我们遇到了警察和坏人。在公园门口，我被小李叔叔带回了家。妈妈还是那么瘦，她的病什么时候才能好？我不喜欢吃面条里的姜丝……写着写着我就趴在床脚睡着了。等我醒来时，身边站着袁医生和警察。警察说，要我跟他去医办室做笔录。我说笔录是什么？他虎着脸说，笔录就是我让你说什么，你就答什么。

后来那几天，医院里常常有警察出入。第三天，小猪的妈妈回来了。她是接到电报后连夜坐火车赶来的。她到医院后做的第一件事就是抱着翟主任哭。她哭的声音比雷声大，她说为了儿子治病，将女儿嫁给了一个傻子。她说医院要是找不回她儿子，她就喝敌敌畏自杀。反正她也活够了，世上再也没有她稀罕的人了。她哭，医生护士也哭，我们也哭。哭着哭着苹果就晕过去了。小丁阿姨忙掐她人中，她才醒过来。我偷偷地问她到底是咋回事，小猪咋会失踪了呢？她冷冷地看着我说，警察来审问我，连你也来审问我？

小猪真的失踪了，我后来再也没有见过他。这起失踪案成为当时轰动一时的新闻，有段时间，全城的警察和热心人士都在马不停蹄地找他，他的照片整日整夜地出现在电视机里、墙上的广告栏里以及火车站汽车站的电线杆上。全城的人都知道，一个住院的男孩跟病友去春游，半途走散，就再也没有回来。小猪失踪后，泥鳅的病情突然加重，最让人担忧的事发生了，他的过敏性紫癜转为肾炎，尿蛋白竟然有四个加号，为了保证儿子康复，他当海军的爸爸将他转到了北京儿童医院。泥鳅转院那天，他爸爸来接他。他爸爸长得比泥鳅还黑。我们在楼道里排成一列目送着他离开。走了七八米他转过身小跑过来，紧紧勒住我的脖子。幸亏那天你回家了……那是他对我说的最后一句话。我看到眼泪从他的眼眶里滚出来，像是从煤糊里流出了几滴牛奶。后来，他紧了紧那顶灰色呢绒前进帽，向我隆重地挥了挥手。

苹果病情还算稳定，不过，从那时起，我再也没有听她说过话。她的唇线除了吃饭喝水，从来都是被针线缝起来的样子。她整日躺在病床上酣睡，很快胖得像头大象，当她做骨髓化验的时候，医生和护士不得不用担架将她抬到手术室，还派了两个练过散打的男医生专门负责翻身。

老白还是老样子，小白来了，两个人就下跳棋。小白曾经得过大同市工会组织的职工体育大赛跳棋组的冠军。

在我出院前夕，老白发起了高烧。小丁阿姨去拿药，让我先守着他。她说老白烧到四十一摄氏度，再不退烧就烧傻了。不过我坚信他一点事都没有。他虽然浑身哆嗦、盖着三层棉被还吵吵冷得要死，可他比谁都清醒。他抓住我的手说，哥，哥，我怕。我说有啥怕的？老白说，我老看到小猪。我想了想说，小猪去北极旅行了，等你长大后，他就会带着爱斯基摩老婆来看你，没准还会给你带回一条虎鲸呢。你就骑着虎鲸，去云冈石窟春游。老白说，小猪不会回来了，他走进河里了，不回来了。我说，你个小孩子乱说什么。老白说，真的，他给苹果采莲花，陷进去了。我说，春天哪里有莲花呢？小猪也不会游泳，怎么敢下水呢，他比老鼠还胆小。老白说，我老白啥时候骗过人？苹果跟我们说，谁要采到花儿，她就嫁给谁。我不敢下水，泥鳅也不敢，苹果就蹲在那里哭……这时小丁阿姨来了，她把长长的针管扎进老白的屁股，老白就不吭声了。

那个春天很快过去，夏天来了。我是夏天出的院。等我站在阳光下时，我听到了蝉鸣。小李叔叔把我拉回家里，妈妈不在，爸爸也不在。小李叔叔说，妈妈的病情加重，爸爸带着她去太原看病，这些天他会照看我。他把我照看得委实很好，每天帮我从食堂打洋葱炒肉，还帮我把那些写满字的病历卡装订起来。他对我说，你真的想当一个作家吗？我点点头，又摇摇头。无疑他对我的答案有些失望，只好安慰我说，你要真的想写作，我那里倒有很多本《故事会》，可以借给你读。我没吭声，好久才问他，人要是掉到河里淹死，会浮上来吗？他摸了摸我的脑门说，哎，整天胡思乱想些什么？你们啊，真不让首长省心。我说，他不用再交医药费了。他这辈子再也不用吃激素了。小李叔叔轻轻弹了弹我的额头，说，都九岁的孩子了，还净说些莫名其妙的话。你啥时能长大呢？你咋就长不大呢？

没错，那年，我九岁。我九岁，苹果十一岁，泥鳅十岁，小猪也是十岁，老白呢，最小，只有四岁半。三十多年过去了，我再也没有遇到过他们，他们也没有遇到过我。我的记忆仿佛是播放了多年的黑白胶片，镜头时常有黑线与雪花跳来跳去。比如，我们真的走过一条甬道吗？甬道里真的是太平间吗？比如，那顶灰色呢绒前进帽真的戴在泥鳅头上，而不是小猪头上吗？还比如，朝阳公园里真的有一条湖泊，湖泊里盛开着莲花吗？甚至某天，我盯着我们唯一的一张合影——合影上是五个蛆虫般肥硕的孩子，想，那个空气里散发着焦煤味儿的下午，这五个孩子，真的有过一次春日郊游吗？

# 水仙

白天总是那么长，直至戌时，星辰才坠浮河面，一荡一漾地淹了暗处。她到猪圈里看了看小六，又将新韭浇透，才倚着门框大口大口地喝起凉水。入夏以来，她老觉得燥热，身子里有什么东西一簇一簇地拱，拱得她口干舌燥，走起路来脚底仿佛踩着闪电。唯暮色四起蝉声疲乏，夜虫鸣声从河的此岸跳到彼岸，她才静下来，身体里的火才被黑色掐灭。她静了，小六却不安生，躺在猪圈里不停哼唧。小六就要当母亲了，胃口却越来越差，连最喜欢的落莉放到嘴边，也不屑睁眼瞅瞅。有时她站在猪圈旁忧心忡忡地盯着小六，不晓得哪天它若真分娩了该如何是好。公社唯一的兽医年前就死了。张金旺呢，更指望不上。他在大清河盐场搞“四清”，夜里带领村民背语录，个把月不曾回来。即便回来又怎样，据说他对何桂玲有意思。全村的人都知道，他为何桂玲生过一场大病，整个暮春，他母亲都会叹息着将药草渣滓倒在门前，嘴里嘟嘟囔囔骂个不休。

又用扫帚扫了庭院。扫帚苗在沙地上留下一绺一绺白迹，月光铺上，无数根羽毛似乎就飘升起来。扫完院子又将农具摆放齐整，锹挨着锄，锄挨着镐，镐挨着镰，镰的旁侧是粪筐。拾掇齐整才拽了草垫坐下。坐下了眼睛也不得闲。夜色浓墨，盯得久了，仍能辨出哪里是高粱地，哪里是稻田，哪里是玉米地，哪里种着黄豆，哪里种着芝麻，哪里又种着荞麦。在所有的墨绿、浅绿、素黑、墨黑、叶脉抖动的光之上，肯定就是涞河了。涞河在夜晚是莹黑的。她侧耳听着涞河之上幽暗的叫声、草鱼从水里一跃而出的尾响，以及溽热夏风吹拂水纹的细碎呢喃，还是忍不住双手捂住脸庞，抽噎起来。

母亲去年过世了。

母亲去世后，她从哥哥的院子搬出，住进涞河岸边的这栋老宅。据说老宅解放前是地主陈家的，如今早已没收，亦未存后人，因了离村窎远，也没得派上公用。自她记事起，就没盘起过炊烟。队长是本家，哥哥跟他打了招呼，他就将把生锈的钥匙给了她。说实话她很想跟哥嫂住在一起，只是每逢晚上就念起母亲，念起面目模糊的父亲，难免从枕头这头挪到那头，再从枕头那头挪到这头，直到将天辗转亮了，才眯个回笼觉。白天参加生产队的劳动没一点精神，瘟鸡一般。哥哥家有八个女儿，最大的跟她同龄，最小的才五岁，闹闹嚷嚷如牲畜市场，肃静些也好。搬过来不几日也就习惯。白天挣工分，晚上在院子里浇菜泅地，背背主席语录，倒也安生自在。前几日跟妇联主任借了辆纺车，将积攒了几年的旧棉花倒腾出来，一捆捆纺成线，等来年开春，托邻村的拐子织成布匹，就能给哥哥做几件布衫。也曾想给张金旺做一件，不过因了何桂玲的事，心里多少有些疙瘩。张金旺搞“四清”前倒也来拜访过她一次。他确实瘦了些许，脸上的麻子印更密实了。张金旺跟她站在院子里聊了许久，事后想想聊了什么，倒也记不起。临走前他递给她两双袜子，说是托人从供销社买的。她没接，张金旺就将袜子塞她手里。那是两双绿色的袜子，从罗马尼亚进口的。他还说，他会给她写信。

她倒没应过他什么，以前他们有个学雷锋小组，组员俱是村里未婚待嫁的小伙姑娘，倒是常组络些活动。他们曾趁着夜色给生产队的稻田灌水，晨起时腰脊都炸裂，几个姑娘家还连夜做了条棉门帘，大雪那日挂在何光棍家门口。张金旺是个话不多的人，她也是。何桂玲倒麻雀般聒噪，就想不明白，张金旺怎么会喜欢镶着一只金牙的何桂玲？仿似人家没看上他，这才正眼瞅起自己，心里终归有些麻麻幽幽。不过在月光下纺纱，偶想起张金旺，嘴里尚有一丝水果糖的甜。

那个穿白布衫的男子何时来的河边？想不起来。反正有那么一天，七八点钟光景，这人骑着辆老水管自行车慢慢悠悠地从岔路过来。天蒙黑，她还未点煤油灯，正坐在院子里吃晚饭。之所以留心到他，是他的布衫太白了。这人将自行车扔到黄豆秧苗旁，瞅也不瞅别处，径自褪掉布衫，光着膀子在河里洗将起来。她的脸就红了，转身回了房间，灯也没点，只将语录贴上心房，不知如何是好。看样子不是村里的年轻人，村里的男子都知道她住在这里，万万不会如此冒失地跑河边洗澡。还是忍不住朝窗外窥去。糊着浆纸的窗棂被木棍支起，透过薄薄的雾气放眼过去，只觑到黑乎乎的柳树枝和豆角秧。那人倒仿佛走掉了般。就想，兴许是邻村的人路过，耐不得一身黏汗，这才不管不顾洗了洗身子。

翌日上工，妇联主任老远就朝她打招呼，眉眼都是笑。待近身方才说，老妹子啊，有人给你写信了呢。她喃喃着说，谁会给我写信呢，别骗我了。妇联主任拧了拧她脸蛋，十七八的姑娘水里的莲花，当然有人惦记着。接过来看，真是封信。这是她有生以来第一次接到来信，看了看封皮上的字迹，歪歪扭扭，松松垮垮，就想起一个人高高的身坯，瞬息脸就不晓得往哪里搁。妇联主任打趣道，别看老妹子黏黏糊糊，话不多，可男人啊，就喜欢这样的。旁人就附和着大笑。她忙将信封塞进裤兜，低头捉起蝗虫来。

这年的稻田，倒是长得好，粪用得足，水也盈旺，都寻思是个好年景。不成想怎么就闹起了蝗虫。她还没见过这么多蝗虫，一只飞起，另一只尾随，眨眼空当百十只也有，从头顶乌央乌央飞过，还没缓过神，耳朵里全是翅膀撕裂空气的尖厉声响，抬起头，浩浩荡荡的一片又一片绿云就移过，飞过之处，稻叶被啃得七零八落。公社就号召各村各队逮蝗虫，男子若是一日逮一千，记工分十二分；女子若是一日逮八百，记十分。村人便狂喜，往日里劳作一天，不过男子记十分，女子记八分，这逮蝗虫无论如何比间草、施肥、去除蘖枝要清闲吧。没想到并非如此，蝗虫贼头贼脑，小腿一蹬翅膀一张就飞出去老远，捕捉起来真是不便。怕踩到秧苗，又只得在田垄上，一日下来，逮四五百只已是庆幸。反倒不如平常里挣的工分多，难免发些牢骚怨言。她倒是不关心逮了多少蝗虫，她最想知道的是，这封信里写了什么。垄上走着心里却老惦着裤兜里的那封信，腿脚便滑进稻田，裤子鞋子全是泥水。村民哄堂大笑，她也恨不得如蝗虫般拍着响翅飞走。

好不容易熬到傍晚，收了工，这才小跑着回家。衣裳也顾不得换洗，先将那封信掏出来，拿剪子小心着剪了细口，哆嗦着将白信笺抖搂出来。果不其然就是张金旺写来的。他说，周桂花同志，我在大清河这边工作很顺利，组织信任我们，我们也不能辜负组织，已经清理了三名队长，一名是为相好的寡妇多记了三百工分，一名是侵占了村里的两张梨木桌，还有一名是死活背不会“老三篇”，如此如此。最后他说，虽然鸡蛋因适当的温度而变化为鸡，但温度不能使石头变成鸡，我们在战略上要蔑视敌人，在战术上要重视敌人，把别人的经验变成自己的，他的本事就大了。

这封信她读了几遍，读到最后总是失望。他提了半天工作，唯独没有提她，没有问她的猪胖了没有，没有问她的辫子是不是更长，也没有问她穿没穿他送的罗马尼亚袜子。不过，她还是把那封信重新叠好，小心着塞进信封藏到镜框后面，想了想不放心，还是用报纸包了，塞进炕席下。等月亮升起，才煎了碗豆角就着玉米粥草草吃掉。吃完了又扫院子，扫着扫着，便听到河边响起哗啦哗啦的声响。不禁愣眼瞅去，正瞅到有人洗澡。这人无疑是个男人，站在岸边，肆无忌惮地擦弄着身体。这胸口就憋闷得很，有火在舐，她分不清是缘于羞愧，还是缘于愤怒。转身进了屋，从笸箩里寻把剪子紧紧攥在手里。男子无疑是昨日里那男子。看来不是偶然路过洗澡，倒是将这里作为澡堂了。若是个下作的人，知晓她一个姑娘家独居于此，难免会生歹心。暗地埋怨起自己，为何偏要搬到此处。若是仍住老院，怎有这般的荒唐事担忧？这里想着，便听到外面有人喊：家里有人吗？

颤抖着手将煤油灯点燃，清了清嗓子嚷道，谁啊？

便听那人说，我是隔壁村里的，路过这里，口渴得紧，能否讨碗水喝？

她提煤油灯走出去。那人尚在篱笆外，她定了定神说，你进来喝吧，水缸就在门口。

那人搡开院门，闪进来，舀水，咕咚咕咚喝，又将水瓢扔进缸里，擦擦下巴说，真是谢谢你了。

煤油灯抬了抬，正是这几日接连洗澡的男子。头发蓬松湿漉，白布衫也是半湿。她说，客气啥，乡里乡亲的。

他说，我这些天单位搞演出，排练到很晚，再骑上几十里路，快到家了，总是一身汗，禁不住在河里冲凉，你可别介意。

原来是个公家人。公家人细眉细眼的，说话声也柔和。她就问，你做什么的？

男子说，我在文工团。

她眼睛亮了亮，问道，你会唱《拉骆驼的黑小伙》不？男子摇摇头说，不会。她又问，《接过雷锋的枪》呢？男子又是摇摇头。原来是个不会唱歌的人。她说，你不会唱歌，肯定会跳舞了，不然你在文工团做什么？男子轻笑了两声说，我也唱歌，我也跳舞，不过都是你没听过的。他的口气并没有炫耀或嘲讽的意思，不过她还是有些不舒服，就说，我们前年还到公社参加过汇演呢。男子也没有追问她演过什么节目，他的眼神飘来飘去，皮肤又那么白，站在夜色里，随时要消逝的模样。

你们最近在逮蝗虫吗？男子从身后拽出个物什，说，这东西送你，保证你能挣十个工分。她撇了撇嘴说，放水缸旁边吧。男子说，要不我给你演示演示？我自己做的。他眉眼竟有些羞赧，你要是觉得不管用，我再重新做一个给你。

她说，很晚了，我要休息了。

男子转身就走了，老水管自行车咿咿呀呀地消失在绿纱帐里，白色布衫也只是闪了几闪。她将手心里的汗在裤子上蹭了半晌。

那夜倒睡得踏实香甜，听到上工的钟声才蓦然醒来，慌乱着穿衣洗脸，跑出院子时撞到了水缸。有东西便歪歪斜斜倒将下来，匆忙一瞥，记起是昨夜里那白衣男子送的，忍不住打量，却是一杆绿竹竿，铁丝拧成圆形罩了塑膜紧紧绑在竹竿顶部，倒像是麦田里的稻草人。就想，这男人聪明得很，别人怎么就没想到？

带到稻田，逮起蝗虫来还真是应手得紧，不用跑不用颠，竹竿握稳了稻上挥上一挥，几十只蝗虫便稳稳落网。队长见了很是惊讶，说，这么简单的法子我们怎么没想出来？不就是逮知了用的嘛！夸了她几句，吩咐小队长们分头去做器具。她心里难免有些欢喜，又想起那男子，也是古怪，不会唱不会跳，还在文工团里营生。每日里骑上几十里路倒是辛苦，不过，比起张金旺就幸运多了。张金旺的大清河盐场离家百十公里，搭马车的话也要一整天。又想着如何给张金旺回信。看来要去供销社买信纸了。

那晚早早吃了饭，院子也没有拾掇，就在煤油灯下写起信来。她写道，今年夏天比往年都要热，蝉多，蛇多，连蝗虫也多。这些天生产队一直在灭蝗虫。不过，毛主席说过，捣乱，失败，再捣乱，再失败，直到灭亡这就是帝国主义和世界上一切反动派对待人民事业的逻辑。蝗虫肯定也是这样，注定会被消灭的。不过，优势而无准备，不是真正的优势，也没有主动，懂得这一点，劣势而有准备之军，常可对敌举行不意的攻势，把优势者打败。队里一开始被蝗虫闹得心焦，不过，自从发明了捕虫器，人民群众就有了优势，就能把蝗虫全部消灭。写到这里时她难免想起那个白衣男子，斟酌了一番，还是一句话都没提。最后她写道，希望张金旺同志身体健康，革命友谊永远永远不朽。

又读了一遍，读着读着就睡着了。及至窗外大亮，白色水鸟从河面掠过，小野鸭在睡莲里凫来凫去，她方才醒来。站到院子里伸个懒腰，才发觉缸里的水是满的。如果没有记错，昨天只剩半缸水，她有些劳累，懒得动弹，并没去井里挑水。是谁做的好事？就想起那白衣男子，不过马上又摇摇头。想，他昨晚是不是又来河边洗澡了？像他这么爱干净的男子，倒真是不多见呢。

那天晚上闲来无事，将猪圈里的粪起了。小六一直趴着哼哼，掐指算算，猫三狗四，猪五羊六，驴七马八，看样子过不了几天就分娩。小六是哥哥买给她的。哥哥说，你一个姑娘家，不能老闲着，养头半大猪，忙忙活活，一年就过去了。年底了把猪卖掉，攒些嫁妆钱，找个好小伙子完全不是问题。她也没吭声。他们家是中衣，又这么早没了父母，婚事还是谨慎些为好。又记起母亲临终前，拉着她的手叮嘱，千万别学别人家的姑娘，靠着门框整日里嗑冬瓜子。那是母亲留给她的最末一句话。望着逐渐黑下来的涑河，哀伤像雾霭般将自己笼住。虽说孤身一人过日子，但并不比村人过得差，委实没有什么好哀怨，可心里就是硌硬得很，常常看着河流，什么都不想说，什么都不想做。甚至想，这世上的人，跟这涑河里的浮萍并无二致，灭了生，生了灭，灭灭生生，生生灭灭，没有什么好怨怼愤懑，哪怕是当世最伟大的人，上千年过去，记得的也不曾有几个。

那晚正胡思乱想，便看到白衣男子忽从篱笆外跑过。他仍套着那件白布衫，一晃两晃地就被暗夜吞噬。不过十余分钟，却又从高粱地里窜出，一味地奔跑。也不知在追赶什么。耳畔几乎能听得他呼哧呼哧的喘息声。忍不住走了出去。那时月光正好，过不会儿男子又跑到门前，她“喂”了声，男子才猛然停住，问道，你瞧见那人跑哪里去了？她说，我没看到旁人，只见你一个人在这里傻子似的狂奔。男子唉了声说，都怪你，我眼看就要逮住他了。她问道，那人是谁？偷粮食的吗？你是护秋员吗？男子摇摇头说，你想不想帮我？她问道，帮什么？男子说，那人待会儿还会从你门前跑过，他被我吓破了胆，已然疯癫，到时他在前面跑，我在后面追，你要是见了他，拿我送你的竹竿绊下他双腿就好。她迷迷瞪瞪地乜斜他一眼，说道，只这些吗？那人是坏分子吗？男子点点头道，你真是冰雪聪明。

她刚回院里拿了竹竿出来，便有一矮胖男人跑过来。套一身绿衣，眼球凸起，头发被风吹得一跳一跳。忙将竹竿扫过去，那绿衣男子一声大叫立仆于地，白衣男子趁势赶来，用野草拧巴拧巴缚了男人，转头朝她笑了笑，却是半句话也无。

她愣愣地看着他们在黑夜里蠕动不见。

翌日，村人带着捕虫器来到田间，才发觉蝗虫似乎大面积撤退了，只逮到些麦粒般大小的幼虫，想是这个把月的辛劳没有白费，蝗虫也被革命气焰吓跑了。

那男子，几乎每日都来。倒不怎么洗澡了，时常站在篱笆外喊一嗓子，将她唤出，唤出来了也不吭声，只是默递给她条草鱼或者青鱼，个头大，也吃不完，往往只是将鱼头炖了，身子骨头一并给嫂子拎过去，喂给那些长得比桑麻秆还孱细的侄女们。有时也会给她送些河蚌，肥得赛羊油，还从里面掏出过一颗玻璃球大小的东西，亮亮的，放在窗台上，夜里也发着幽光。有时她在月下纺线，纺车嗡嗡地响着，棉花团变成一根根银线吐出来，她再一绺绺捆绑好，放在沙地上。煤油灯时常跳芯，忽闪忽闪的，也容易被夜风拂灭，倒很是缠头。有一天，这男子不知道从哪里寻了盏马灯，替她挂到屋檐下。她笑着对他说，你倒真是有办法。他抿嘴笑了笑说，我本事可大着呢。她说，本事大的话，帮我来纺线啊。

说完就有些后悔。这深更半夜的，让一个不清楚来历的男人替自己纺线，要是被村人看到，不定要传出什么风凉话。况且，男人家又怎么会干这样的活？不成想那男子想也没想就说，这有什么难的，瞧我的好了。将她撵到一旁，自己坐上草垫，调了调纺车，径自有板有眼地将棉花扯好，一条条塞进去。他长手细脚，倒是麻利得很，纺车也嗡嗡地转得比以往更快，在月下，他的脸白皙莹润，没有一滴汗珠。她就说，看样子，你倒是比我娴熟呢，小时常常帮你娘干活吗？他将手中的线停下，盯着她看，看了半晌才嗫嚅道，我娘死了不知多少年了，你要夸的话，倒不如夸我心灵手巧。她说，你呀，别人说你胖，你就喘上了。主席说，一切真知都是从直接经验发源的，可千万不能骄傲。男子默不吭声，只是纺车转得越发地快，那手上的白线倒比月光还白还长。她说，天晚了，你快回家吧，省得家里人担心。他哼了声说，家里人谁管得了我？她就舀了瓢水递给他，不晓得再如何接话。多年后，她仍时常念起那个夜晚，河边的院子里，他仰头喝水的样子：脖颈比细腕葫芦还瘦，几乎没有喉结，脸上的汗毛被马灯昏黄的灯光映得毛茸茸。有那么片刻，她差点忍不住伸出手去摸上一摸。

那晚男子走得很晚。她都有些困顿了，回屋趴炕沿上睡着。醒来时天已大亮，院子里的几捆棉花都已纺好，线捆得整齐，地上浮着层碎棉絮。水缸里的水还是满的。

张金旺又来信了。张金旺的字似乎比上一次好看了些，写了满满两页。他说，“四清”工作取得了丰硕成果，县里已经将大清河盐场列为示范点，要组织全县搞“四清”人员前去考察学习。他还骄傲地说，他帮助一位不识字、眼睛得了白内障的老太太背会了《愚公移山》。老太太不仅能正着背诵，还能反着背诵。他下一步的任务，就是教她《纪念白求恩》。

她想，他这么忙，还给她写了整整两页信纸，真是不同寻常的革命友谊。竟有些隐隐地想他，想他高挑的个子，鸟窝般的乱发和白色的布衫。想着想着，猛然惊醒，竟然是把张金旺的样子和那白衣男子的样子混淆了。觉得格外对不起张金旺，就又把信从头到尾读了一遍。让她再次失望的是，他仍然提都没有提小六。

小六的乳头越来越大，潮红发亮，用手一挤就流出清亮的乳液。听有经验的人说，大抵四五天就要分娩了。她让人家捎信，叫哥哥这两天回家帮忙，顺便给她买把镰刀。母亲留下的那把镰刀，别说割草了，割起草纸来都费劲。不过哥哥捎话回来，他们单位出了点问题，要处理好才能安稳，给小六接生猪崽的事，最好找队长商量一下。她想了想，为啥非要男人帮忙呢？家里那么多侄女，随便抻几个过来，打打下手就好。不成想真到了下崽那天，小六竟一直熬到午夜，三个侄女全在炕头上睡熟了，她一个人蹲在猪圈里，看着小六四肢伸直躺卧在那里，不断有黄色黏液流出，自己倒是乱成一团麻，一屁股坐在猪食槽子上。此时便有盏马灯晃过来，在她脸上停了停。她听到有人说，我来吧，你先去歇息。除了那白衣男子还会有谁？她就问，你给猪接过生？男子说，没有。她问，你给马接过生？男子说，没有。她有些急，嚷道，那你装什么兽医？男子说，这些雕虫小技，还需要学吗？

折腾半宿，小六安生了，七个崽哼唧着嘬奶。侄女们也都醒来，围着小猪叽叽喳喳。她备了猪食，再去找那男子，男子已经走了。就问侄女，帮忙接生的人呢？侄女瞪着迷迷糊糊的眼说，不是你自己接的生吗？她也没顾得上跟侄女计较，人家帮了半宿忙，连个西红柿都没吃，真是对不住。

当晚侄女们刚呼啦啦走掉，男子就过来，背了几袋麸皮，说是老母猪最爱的料，又叮嘱说，每隔两个时辰要给小六喂次清水，清水里要加些粗盐。要是得了空闲，最好到供销社买些豆饼。她嗯啊着应允，其实委实不知道该如何感谢人家。男子似乎看出她有些过意不去，就说，你个姑娘家，养猪养羊的，忒不易。我这么帮你，也没有乱七八糟的意思。她红着脸看他，说，不如这样，今晚我请你吃顿便饭吧？这些日子，你倒是帮了我不少大忙。

男子盯她半晌说，我不饿。

她说，你不饿的话，就坐在旁边，看着我吃。我吃了，就等于你吃了。我这心事就算了结。

男子笑了，说，你这是哪门子道理？

她说，这是我们周家的道理。我妈说过，千万不要欠人家的，钱物如此，人情更是如此。

男子想了想说，也罢也罢。你们这些人……倒少有你这般心口合一的。

她就让他坐在院里纺线，自己烧了灶，用酸酱炖了茄子尖椒和豌豆，盛了碗黍米粥，有一口没一口地嚼着。自小到大，她还真未见过这般男子，干净得像棵刚蹿了花的高粱，做起事来一板一眼。吃着吃着她问他，你家是哪里的？这么久了都没听你念叨过。男子沉吟了片刻说，我家啊，就在涞河之上，我们也算是同乡。她问他，你姓什么叫什么？日后路上遇到，都没法打招呼。男子说，我没有自己的名字。她说，哎，你是孤儿吧？父母是被日本鬼子害死的？他没有应她，她就继续问，你们文工团最近在排演什么节目？你不会唱歌不会跳舞，难道在那里当会计吗？

他将手里的活停了，转身笑着望她，望了良久才说，我倒是会跳舞，不过，跟你们跳得不是一回事。她将碗筷推到一旁拍手道，我最喜欢看人家跳舞呢。男子也没有拒绝，将纺车搬到篱笆旁，站着朝她笑了笑，径自跳了起来。

那是怎样的一种舞蹈呢，她之前从未见到过，当然，在她未来的七十年之内，也从未见到过。她感觉这男子仿若一株高挑植物肆意地在夜风中摇摆，或者说像一尾青鱼在浅水里曼妙着游动。他身上似乎没有骨骼和血液，所有羁绊人步履的都不能牵绊他的腾挪跳跃，翻滚踢移，月光下，他的身体越来越虚无越来越缥缈，在某个瞬息她感觉到这个男子已经被月光融化了，只有他的影子依然在庭院里袅袅舞动，她相信即便是猪栏里的小六和它的猪崽们也被他的舞步迷住了，它们很久没有发出愚蠢的呻吟和哭闹声。当一声断喝从篱笆外传来时，男子的身影才定在纺车旁，他显然是愣住了。她再次听到一声大喊，喊的是什么完全没有听清，她的耳朵仿佛也和瞳孔一样被死死地钉在男子身上。然后，她看到男子缓缓地瘫倒在地上，她泪眼迷离地看着哥哥攥着把镰刀站在她身旁，刀刃在月光下滴答着血。她再去看男子，男子踉踉跄跄地朝篱笆外走去。她试图喊一嗓子什么，却发现自己一句话都说不出。他一直没有回头。

后来，她就什么都记不得了。

日后据哥哥说，那晚他急匆匆打单位归来，心里惦着小六产崽的事，晚饭没来得及吃就拎着新买的镰刀前来探望。他已听女儿们说过，小六生了七头猪崽，为了奖励小六，他还特意从家里背了半块豆饼。当他急匆匆到了妹妹院子门口时，赫然发现一条硕大的白鲢正甩着尾鳍在月光下扭动。他这辈子还没见过这么长这么大的鱼，它的鱼鳞在月光下仿佛一块块碎玻璃发出妖冶明亮的光芒，而妹妹，就站在那条鱼的旁边痴痴凝望着它。他当时吓傻了，那条鱼比妹妹还修长高大，他很怕妹妹一口就被它吞咽到肚腹之中，所以他先是大喝一声，扔掉背上的豆饼直冲过去，挥起镰刀朝那条鱼的头部狠狠砍了一刀。当然，他也被自己吓傻了。等他瞪眼再次观瞧，那根本不是条鱼，而是一个脸色苍白的年轻男子。

我肯定是中了邪，日后他曾经不下五十次跟妹妹解释那晚的事。不过你放心，每次他都拍拍妹妹的肩膀神情肃穆地解释说，那个年轻后生屁事都没有，他只是被我砍伤了耳朵。没瞧见吗，地上就那么一星两星血迹，他根本就不会有鸟事。他去哪儿了？我不是跟你说过吗，你太累了，晕倒在我怀里，等我将你安置好出来，那男人已不见了踪迹。说实话，我心里更内疚啊，莫名其妙地砍伤了个人。问没问旁的村庄？当然了妹妹，我走访了涞河边上的十八个村庄，都说没见过这样一个在文工团上班的孩子，也没有这样一个会纺纱织布的孩子。他是哪里人？他去了哪里？兴许他只是个过路的，帮了你的忙，鬼使神差地给你跳了段舞。有些人就是这么样的，妹妹，突然出现了，突然又消失了，你可千万别往心里去。日子还长着呢！那晚我怎么会喝酒呢？我心里挂惦着你，哪里有心思喝酒？他肯定会没事的，只不过被我吓到了，日后才没敢再次拜访你。或许就是个游手好闲的年轻人，骑着自行车东跑西窜，没个球事。不过我觉得他对你也没安什么正经心思，不然何苦大半夜的来帮一个陌生姑娘做事？不陌生？不陌生你连他姓甚名谁都不晓得！这事可千万不能说与旁人听！张金旺要是知道了，还会给你写信吗？

她在床上躺了一个月，日日听哥哥唠叨这些无用的话。即便是假话，重复了千遍也成了真话、成了颠扑不破的真理。到了最后，她也渐渐心宽。哥哥兴许说得没错，没准就是个不靠谱的庄稼人，恰巧帮了她的忙，那晚被哥哥惊到，是再也不敢贸然拜访。

病快好了，张金旺也从大清河盐场回来了。据说“四清”运动已经圆满结束，一项更伟大的运动已经在首都轰轰烈烈地展开。张金旺回来后的第一件事情就是找了妇联主任做媒人，先跟她定了亲。定亲那日，她到张金旺家吃了顿萝卜虾皮馅的饺子。吃完饺子天已经擦黑，张金旺要送她回家。她说，虽然定了亲，还是要该来的才来，该往的才往，不能被人家抓住把柄，说我们只谈恋爱不谈革命。张金旺就有些羞愧，说，周桂花同志，我还没有你的革命意识强，没有你的思想境界高呢，如果你愿意，就让我们并肩战斗，携手共进吧！

待她回到家里，喂了猪喂了鸡，又扫了庭院，才走到岸边站了会儿。秋天到了，庄稼已经收割完毕，高粱玉米归仓，水稻也已上交县里。月色不如夏日里白亮，罩在河水上，有些铁器的清冷。这时从小路上踅过来个老妇，虽然只是深秋，却裹了黑色棉衣棉裤，头上也裹着条黑色纱巾。见她站在河边，就咳嗽了声，问道，姑娘，你没事吧？她看了妇人一眼说，能有什么事。妇人并未走开，反倒上前几步与她并肩而立。她觉得有些诧异，难免侧头瞥了两眼。老妇这才慢慢腾腾地说道，他委实伤得不轻，养了几个月不见好，怕是要走了。

她打个寒战，死死盯看着老妇。老妇说，劫难就是劫难，破不了的。他修行了两千年，不也如此结果？

她伸手探了探妇人额头。妇人掸掸手说道，你也休要可怜他，你们的日子，怕是更难更苦。她将老妇的头巾裹得更紧些，轻声轻语道，快回家吧，免得家里人惦记。

她知道，涞河两岸有不少疯妇，春天或是晚秋，都喜欢在岸边怔怔着行走，走着走着就走到那水里，再也没有出来。

老妇瞥她一眼，道，你婚期定了吗？

她想了想说，定了。

老妇幽幽地问道，什么黄道吉日？

她想了想说，还有一个月。

老妇人就掐了掐手指说，哦，阴历是冬子月十五，阳历嘛，是……

她看了看老妇说，没错，阴历冬子月十五，阳历嘛，是十二月二十六号，一九六六年十二月二十六号。

2017年1月5日于北园

# 听他说

## A

那是一条狭长的、近乎透明的隧道。也许称之为隧道并不合适，因为它根本就看不到。它的材质不是泥土，非钢非铁，也不是玻璃，更不是翡翠。它没有形状，或者说，它无法在瞳孔里成像。他就在这样的一条隧道里俯身匍匐。稍不留神碰到边界，皮肤就会猛然被剐蹭掉一块。他相信在他滑稽的爬行中，血已经将那条隧道点缀成一种奇妙的、类似于长颈花瓶的物件——在虚无的空白中，血珠以极为缓慢的速度飞溅出去，再以某种古怪的姿势凝结在花瓶的瓶壁之上，犹如一瓣瓣雪夜暗梅。他的喘息声在隧道里并没有回音，甚至在很长一段时间里，他的耳朵好像失聪了。世界——如果真的有世界，也在他慌乱的目视中，慢慢诞生为大海深处的寂静。当然，他长这么大还从未见过大海。不过，大海与河流，估计也没有什么实质性的差别：总会有海藻或水藻蔓生成森林；总会有各种鲨鱼或鲶鱼在伺机猎食；总会有巴西龟将哭泣的眼泪灌满旋涡，最后和鲑鱼的卵子，一起变成海雀或鹳鸟的美食。

他猛地从水里钻出，大口大口地呼吸着。水很浅，刚淹没他的脚踝。他环顾下四周，黑魆魆的，傍晚已逝，夜似乎就要降临了。高粱大豆在黑暗中发出声响。那是风，他想，是风拂动了它们的臂膀和耳朵，让它们发出如此焦灼的叹息。他又朝远方望去，远处的村庄，房屋一间连一间，恍惚如鲫鱼颌骨。而眼前的这间房屋，灯已点亮。他屏住鼻息，蹑手蹑脚走到篱笆前。篱笆是用白杨枝和玉米秆架织而成。透过随风晃动的缝隙，他看到了那个姑娘。

姑娘正摸黑喂猪。她个子不高，当弯腰往猪食槽子里倒野菜时，他很担心她稍不留神就栽倒进猪圈。当然，那也许称不上是猪圈，只是用陈年白桦皮草草圈成的椭圆形猪舍。那头猪哼哼着，姑娘说，小六啊，我挑的野菜甜不甜？那头被叫作小六的母猪又哼哼两声，姑娘就说，我知道你快当娘了，看把你洋气的。

喂完猪，姑娘又去擦农具。他看到她趁着稀朗月光拿起把铁锹，用砂纸细细打磨。在打磨之前，她还朝铁锹轻轻地呼了口气。他扒着篱笆，看她擦完了铁锹擦锄头，擦完了锄头擦长镐，擦完了长镐擦镰刀，最后，她提起那个柳条粪筐用力撴了撴。从里面掉出一只花肚壁虎，慌里慌张地蹿进野菜地。

后来，筐挨着镰，镰挨着镐，镐挨着锄，锄挨着锹。她又着腰望着农具们笑了笑，洗了手，拿了草垫坐下，托腮望着黑夜中的河流。河流之上漂着什么？他不清楚，姑娘肯定也不清楚，反正夜晚将一切都变成了乌鸦的颜色，即便有月光，也丝缕惜漏，只将河水撕成一绺一绺涌动的白。偶有大鱼跃出水面，仿佛一枚跳动的银币。风很香，是稻花的香味。再后来，月亮就彻底升起来了。他目不转睛地盯着姑娘的脸。

姑娘的脸上是一粒粒白月。

## B

“那是眼泪。”他说。

沈玉面无表情地瞥他一眼，将手中的瓶子轻轻晃了晃。瓶子大抵是羊脂玉的，比沈玉的手指还要腻滑。这么多年来，沈玉在他面前出现时，总会用右手的食指和中指捏着这个瓶子。也许，这个羊脂玉花瓶已经变成了沈玉身上的一个器官。植物总是有些一无是处的器官，譬如玉米身上的黑脂膏，菟丝子根部的菌瘤，动物也一样，比如麋鹏尾巴上的精囊，人腹腔里的阑尾。现在，那个沉淀着碎光的瓶子，就成了沈玉身上最莫名的息肉。这么多年来，他一直想问问沈玉此物的用处，可往往话到嘴边又咽了下去。在他跟沈玉漫长的成长历程中，沈玉已经由一个喋喋不休的少年变成了一个沉默的青年。有时他对沈玉说了一整天的话，沈玉也只是用格外细长的舌头舔了舔唇角。他想，也许是沈玉的工作将他变成了如今这般模样：眼角耷拉，郁郁寡欢，即便阳光温柔地晒在他焦黄色的发根上，他也只是比往日多眨了一次眼睛。他长了一双鬈蜥的眼睛。

现在，他跟沈玉坐在图书馆的石椅上。这座图书馆，是地球上造型最为奇特的图书馆。远远望去，它就像是一枚搁置在大地之上的银色鸡蛋，是的，一枚硕大、散发着珍珠光芒的鸡蛋。它和泥土的触点如此狭仄，让看到它的人无不担忧有那么一刻它会突然坍塌——当然，即便真的如此，人们也不会奇怪，仿佛只有这样，才是这座建筑最美妙难言的结局。可是，这座图书馆在此处矗立了足足三百年了。它还和刚落成时那般鲜亮，丝毫没有被流水、空气、鸟屎、蟑螂侵蚀。通常时候，他会顺着梯子爬到门前，用钥匙打开那把铜锁，脱了鞋径自走进去。图书馆有两层，一层摆满了书籍，当然，另外一层也摆满了书籍。关于那些书籍的名称，你可以想象一下，凡是你想阅读的已经出版或未出版的读物，都可以在这里检索到并将他们拥揽入怀。作为这座图书馆的馆长，他读了其中的一部分典籍，当然，书是永远读不完的。他只喜欢里面关于祭祀、历史、秘闻和建筑的部分。在漫长的阅读生涯中，他感觉到自己越来越像一位性无能患者。不过，当他坐在图书馆的石椅上，让石头冰凉的气息顺着尾椎骨蹿进肺部时，他的呼吸会更顺畅些。这让他相信，尽管一些事物诞生，一些事物亡逝，但好歹会有永恒者来见证他者的生与灭。这个见证的过程，不能不说不是恒久。沈玉就没有这么幸运了。他的工作让他时刻处于一种警戒状态，必须马不停蹄地奔走和处理事故现场。

或许这也是沈玉没时间阅读的缘由。不过，下班后他都会溜达到图书馆坐坐，就坐在他的对面，喝着他泡的味道古怪的茶水，默默地从蛋壳的窗户里看着外面。外面和多年前没有什么变化，仍然是那些树，那些草，那些颜色单调的花朵。当然，还有那些奔跑的动物。动物永远在奔跑，更多时候，它们会成为彼此的猎物。

“我第一次见到她，她正在给一头猪洗澡。”他皱了皱眉头，“我为何如此厌恶这种又脏又胖的动物？它的肉煮熟了，也是一种散发着邪气的腻香。她可不这么想，她把那头白胖的猪按在河水里，用刷子刷它的鬃毛和鼻孔。那头猪开始装出老实的模样，只是在她清洗刷子时才猛然往河岸上奔跑。是不是所有的猪都讨厌洗澡？我可从来没有跟这种长相蠢笨、狡诈贪食的动物打过交道。女孩似乎早有防备，一把就抓住了它的尾巴。它只能哼哼着，将头在她双腿间拱来拱去。女孩摸着它的大耳朵说话。她说了什么，我听不清。沈玉，女孩脸上的表情我从来没有见过。你见过月光笼罩住金线莲吗？你见过一朵蔷薇覆盖住另外一朵蔷薇吗？或者，你，见过露珠从蝉的左翼滚到蝉的右翼吗？哦，如果你不肯说话，哪怕摇摇头也好。

“给猪洗完澡，她又擦拭那些农具。在黑夜里，她的眼犹如神灵的眼。那些农具，仿佛就是她的子民。她干活时极耐心，嘴里哼着歌，那些音符飘在庄稼地和涞河的上空，飘在萤火虫的灯笼上。你从来没有听到过她的歌声吗？哦，怪只怪她的嗓门太细小。她毕竟只有十八岁，天生羞涩。擦拭完农具，她就坐在草垫上发呆。她最喜欢看着涞河发呆。我一点揣摩不到她的想法。我从来不喜欢在黑夜里凝视着未知的事物。那是一种对自我的罚责。当然，女孩已经习惯了如此，只是当月亮升起来的时候，她会忽然抽泣。”

他给沈玉续了些茶水：“你知道她为何总是在夜里哭吗？”

沈玉这才慵懒地摇了摇头。

他说：“我不妨告诉你，她母亲去世了。你，还记得你的母亲吗？”

## A

至少，那个夏天，多年后他间歇性怀念的夏天，月亮比往年都要苍白。他站在篱笆外面喊道，家里有人吗？屋里的煤油灯亮了。姑娘说，谁啊？他说，我是隔壁村里的，路过这里，口渴得紧，能否讨碗水喝？姑娘不久披着布衫、提着煤油灯探出来。灯芯快被夜风吹得灭了，她定了定神说，进来喝吧，水缸在门口。他搡开院门，舀水，咕咚咕咚喝，将水瓢扔进缸里，最后才擦擦下巴说，真是谢谢你了。姑娘说，乡里乡亲，有啥客气的。他说，我这些天单位搞演出，排练到很晚，再骑上几十里路，快到家了，总是一身汗，禁不住在河里冲凉，你可别介意。姑娘问道，你是做什么的？他摸了摸鼻子说，我是县文工团的。姑娘眼睛亮了亮，问道，你会唱《拉骆驼的黑小伙》不？他摇摇头。她问，《接过雷锋的枪》呢？他又是摇摇头。她有些惊讶，说，你不会唱歌，肯定会跳舞了。他笑了笑。姑娘说，那你在文工团做什么？琴师吗？他只得说，我也唱歌，我也跳舞，不过都是你没听过的。她眼神有些黯淡，不过顷刻又亮起，说，我前年还到公社参加过文艺会演呢。她似乎等着他盘问她演的什么节目，饰的什么角色，着的什么服装。但他并没有问，或者说，他丝毫没有要盘问的欲望。姑娘似乎更为失望，一时不晓得如何搭话。

他问道，听说你们这里最近在闹蝗灾？姑娘说，唉，不知道从哪里飞来的，铺天盖地。三年灾害没过去几年，不成想又遇蝗祸，不定又要饿死多少人。他从身后拽出个物什，说，这东西送你，用它逮蝗虫，保证你能每天挣十个工分。姑娘瞅了瞅，只是一杆绿竹竿，顶部罩了塑料膜，用铁丝细密盘扎起。她撇了撇嘴说，放水缸旁边吧。他说，要不我给你演示演示？她将手心偷偷在裤子上揩了揩说，很晚了，我要睡了。

他就骑了那辆老水管自行车走了。整个村庄都在风中摇摆。

## B

他盯着图书馆窗外的那棵树。他至今还不晓得那棵树的名字。或许是外来物种吧，当查遍了有关植物的大典后，只能如此安慰自己。这棵树的形状有些像柽柳，千万条绿丝绦柔曼垂下却纹丝不动。即便是冬天，也不会有腐烂的叶子从树冠上落下来。树上栖息着水鼠、金鳗和黄嘴鹂，有时候，黄嘴鹂会在正午时分歌唱。它们的嗓音跟河豚的声音很是相似。他总是在它们的歌声中昏昏欲睡。那年的冬天，他从图书馆薄如蝉翼的窗户里凝望着那棵树。没有太阳，没有月光，没有人迹，没有游鱼腐臭的气味。万籁俱寂，只是呆呆地看着那棵树一日如万年地矗立在那里。说实话，那是他第一次颇为沉重地感受到在典籍里被唤作"时光"的东西。这个词总是和"荏苒""箭急""白驹过隙""只解催人老"此类词句接连为盟，被用来表示喟叹和惋畏的程度。当沈玉来找他喝茶时，看到他瞳孔里闪着混浊的液体。沈玉问他在这里坐了多久？他扭头瞥了眼沈玉说，你三年没来过图书馆了吧？

这次，他给沈玉泡了种新茶。这茶用藻类雌蕊和睡莲雄蕊炒就，沈玉喝了两口就吐掉。他又沏了壶碧螺春，说："为何每次品尝新茶，你都是这副嘴脸？"

沈玉径自坐在他对面的石椅上。这么多年来，沈玉都坐同一块石头。有时沈玉去忙公务，他也恍惚看到沈玉面无表情地盘腿坐在那块大理石上，手里捏着羊脂玉瓶子，蹙着眉头一声不吭。

"你见过蝗虫没有？肯定没有。那是一种贪婪的、生殖力比水鼠还要旺盛的昆虫。它们从来都是成群结队地飞翔，遇到喜欢的植物，就雨点般噼里啪啦落下去，当它们重新飞走的时候，植物通常只剩下根茎。

"我给那个女孩做了个捕虫器。没错，这是我第一次制作捕虫器。我才发现，制作器具比整理图书难多了。它浪费了我不少工夫，《宗藩庆系录》遗失复得的那部分，也没来得及好好整理。女孩开始并没有把它当作一回事。我也理解，所有简陋、素朴的东西在世人眼中，都如草芥般无用。通常，他们只喜欢鲜美华丽的东西。不过，她很快见识了捕虫器的威力，以前只能一只一只地捕捉，现在能成百成百地网罗了。

"要想灭绝蝗灾，光逮蝗子蝗孙有什么用。素来擒贼先擒王，逮到蝗王才是正道。我不认识蝗王，猜也猜得出，他肯定是最胖最壮的那只。和我想象的一样，在成千上万只蝗虫编织的云朵之上，真有一顶官轿，银色轿顶皂色盖帏，八个细腿宽背之人呼哧呼哧地抬着狂奔。我就把一块藻泥掰碎了。你晓得，藻泥的香味能顺着东风蔓延到百里之外。果不其然，就从轿子里闪出个胖子。我在图书馆待了这么多年，读了这么多书，看过的画册也不计其数，却从没见过如此肥头胖耳、猥琐鄙陋之人。你手里拿的何物？快给老子尝尝！他一说话，嘴巴里就流出涎水，耳里就飞出绿汁。我问他，你喜欢读书吗？他说，鬼才喜欢读书！老子喜欢吃书！我说，你如此粗俗怎么能为王呢？不如这样，我给你念段经文，消消业障。没错，我念的是《贞观政要》里的《祭蝗文》。人以谷为命，而汝食之，是害于百姓。百姓有过，在予一人，尔其有灵，但当蚀我心，无害百姓。

“我念到这里，他忽而撒腿就跑。你别看他大腹便便，跑起来却比风还要快。他的腿轻轻一弹，就从云端这头飞到了云端那头。为了能跟上他，我把鞋子脱掉了，长衫也脱掉了，后来我还狠狠心把揣在怀里的放大镜和一套陀思妥耶夫斯基的书签也扔掉了。即便如此，他还是比我跑得快。我们绕着涞河跑了数十圈，那些木槿、蜀葵、高粱、芦苇、稻花不断从我眼前飞逝过去，又飞逝回来。我想，如果跟这个穿绿衣服的胖子去参加奥运会的铁人三项，肯定能得冠亚军。我们跑啊跑啊，跑啊跑啊，跑得太阳都沉到涞河里。这时，那个姑娘来了，她按照我的叮嘱，用竹竿绊了下他的腿，他就跌倒了。一个胖子想要从地上爬起来真不是件容易的事。我忙用浮萍绳缚了他，套进麻袋，用《祭蝗文》封了袋口，丢到了龙王塘里。你想的没错，为了捉住这蝗王，我差点丢了半条命。我那个钻石蓝手柄的放大镜也丢了。

“看到消了蝗灾姑娘那么开心，我这里有东西往上顶了下。我一直在猜度，那是什么东西在作祟。你看着我，你看着我，听我说，我好像长心脏了。没错，我长心脏了。你觉得这是好事还是坏事？我知道这听起来有些天方夜谭，可委实确凿无疑。不信的话，你摸摸，摸摸看。”

他猛地拉过沈玉的左手，紧紧按捺在自己左胸之上。沈玉这时才慢慢腾腾说道：“你多久没吃药了？我不是说过，让你按时吃那些白色和黄色的药丸吗？”

他腾开沈玉的手，颓然跌坐到石上。他喃喃自语道：“我时常去给那姑娘送些吃的。能有什么山珍海味，无非花鲢青条，乌龟河蚌。估计她也吃不完，送给她哥嫂了。我还帮她纺过线。她夸我手比姑娘家都巧。她睡着的时候，我会把她缸里的水挑满。没错，我俨然成了传说中的田螺姑娘。不过，我会偷偷地潜入她的梦境里。”他将图书馆的窗户打开，窗外的树睡着了，水鼠也睡着了，“那确实有些下作。唉。在她的梦里，从来没有我的背影。倒是那个叫张金旺的后生出现过。她平日里也常常与那后生通信。他的字，可真是够难看。”

“她那头叫小六的母猪快要分娩了。图书馆里关于科学养猪的书籍，我基本上全读完了。我已经是个畜牧专家了。”

## A

姑娘本来早给哥哥写了封信，央求他回家给小六接生，顺便帮她买一把新镰刀。哥哥回信说，供销社的“四清”运动尚未结束，还要以革命工作为重，给猪接生的事情，不妨找生产队长商量一下。姑娘想，不就是接生吗？肯定比人生孩子简单多了。脑袋一热，单只叫了她几个侄女来帮忙。侄女们不过十四五岁，打闹嬉戏，过了后半夜全都酣然睡去。姑娘一个人蹲猪舍里，看着小六躺卧不安，哼哼唧唧，不断有黏液流出，倒真的六神无主起来，一屁股坐在猪食槽子上，不晓得该如何是好。心下倒是怨念起自己的兄长，又怨念起年前上吊而亡的兽医，觉得这世界乱糟糟的，没一样让自己省心，又念及母亲，眼泪难免潸然落下。

恍惚中便听到有人说话，抬头间，却是那个男子。他手里拎着一盏马灯，正笑盈盈地目视着她。他说，我来吧，你去歇息。姑娘问道，你给猪接过生？男子抚弄着下颌几根疏朗的胡子说，没有。她问，你给马接过生？男子摇摇头说，没有。她嚷道，那你装什么兽医？！男子说，这些雕虫小技，还需要学吗？他说话的样子，倒不像是说谎。她想，他确实也没有撒谎的必要。等他跳进猪舍，姑娘便躲闪到一旁，看他撸起袖子蹲蹴下去，翻看起小六来。

好歹折腾半宿，小六生了七头猪崽。侄女们也悉数醒来，围着小猪叽叽喳喳。她备了猪食，再去找那男子，男子已经不见了。就问侄女，帮小六接生的人呢？侄女们瞪着眼说，不是你自己接生的吗？

## B

“你肯定从来没有见过母猪分娩。我想，人分娩起来该跟猪相差无几，只不过命运迥异。当第一只猪崽从产道里滑出，我的手上沾染了黄色体液和血迹。我从来没有闻到过如此难闻的气味，比千眼湖蛙风干的尸身还要腐臭。你知道我一点都不喜欢猪，当猪崽被我托在手里时，我却再一次感到心脏在跳动。没错，我的心脏已经长成了。这多么让人伤感。女孩将猪崽放在稻草堆里，怕它们冻着。她可能过于兴奋，忘记了现在是夏天，北方最酷热的季节。她的眼里含着泪花。你无法想象到一个凡间的女子行将哭泣时究竟有多么美。见过珍珠上鲛人的眼泪吗？哦，你从来没有去过凡间。我怎么忘了从你诞生之日起，就一直守在这里。从这里到那里的路程虽然不远，可身体遭受的惩罚，远远不是你能想象的。瞧我这一身伤疤就知道了。每次通过那看不见的秘境，我的皮肤都要被剐掉大部分，你没察觉到，我现在的皮肤是蓑衣草的胞衣吗？没错，我现在是一个没有皮肤的河神了。

“在钻那条肉眼看不到的宛若隧道般的秘境时，我常常晕过去。要是死在去凡间的路上，真是天大的笑话了。我们的天命就是只能待在这里，各司其职，我专事祈祷祭祀，你专事收集溺水亡灵。我们既是本体，又是喻体。我们在这里待了多久，你可否还记得？反正我记不清了。从我们诞生之日起，我和你，或曰你和我，就在这虚无之境。这里没有生，没有灭，没有人烟也没有神迹，只有我和你。这里的图书馆、树木、动物也都是我臆想出来的。难道不是吗？他们先有了自己的影子，然后才有了他们自己。说实话，我一点不喜欢窗外那棵树。我讨厌栖息在上面的黄嘴鹂。我一听到她们歌唱的声音，就忘记了自己是谁。我已经忘记了为何诞生于此，也忘记了为何从诞生之日起，就天然通晓职责。所以，我万万不能忘记我是谁。

“我们在这里待了六千年。或许更久远？我跟你，一直盼望着有一天，神能来视察工作，可他一次都没有来过。典籍上关于他的记载颇为粗陋，我们只能从那些明显杜撰的传说和经书里，依稀寻找他的影子。我有种猜度，或许是大逆不道之言。神，那个制造了宇宙大爆炸，那个将宇宙万物托于掌心的人，已经灭了。为何他就不能化为幻境，如彗星般消失？另外一种可能，他颇为艳羡这颗小行星上的动物，自己也化成亿万子民，去体味他们的生老病死。他可能就是世上的任何一个人，世上的任何一种哀伤欢愉。我这么说，你不会介意吧，沈玉？”

沈玉这一日除了右手的那个瓶子，腰间还配了把刀。那是一把波斯刀。刀柄随着他的步伐前后摆动，犹如钟表上的指针。沈玉看着他，半晌才走过来，问道：“你说的那个秘境入口，可是真的？”

他看了看图书馆的屋顶说：“从二楼最左边的通风口爬出去，就能一直爬到你想去的地方。”

沈玉说：“你可知道，这些年来，我有多忙？我到底是如何的念想？”

他说：“我也老觉得对你不起。我只是管理图书馆，每年搞次象征性的祭祀。而你则如蝼蚁般奔波。为何总有那么多人投河自尽？他们为何不选择卧轨、跳崖、跳楼、煤气、吞金、自刎、剖腹、吃安眠药这样的死亡方式？也好让你清闲些，多陪我喝喝茶。唉，你最忙的，还是一九五九年到一九六一年。我记得那三年，此处大饥荒，大抵有上千人投河自尽。即便投了河，尸体也被人偷偷拖上岸，肢解煮熟吃掉。我晓得，那些溺水而亡的魂灵，必须栖在他们的肉身里，你才能度化他们，让他们去他们该去的地方。你追查那些无肉身可栖的亡灵，大抵有七八年了吧？估计也是事倍功半。”

沈玉眯着眼说：“我要离开此处。”

他想了想说：“此处即他处。”

沈玉说：“我想闻到稻花的香气，我想吃到最鲜美的桃子。”

他说：“你认识维特根斯坦吗？这个愚蠢的奥地利人曾经说过一句聪明话，有正的事实和负的事实，但没有真的事实和假的事实。”

沈玉脸色铁青。他看到沈玉大踏步朝自己走过来。他右手的食指和中指依然捏着那个羊脂玉瓶子，只不过，这次他的左手，握着一把波斯弯刀。他感觉到沈玉的两腮在剧烈地颤抖，呼出的气流将图书馆第一排的藏书都冻成了冰块。他仰头对沈玉说：“你要记得，老母猪最爱的料是麸皮和豆饼。二楼《莎士比亚全集》和《关汉卿全集》下面的壁橱里，还有两块新鲜的豆饼。刚分娩后的小六，每隔两个时辰要喂一次清水，清水里最好还要加些粗盐……”话未说完，他看到一把刀子缓缓插进了自己的左胸。那个位置，恰巧是刚长出心脏的位置。沈玉的刀法原来如此精湛。在他记忆中，沈玉只会粗鲁地在那些亡灵的额头烙上红字，再将他们驱逐到金海，生生世世囚禁在虚无缥缈之地。那天，他对沈玉说的最末句话是什么？

“无生无灭，无穷无尽。”

阖上双眼瞬间，他倏尔念起，这句话如此熟稔。如若没有记错，那是他刚刚诞生、双眼尚未睁开之际，有谁曾在他耳边反复念叨过的一句话。那人的声音温柔甜美，就像是母亲在耳畔窃窃私语。

沈玉是不可能听到了，他此时早就跑到了二楼，找到最左侧的那扇通风口，攥着他的瓶子，歪歪扭扭地爬了进去。头颈刚伸进去蓦然想起什么，又找到《莎士比亚全集》，从下面的橱子里翻出一袋麸皮和两块豆饼。用手掂了掂，豆饼委实太沉，只得背了那袋麸皮，再次朝他想象中的秘境爬去。

## A

侄女们都走了，小六也安生下来。姑娘看到男子踅进了院子，肩上还扛着个麻袋。在月光下，他比平日里更羸弱，头发也焦黄许些。兴许是给猪接生累的吧？姑娘忙拿了草垫让他坐。男子僵硬地笑笑，眼神四处里观瞧，倒像是头次来访一般。姑娘说，有刚下架的倭瓜，不如用酱煎了给你下饭？男子忙说，我不饿，我很少吃东西。

姑娘扑哧笑了，说，你不饿的话，就先替我纺线吧。

男子没有应她的话，依然左张右望。后来问道，你那些农具呢？姑娘说，墙上挂着呢。男子慌张着“哦”了声，说，我先去看看小六。

姑娘嘘了声，说，小六和孩子们刚睡着。

男子说，你的煤油灯呢？

姑娘说，门闩上呢。咦，我不是一直挂在那里吗？

男子淡淡扫她一眼，然后不停抚摸着自己的臂膀、脊背和脚踝。姑娘问道，你被蚊子叮得这么厉害？待会儿我烧些茱萸。

男子嘟囔道，没事，没事，涂了蟾膏。

姑娘没听清他说什么，就问，你家是哪里的？从没听你念叨过。

男子明显一愣，家？哦，家。我家在……涑河之上。

姑娘问他，你贵姓？认识这么久，连名字都不知道。

男子想了想才说，我叫沈玉。

姑娘问道，你们文工团最近排演了哪些节目？你不会唱不会跳，是琴师吗？

男子闷闷地说，谁说我不会跳舞？

姑娘放下手中的碗筷，眉梢都飞起来，说，真的吗？是朝鲜舞还是忠字舞？

男子皱着眉头说，你想看吗？姑娘拍着手说，我长这么大，还没看过男人跳舞呢。

男子盯看着她。他的目光冷清中又流泻出某种陌生的炽热，让姑娘不禁有些羞赧。多年后她仍记得他跳舞的样子。那是如何的一种舞蹈？他的胳膊如鳗鱼般在月光下柔曼地游动纠缠，他的脚踝则如风拂过的浮萍漂在水面般袅袅依依不肯将息，当他从土地上跳跃起来之时，姑娘看到一束银光在瞬息幻化成无数的银币镶嵌在黑魆魆的夜空里，然而也只是瞬息。在银光消逝的同时，姑娘听到一声暴喊，犹疑间男子猛然坠落到地面。姑娘扭过头，看到自己的哥哥攥着把镰刀站在她身旁，刀刃不停滴答着血。姑娘再去看那男子，他躺在地上动也不动，白色衣衫已然全被鲜血湮湿。

姑娘瞪着眼睛喝道，哥！你疯啦！

姑娘的哥哥明显也愣住，支支吾吾道，我刚从单位回来，心里惦着小六产崽的事，这才过来探望。喏，这是新给你买的镰刀。

姑娘急赤白脸地吼道，那你为何用镰刀砍人家！

哥哥嗫喏道，我刚到了院外，便看到你站在那里，一条比人还高的大白鲢正甩着尾鳍扭动。你呢，痴痴地看着它。我怕它吃了你，这才大喝一声，顺势砍了它一镰刀。没承想，却是我眼花了。

说完哥俩一同朝那男子看去。男子的身体一直痉挛般抖动。姑娘忙用棉纱将伤口包扎起来，又去摸男子的额头，却比冰块都凉。朝哥哥喊道，快去队里借匹马吧！拉他去县医院。哥哥说，院子外头有辆自行车，可是他的？姑娘恍然道，你去推车！我到屋里拿些衣物，先去公社的医院！

等姑娘收拾妥当从屋里跑出来，男子已然不见。问哥哥，哥哥讪讪地说，我也正找他呢，眨眼的空当人咋就没了？姑娘朝四下望去，唯有鸦翼横覆，万物安眠，眼泪就刷地淌到唇上，左手不停搓按着右手，不晓得该如何是好。

2017年4月10日于北园

# 伊丽莎白的礼帽

你若不悔改，我就临到你那里，把你的灯台从原处挪去。

——《圣经》

好吧，我想讲讲我姨妈的故事。

姨妈风光的晚年生活是从习练书法开始的。她六十四岁那年开始上老年大学。老师是从县职业高中退休的美术老师，他先让他们练小楷，然后练行书，最后是隶、篆、草。教小楷那段时间，大舅生病，姨妈和我老妈轮流看护，一堂课没赶上；教行书时，姨妈的婆婆病重，姨妈伺前伺后，腿都遛细了；教隶书时，她到哈尔滨帮三姨妈看孙女；等上篆书课，姨妈正好闲来无事。老师说，所谓篆书，就要皆大书而作细笔，劲挺圆润，去肉而筋独存。她听不懂，别的老太太也听不懂。老师又说，小篆长得瘦，性格呢，像人，左不见撇，右不见捺，方中有圆，起止藏锋，周公就是如此。姨妈还是没听懂，尽管如此，她还是喜欢这些看起来瘦长却肃严的字。她也是瘦的只剩把骨头。

姨妈退休前是煤炭公司的会计师，做账很有两把刷子，曾经连续三年被评为单位的“业务能手”。篆书虽难，她却充分发挥了一名老会计心思缜密耐性悠长的特点。说实话，那段时间我姨父张老先生对她颇为不满。姨妈清晨五点就洗手净脸，喝碗豆汁吃根油条，急匆匆蹿到二楼研墨铺纸，正襟写字。中间连厕所都不舍得去，孙子孙女放学，她还戴着老花镜一笔一画绣花般临贴。下午三点方才蹑手蹑脚下楼，吃口剩饭冷菜，嘴巴没抹净又溜上阁楼……这样练了两年，字与老师的难分伯仲。老师对这位镶着金牙的老太太颇为赏识，就说，好饭不怕晚，我再给你介绍介绍马先生吧。

马先生是桃源县唯一的中国书法协会会员，姨妈随马先生又练了两载。这时讨字的就有了，先是亲戚们，外甥外甥女侄子侄女乔迁新居，都要登门求字，装裱后挂在客厅。他们都不知道姨妈写的是什么，反正挂在墙上黑乎乎挤簇成团，能压得住过往的邪风。再后来就是左邻右舍求字，他们听说姨妈的字好，就拿回去收藏，想着过上数载，没准会卖个好价钱。又过些时日，店铺的老板们也来求字了。他们听县城书届的人宣扬，有年近七旬的老太，写小篆有杨沂孙之风，颇为难得。他们不知道谁是杨沂孙，可他们对这位瘦骨嶙峋、目光犀利的老女人确实充满了敬畏。

姨妈后来弃字改行是有缘由的。有次她参加“夕阳红”书画展，恰巧听到有人评介马先生，就顺嘴说了句：“马先生的字好是好，就是有点懒。”过几日再去马先生家拜访，吃了闭门羹。如此反复几次，马先生仍闭门谢客。过几日让人捎话曰：“疏可走马，密不容针。”姨妈很上火，对姨父说，这些文人墨客啊，口里说的是胸襟，肚里藏得是鸡肠，字写得再好有狗屁用？我活了这么大岁数，没做过亏心事，也不怕别人戳脊梁骨。遂将笔墨送了书友，剩下的几捆宣纸点了炉火。姨父在旁“嘿嘿”笑问，真舍得？姨妈撇撇嘴说，身外之物，谈什么舍不舍？话岁如此，难免有些黯然，佝偻着腰缩在沙发里看电视。这个时候，是的，这个时候，那个总是拽着威尔士柯基犬出访的英国老女王出来了。

姨妈忘记了那次伊丽莎白女王二世代表英国出访哪里。反正，这个世界上最有名的女人穿着身桃红色的套装不停地跟礼兵们握手。对于她这个年岁的女人来讲，这套衣服难免艳嫩，但是，她戴了顶同是桃红色的礼帽。这顶礼帽款式古旧，电视里出现外国的贵妇人时，她们总在冬天裹件裘皮大衣，戴顶这样的帽子，手里懒洋洋地端着杯红酒在火炉旁跟男人调情。那天，女王的礼帽轻易将那种轻薄的色彩调配得庄重雅致。

“老太太不会穿衣，却会戴帽，”姨妈对正在屋子里练太极拳的姨父说，“我也想买顶这样的帽子。”姨父说：“这么普通的帽子，你自己都能做，还用得着买？”姨妈死死地盯着那个皮肤日渐松弛却总是仪态万方的女王说："老张啊，你早上喝蜂蜜了？"姨父打完那一式右拦雀尾，撇着嘴说："这点小事难不倒你吧？"

姨妈没听出姨父的口吻里全然是嘲讽。这些年来姨父对姨妈的意见越来越大。奔七十的人了，天天练什么破字。以前倒常陪他去河边练棍，他年轻时跟沧州一位师父学过一套五郎八卦棍，舞起来那可是风扫涞河两岸，如今别说跟他去涞河，说话也爱搭不理，甚至一整天装聋作哑。姨妈对他来说，简直就是插在稻田里、被夜风吹得越来越丑的老稻草人。说实话，甚至还不如家里那条时常汪汪乱吠的鹿犬亲近。还好姨父后来迷上了抗日题材的电视剧，盯着八路军手撕日本鬼子，或用手榴弹炸掉日本战机，就觉得日子还算滋润。有时他会出现幻觉，仿佛家里尚有孩子们在玩过家家的游戏，用不多久，他们就会擦着鼻涕挎着塑料机关枪从某个角落鬼头鬼脑地钻出来。

"明天我去赶集，"姨妈吩咐道，"你陪我。"

"我才不去呢，"姨父嘟囔着说，"我可忙得很……"

"你个没良心的老东西，"姨妈瞥他一眼，"当年你追我时，可不是这副德行。"

姨父无疑还是很受用的。他们生在一个村，长在一个村。他十八岁当了村里的民兵连长，她十九岁当了村里的妇联主任。姨妈家离村里那口水井最穹远，吃水很是不便当，于是他给她挑了两年的井水……姨父连夜将电动车的电充足，又跑到银行取了钱，灰鱼鳞刚甩满天边就驮着姨妈出发了。集呀，可真是好地方。现在县城里每隔三四百米就有超市，可他们还是喜欢熙攘的集市。只有在集市，他们才感觉到这世上其实还有很多跟他们一样的人：穿大绒布鞋，裹油腻大衣，讲桃源方言，剔牙缝韭菜，为了一把嫩香椿费半天口舌，为了两斤烂酸梨把死男人说活。这么想时心里就踏实许多。那天在集市上，姨妈买了十米布头，一把王麻子剪刀，还有卷尺和粉笔。在她看来，有了这些家伙什，做出一顶伊丽莎白女王的礼帽完全不在话下。

据姨父说，姨妈在阁楼上捣鼓了两天，终于缝出了她人生中的第一顶礼帽。帽子是常见的玫瑰红，红中夹杂丝缕咖啡灰。这只是顶普通的礼帽而已，不过让姨父惊讶的是，帽子后脑缀着朵黄玫瑰。姨父揉了揉老花眼，才察觉那朵玫瑰是绒布剪的，层峦叠嶂，肉透明丽，花蕊羞翘，就差只蜜蜂落上面。他不禁盯着姨妈“啧啧”道：“老婆子，手艺成啊！”

姨妈托着下巴说：“那是！也不瞧瞧我是谁？”

那天姨妈双手托着这顶礼帽呼哧呼哧地小跑到我家，要将这顶帽子献给她最亲爱的姐姐。可是，那天我老妈正在搓麻将——好吧，我必须声明，搓麻将是我老妈此生最热爱的娱乐活动。或者说，麻将在她的心里早已经超越了儿孙与丈夫。她从服装厂退休后就开始打麻将，麻友是左邻右舍的老街坊，比如得了白内障的王景峰，脑梗拴住左手的孙安庆，还有做过喉癌手术变成了哑巴的李万良……她手艺高妙，人称“西北街麻将女王”，那真是见人杀人，碰鬼宰鬼，遇佛灭佛，向来只收钱不掏钱。麻将不但成为一种娱乐，更成为她敛财的不二法宝。为了打麻将她吃过不少苦头。有次她打到凌晨两点，回来时老爸睡了，从里面挂了锁，老妈喊了半天他也没醒，于是她就从两米高的墙头翻跳过来。她高中时是县一中的女篮队长，还拿过一九五四年桃源县中学生春季运动会的跳高银牌，可她忘了，那年她已是七十三岁的老太太……她崴了脚，脚面肿得赛馒头。饶是如此，在床上躺了半天就拄着新买的拐杖杀向王景峰家。我和我老爸喝着闷酒相视无言。我们总算知道，麻将是我老妈的氧气，是我老妈的粮食，是我老妈的心头肉，是我老妈这辈子最难舍难分的恋人。

姨妈送礼帽那天，老妈的脖子由于颈椎增生，正坐在家里打牵引：纤细的脖子被固定在一个造型奇特的金属支架上，动也不能动，只能眼珠骨碌碌乱转。老麻友分坐两旁凝神聚气，都期盼翻身农奴把歌唱。尤其是李万良，喉咙呼噜呼噜地急促响动，让人误以为他就要开口说话了。老妈的孙女岑秀云，也就是我闺女，狸猫般偎依在她身边替她摸牌。姨妈挑门帘进来时，岑秀云正拔着尖嗓门喊：“李爷爷的二饼！”姨妈最烦我妈整天搓麻将。在她看来，这是世上最不务正业的行当。她在旁边默坐了片刻，岑秀云才太监宣大臣进宫般嚷道："奶！姨奶奶来了！"我妈只是眼皮耷拉着"嗯"了声。女儿又禀告："奶，姨奶奶送帽子来了！"姨妈也没说话，托着帽子在老妈眼前转了两圈："姐啊，我自己缝的，你瞅着咋样？你是老服装厂的设计师，帮我参谋参谋。"老妈方听得老李抛了张二饼正在心烦，转着眼珠没好气地说："什么破帽子！那么黄的一朵花儿，这不喧宾夺主吗？"姨妈没吭声，把礼帽套老妈头上，前后左右观瞧一番，这才竖着大拇指说："十年老姜赛砒霜啊。"

第二次来我家时，老妈的脖子还在打牵引。那天李万良感冒，顶坑的是东南街老陈。老陈是个斜眼，老妈唯恐他偷窥自己的牌，时不时将屁股往旁挪一挪，屁股挪了，脖子却还在原处，难免心躁。姨妈可是老妈肚里的蛔虫，二话没说就将礼帽戴她头上，弓着腰问王景峰他们："怎么样？怎么样？"众麻友赞叹不已，王景峰说，老妹子啊，你可真是心灵手巧，干哪行像哪行，让你当县委书记都屈才了！姨妈知道他一米开外就是黑夜，笑了笑啥都没说，将帽子拿下，在我老妈眼前晃了几晃。老妈眼也没睁哼唧着说："好好好，妙妙妙。针脚密得赛韭菜啊。"

得到了老妈的肯定，姨妈信心倍涨，回家连夜赶制两顶，翌日跑到中心小学门口叫卖。第一位顾客是个小学三年级的男生。他看着花花绿绿的礼帽喊道，真漂亮真漂亮，我要给我奶奶买一顶！姨妈眼睛都亮了，讨好似地伸着两根手指说，二十块钱，便宜吧？孩子掏了左兜掏右兜，最后连书包都翻个遍，嘟嘟囔囔地说，唉，只有十七块钱，咋办呢？姨妈咬咬槽牙说："你这么有孝心，我就便宜你三块钱吧。"

没想到的是，姨妈的第二位顾客是她的老房东。姨妈当妇联主任那阵，常跟着公社领导们四处"蹲点"，当地会为他们找户出身与家境不错的人家，管吃管住。这房东正是她在桃源县城"蹲点"时的老相识。也有小四十年没见过面，俩老太太你看看我我瞅瞅你，惊喜地大声召唤着彼此的大名，又是握手又是拍肩。老房东也是快七十岁的人了，来学校接孙子。姨妈说："我刚学做帽子，你拿去戴吧！"老房东说："小周啊，我戴着还真合适。"说完就掏钱。姨妈眼睛有些湿润，说："我们多年的老姐妹，谈钱俗气。想当年住你们家，攒个鸡蛋你都舍不得给孩子们尝，专用葱花炒了给我吃。"老房东笑着说："那我就不客气了。不过你在这里卖帽子，哪里赶得上去广场？那里的人比池塘里的蜉蝣还多。"

听人劝吃饱饭，姨妈的第二战场顺利转移到惠民广场。这个广场在我们县城挺有名。有名的原因也简单，县城就这么个广场。早晨拳师们在这里练太极，上午司法局税务局的喜欢在这里搞法律咨询，下午一群干瘪老头在这里甩皮猴写大字，晚上就更喧闹了：一簇大妈和着《最炫民族风》在这里扭着胖屁股甩着大肥腿。她们是这个世界真正的主人，阵容最强大，气势最嚣悍，占据了广场的中心位置。剩下的就被挤赶到广场角落：四十多岁的男女在西北角踢毽子；三十多岁的男女在东北角打羽毛球；二十来岁的在西南角跳街舞谈恋爱；还有群十几岁的，在东南角玩滑板吃棉花糖滑旱冰。姨妈很快熟悉了地理位置，在大妈们的圈外铺了地摊，搓着手盯着往来的行人。

那天晚上，广场舞甫一结束，大妈们立即苍蝇叮咬鲜肉般围住姨妈。她们对姨妈的帽子指指点点，这里跳线了那里缝歪了，又不厌其烦地问价压价，把姨妈的耳朵都磨出了茧子。这时一老妇拨拉开人群拿起顶礼帽说，忒俊啊！多少钱啊？姨妈说二十元。那妇人惊叫道，这么贱！这样的帽子银泰超市卖四十块呢！我要这顶黑色的！桃红色的也给我包好！姨妈定睛一看，这妇人正是房东，刚要说话，房东朝她使个眼色，姨妈就抿着嘴没吱声。如此开了张，围观的大妈们如得神启般哄抢起来，片刻十来顶帽子就扫光了。待到妇人们鸟兽般散去，姨妈忙将钱归还了房东，说："多谢老姐姐帮忙。"房东一笑，说："都是些没见过世面的人，抠抠索索，喜欢便宜货。"

姨妈遇到那些见过世面的人时，已是个把月后。广场舞因扰民被禁，这里便成了秧歌队的主场。这个秧歌队是县老干部局操办的，队员基本上都是从行政单位退休的女人，从穿着扮相就跟跳广场舞的大妈们明显不是一路。她们也买姨妈的帽子，但从不讲价钱，只是捏在手里反复观瞧帽子的颜色款式。她们一致对姨妈帽子上的玫瑰赞不绝口，认为这朵玫瑰活色生香，硬是让略显陈旧的款式变得活泼高雅。不过她们的话很少，买了就买了，不会围着她盘东问西。姨妈约略着有些失望，其实她更喜欢她们多说说不相干的闲话，多唠唠不相干的闲嗑，那样才不像是买卖。不过也无所谓了，她已经卖了九十九顶礼帽，走在大街上看到戴帽子的，老忍不住盯着人家的后脑勺，每每发现了自己做的礼帽，内心便是那种他乡遇故人的狂喜，恨不得上前揪住人家攀亲论旧。当然，如果恰巧碰到人家戴着她的得意之作，会有些隐约的愧疚，仿佛是把自己喜欢的孩子卖给了陌生人。

秧歌队可能要参加市里的比赛，在广场上练了好长一阵子。姨妈缩在帽摊后面，没意思了就盯着人家七看八看。看到有的人笨手笨脚，动作教了五六遍步子还是迈错，手势还是变形，就感叹人跟人的区别真是比人与狗的区别还大。那天秧歌队排练，有队员临时请假，就空出位来。领队是个五十多岁的妇女，攒着眉头有些不快，唠叨说，腰来腿不来的，就这样还怎么到市里比赛？我看倒不如树倒猢狲散。姨妈跟领队很熟，这个领队面冷心热，帮她卖过四五顶礼帽，忍不住说："妹子啊，这秧歌我也会扭，要是不嫌弃，我先滥竽充数好了。”

姨妈如此说，领队也没好意思盘问别的，稻田里缺了棵苗，用稗草顶顶也看得过眼。就说，也好也好，你就站最末一个位吧，我帮你看着帽子摊。话虽如此说，一双眼却是从头到尾没离姨妈的身影。让她吃惊的是，姨妈的秧歌扭起来不止有板有眼，简直是形神兼备，一抬胳膊一撂腿，一转身一错位，那是分毫不错，何止是分毫不错，那眉眼那派头，一点不比请的教练水平差。两圈下来，先就拉住姨妈的手问：“大姐啊，扭这么好，文化馆退休的舞蹈老师吧？”姨妈笑着说：“唉，狗尾花怎敢充红牡丹？我呀，以前是会计。”

领队的当然不会知晓，姨妈年轻时在全公社跳舞跳得最好。她们那时跳 “忠字舞”。手里擎着红宝书，小心翼翼地踮着脚尖在临时搭建的舞台上飞旋。她那时长得有些丰腴，不过这丝毫不影响她轻盈的脚步，和那些苗条的姑娘比起来，她的舞步有种乡野女性的拙笨，可正是因为这拙笨，反倒衍生出一种奇妙而肉感的美。领队当然也不会知晓，姨妈那时还编演过一出叫作《积肥员之歌》的舞台剧，参加县里的文艺汇报演出时受到革委会主任的青睐。姨妈至今还清清楚楚记得里面的歌词：

当个积肥员啊，实在是不简单

要想干得好啊，得先过第一关

第一关是议论关……

“欢迎你加入我们秧歌队，”领队紧紧攥着她的手说，“明天我带你到市里买秧歌服。”

这样，姨妈就成了秧歌队里年龄最大的女人。当然，也是秧歌队的顶梁柱。教练只是一个礼拜来两次，管了东管不了西。姨妈呢，天生是个热心肠，喜欢闲下来时指导这个队员的脚法，那个队员的手法。若是换作了他人，兴许会出什么非议，可姨妈都快七十岁的人了，退休前又是工人，一帮女人也就没什么可挑剔的。姨妈练秧歌，她的房东就蹲在那里帮她卖帽子，间或哪个队员偷懒悄悄下场，帮她料理摊位。

然而那次秧歌比赛，他们队成绩并不好。有个队员扭着扭着怎么就莫名其妙地在原地站立了几秒，东瞅西瞅的完全蒙了，仿佛提线木偶断了牵线。据她自己后来检讨，是前一晚老头来了兴致闹到很晚才睡，早晨难免匆忙，临行前忘了吃降压药。这分神的空隙动作就跟不上了，越是跟不上越是心慌……说到最后她哇啦哇啦地哭起来。众人只得上前劝慰，更不好埋怨什么。此人向来愚笨，原来在农机局时领导也只敢让她保管妇女用品，发个避孕套什么的。最后秧歌队勉强得了纪念奖，还是评委们看情看脸的。领队觉得脸上挂不住，辛苦一遭落得如此结果，说话间难免有怨气。没想到队里有人就不乐意了，说，没拿奖怪谁？怪只怪某些人没本事，只挑亲的近的重用，有真本事的都跳槽去了别的秧歌队，上面呢，又没有人，只会发牢骚怪队员。领队当场就气哭了，肩膀乱颤。

姨妈看不下去，就说："妹子啊，讲话前可先要拍拍良心！领队训练前挨家挨户打电话，训练完给大家发矿泉水，电话费和水钱都是她自己掏。你们退休前好歹都是有头有脸有知识有文化的人，帽子上都戴过翅，哪能这样用软刀子扎人？"

就没人言语了，怏怏散去。也许她们觉得，跟一个卖礼帽出身的队员讲道理，有失身份吧。

姨妈也渐渐觉得这秧歌队还真是是非之地。那些队员退休前不是那个局的科长，就是这个局的工会主席，最次也是妇委会副主任，都是人堆里的尖子麦穗上的麦芒，不好伺候的主儿。这从平日训练就能看出来，往往为了谁站前位谁站后位，谁是主角谁是配角，谁穿红的谁挂绿的，三言两语就争辩起来。虽慢声细语的，可谁都能听出话里有话，弦外有音。只是面子上和美罢了。姨妈难免心冷，训练排演什么的不如以前积极，抓空就做礼帽。夏天马上到了，这种厚棉线的礼帽戴着热，要换另外的布料和款式。那天做好一顶，刚到了我老妈那儿就接到了领队的电话。我老妈的颈椎病早好了，可又患了风湿，都快夏天了，还穿着厚棉裤搓麻将。

领队说，老周啊，我儿媳生了孩子，我要去青岛伺候月子，可不能没个主事的。我跟局里队里商量了下，数来数去还是觉得你合适。你就带着大家练吧。姨妈忙说，那怎么行？我这把老骨头可没那个脓水。领队说，我们都觉得你有，你会说话，也敢说话，还能说到点子上。你就别推辞了。

我老妈竖着蒲扇耳在旁边听了个差不离，撇撇嘴说："他姨啊，你真是老不舍心。还能活几年？就不能过几天逍遥日子？"

姨妈从我老妈手里拿过帽子说："姐呀，你活你的，我活我的。我们层次不同。"

说实话，姨妈那天的话很大程度上伤害了老妈的自尊心。虽然老妈快八十岁了，可嘴上从来就没服过谁。她望着窗外姨妈的背影说："你回来！我跟你掰扯掰扯……你再厉害，当过女篮的队长吗？！"王景峰他们还从没见过我老妈如此脸红脖子粗过，各个手发抖腿打战，耳郭嗡嗡响，难免牌又出错了几张。

不管怎样，姨妈确实担任了秧歌队的领队。她这个新职位让姨父异常不满。他认为还是继续缝制礼帽最好，既能锻炼小脑又能赚点小钱，干吗做那费力不讨好的事？七十来岁的人，出那风头会被人笑话。姨妈也觉得姨父的话有些道理。姨父很少说有道理的话。可是既然已经应允了领队，马上撂挑子又有悖姐妹间的情意，姑且得过且过，糊弄过这段就是。

夏天本来就没什么比赛，无非是练练老动作。哪里开业典礼了，姨妈带着比她年轻的女人们跑场子，每人能赚三斤白糖，或者去乡镇的文化站参加邀请赛，最次也能每人分袋雕牌洗衣粉。他们还曾经四点半坐班车跑到一百二十里之外的独寞城，参加一个耶鲁博士的婚礼。耶鲁博士娶了个明尼苏达州的印第安姑娘。队员们本来对这些奖品甚是鄙夷，可是奖品真拿在手里，那种喜滋滋的感受还是很鲜明。姨妈呢，带了些时日的队伍，也找到些当年的感觉。她年轻时曾在村里组建了“铁姑娘队”。她还记得，一九六七年的秋夜，她带着帮姐妹去河边偷偷给生产队的大白菜浇水，一桶接一桶，直到星斗散去，秋衣湿个精透才回家，累得几天下不了炕；冬天时给孤寡老人缝门帘，村里的何光棍晨起发现了棉门帘，以为是神仙怜惜他，跪在地上又磕又拜，惹得她们几个在暗处捂嘴窃笑……那是多少年前的日子？五十年？姨妈觉得，人这辈子，跟活一夏的蝉，真是没有多大差别。

姨妈从秧歌队里传出绯闻纯粹是因为那个叫徐正国的男人。那时姨妈对卖礼帽已不太上心，有一搭没一搭。房东得了心脏病，也无暇来帮衬，帽子摊就由几个野男孩轮流看管。他们丝毫不上心，看着看着就跑到旁边弹玻璃球，弄丢了两顶礼帽。姨妈心疼，却也不好多嘴。那天趁中场休息赶紧跑到摊位吆喝两嗓。这时有人走过来低声问道，咋卖的？姨妈抬头报价，见是个男人。两人对望几眼都忍不住“咦”了声。男人问，你是周庄的周姐？姨妈问，你是周庄的铁头？男人笑着说，我都快六十岁了，你还好意思叫我的小名？姨妈撇撇嘴说，那有啥不好意思？按庄稼辈分，你得管我叫姑姑。男人嘿嘿着笑了。这个小名叫铁头的男人姨妈再熟悉不过，从小聪慧，不过因出身富农早早辍了学。等到恢复高考，他考上了粮校，毕业分配到粮局，后来下岗，再后来跑出租车，一直没孩子，听说他老婆前几年得癌症死了。

姨妈说：“要是喜欢就拿一顶。谁戴啊？”

徐正国说：“唉，能买给谁呢？我妈呗。”

姨妈愣了下说：“哟，我嫂子还活着？”

徐正国皱着浓眉说：“唉，我是屎壳郎的命。老婆死了，守着老妈混吃等死。”

姨妈沉默了良久才问：“我嫂子……还好？”

徐正国点支烟说：“小脑萎缩加脑梗塞，跟植物人似的。就剩下那口气，死活都不肯散。”

姨妈叹息一声，说：“我多少年没见过嫂子了。”

那天晚上姨妈回到家里，径直进了卧室躺上床。她很想跟姨父聊聊天说说话，可姨父正在看一部“二战”纪录片，吆喝了几嗓子都没有吭声。姨妈忽然就有些伤怀。姨父是出了名的炮筒，脾气暴，无论是跟同事还是跟亲戚朋友都如此，一生得罪了不少人。这么些年若不是姨妈暗地里打小伏低说绵软话，不晓得往来的还能剩几个？不过姨父对姨妈向来言听计从。他怕她，我们这些晚辈常在背后议论，其实姨父是个聪明人，他知道要不装出怕她的模样，她就会不停地给他讲道理，那张小嘴巴嘚啵嘚啵嘚啵……也许一辈子都停不下来，死了还要对着他的骨灰盒整宿整宿地说。他顶烦别人给他讲道理。他认为到了这个岁数，天底下的道理他都懂了，没有必要再听别人用首长式的口吻重复了一遍又一遍。那天他没有跟姨妈搭腔，是因为忘记了温牛奶。他以为姨妈肯定会给他上一堂关于热牛奶与冷牛奶分子结构差异的营养课。他没留意到姨妈后来踱到窗前看着月亮发呆，更没听到姨妈若有若无的叹息声。在他眼里，姨妈是《红灯记》里的铁梅，是《红色娘子军》里的吴琼花，是早就退休的撒切尔夫人。

第二天晚上，姨妈在广场上又遇到了徐正国。徐正国牵着只小狗。那是条又脏又丑的叭儿狗。他站在姨妈的帽子摊前晃来晃去。姨妈问，我嫂子怎样了？吃东西了没？徐正国就说，老样子，喂她什么就吃什么，哪天把狗屎塞她嘴里，也会嚼得跟五花肉似的。姨妈说，你呀，要对你妈好才是，你都不知道她怀着你时遭了多少罪。徐正国“嘿嘿”地笑了两声说，我倒希望她当初没将我生出来呢。

那天晚上，秧歌队的队员看到姨妈和那男人聊了很久。她们一致认为两个人聊得很投机。姨妈不停地小声窃笑，而那个精壮男人踮着脚抽着烟，还时不时用手抚摸下那只烂了眼睛的小狗。队员走过去提醒说，周大姐啊，该走场子了。姨妈说，你们先练着，我碰到了老乡。

第三天晚上，姨妈跟这个所谓的老乡又聊了很久。姨妈甚至忘了卖帽子的事。秧歌队的队员们就觉得事有蹊跷。她们中的一个神神秘秘地提示大家，是不是姨妈老来要红杏出墙呢？她提出这个话题时大家都禁不住倒吸口冷气，忍不住将目光甩向姨妈和徐正国。姨妈的嘴唇一直翕动，而那个徐正国摆出副侧耳倾听的样子，时不时象征性地点下头，然后目光热烈而持久地注视着姨妈，仿佛姨妈不是个年近七旬的老太太，而是某个当红的女明星。

“确实有点问题，”有个人说，“你们忘记了李米香的事吗？”队员们恍然大悟般颔首不止。丧夫的李米香是个八十二岁的老太，膝下儿女成群，对她孝顺有加，怎么就被个六十八岁的男人（据说是从评剧团退休的小生）迷得神魂颠倒，要跟男人领结婚证，还要把房产证改成男人的名字。更让人难以启齿的是，她住院期间还当着病友的面跟男人亲嘴。她可是戴着副不怎么刷洗的假牙呢。

队员们都认为问题有点严重。她们觉得，姨妈虽然只是个卖帽子的，却是个很好的领队，大伙也都宾服她，为了挽救领队的名誉，她们必须做点事情。她们围攒成圈，小声分析着姨妈跟男人的种种可能：姨妈哪里吸引了男人？或者男人哪里吸引了姨妈？姨妈又为何如此明目张胆地跟男人勾搭？如果事情真如她们猜度的那样，该如何轻描淡写又不伤和气地处理这件事情？她们退休前大部分做过党的思想政治工作，有的还是单位的顶梁柱，可是处理老年人的婚外恋问题还真是头一遭。她们争辩的声音越来越大，惹得姨妈在那边喊："赶快练啊姐妹们！别偷懒！"她们就更焦虑。这时有个队员涨红着脸大声说："我想起来了！周姐有个亲姐，跟我舅是多年的牌友。让她姐提个醒再合适不过，我们毕竟是外人嘛。"队员们对她的建议颇为认可，夸赞她头脑灵活，退休前不愧是工商局的党委办公室主任。

这个队员的姨父就是脑梗拴住左手的孙安庆，他的左手不灵活，嘴巴却比鹦鹉还灵光。 这样，我老妈就知晓了此事。对于这桩桃色新闻，我老妈认为根本就是裤裆里拉胡琴，扯淡（蛋）。她哼哼着说："她们根本不了解你姨妈！就是搞婚外恋，她也看不上徐正国。她眼光可高着呢。当年，有多少工人、士兵和国家干部追她？要不是你姨父下手早，哪里轮得上他！满脸的麻子！"本来她想亲自找姨妈谈谈心，可她确实比奥巴马都忙——那些牌友眼巴巴地瞅着她，怎能忍心三缺一？她就把我拎过去。她拎我是因为我在公安局上班。她认为让一个当警察的外甥去调查姨妈的婚外情不体面，但总比将来闹得满城风雨要体面。她最后叮咛我说："儿子啊，这件事最好的解决方式就是打草惊蛇。你学的是刑侦，干的是刑侦，还用我教你吗？有问题及时向我汇报。我手机二十四小时开机。"好吧，老妈的话永远正确永远英明，她忘了我只是个在办公室写了二十年材料的老文秘，才刚刚熬到正股级。

老妈接到线人的电话是第五大晚上。线人说，那男人又来了，姨妈跟他又聊了半天，后来跟副领队匆忙打个招呼，就背着书包跟男人走了。我老妈在电话里嚷道："不管你在哪儿，立刻给我去看看！我既然把你姨妈嫁给了你姨父，就要对他负责到底！胡了！"

作为姨妈最亲近的外甥，多年来我早把她当成了亲妈：我结婚时，姨妈戴着花镜给我做新婚的被褥；冬天冷得格色，姨妈给我用新棉花缝厚棉裤；我得了痔疮做了手术，姨妈在医院守了我两天……我觉得我比老妈更有义务维护姨妈的名声。

我蹲伏在徐正国家那条破巷子里的垃圾桶旁边做了半天思想斗争。首先这件事很滑稽，要是姨妈知道我跟踪她，会不会打断我的腿？其次那个垃圾桶臭极了，我相信用不了多久我就会变成一只刚从厕所里飞出来的青头苍蝇。还好，很快我就听到了姨妈的说话声。她这个人最大的缺点就是说话声音过高，仿佛真理总是随时掌握在她手里，她必须用更磅礴的肺活量、更洪亮的女高音将那些真理传递给他人。徐正国一直没吭声，只是掏钥匙开门。当他们进了庭院后我如大赦般从垃圾桶旁爬出来。徐正国没有从里面锁门，我很轻易就闪了进去。他们开了灯，从窗外往里看，炕上侧坐着个老得看不出年龄的女人。窗子开着，我伏在窗户底下听姨妈说：

“嫂子啊！还认得我吗？”

那个老太太仍然坐着，没有半点声息。姨妈又说：“嫂子啊！我是老丫头啊！”她的声音有些颤抖，“我三十多年没见过你了！我跟老张随军，转业，到煤炭公司上班，退休……过得多快！没想到你跟侄子住在这儿……”

徐正国嗫嚅着说：“你说啥她都听不到。她就是个傻子。傻子还知道拉屎拉尿呢。”

姨妈没搭徐正国的腔：“我今天来看你，也是思前想后才来……”她注视着女人，嘴唇嚅动良久才慢吞吞地说：“那天见到铁头，就想起了件事。这件事在我心里压了多年……”她抬起胳膊拢了拢老人凌乱的白发，“还记得吗？一九七一年，革委会批斗你，曾抄过你的家。”

徐正国歪头瞥了眼姨妈，姨妈就对他说：“你那时也就十多岁。”

徐正国说：“谁说我小？我可记得你在舞台上跳‘忠字舞’。为了看你跳舞，还被村里的狗崽子揍个贼死。他们都骂我是‘黑五类’。”

姨妈没搭理他，继续盯着老太太说："抄完家，革委会的又要押着你到街上游行。"

徐正国嬉笑着说："游行就游行了，谁让她嫁给了地主呢。"

姨妈扭头对他说："游行之前，他们要给你妈理'阴阳头'。"

徐正国说："理就理吧，谁让她嫁给了地主呢……"

姨妈沉默了半晌才说："是我理的……"

徐正国瞄姨妈一眼说："我一点都不记得了……"

姨妈说："我爹妈死的早，姐姐们又都出了嫁，我从十五岁就当家立户。嫂子可怜我，过年过节总忘不了给我买点好吃的……你们家那时过得也不易。"

徐正国说："那倒没错，我记得有年腊月二十三，她还让我给你送过半碗猪肉。"

姨妈再次沉默，只是用手抚摸着老太太的头发。我想她一定很难过，用不了多久她也许就会哭出声来。我从来没有见姨妈哭过。

"我给她剃'阴阳头'时，她就那么安静地坐着，动都没动，仿佛我是理发店的高级理发师……她的头发黑、密，一绺一绺掉地上，又被风吹到了灶台边。她不知道，我的手一直在打战，那把生锈的推子时不时就夹住了她的头发跟耳朵，她也没喊疼……其实理到一半，我差点就撒腿跑了……她右边的头发被剃光了，露出青白头皮，左边的头发硬扎扎的支棱着，像堆茅草。我听到她问，理完了吗，老丫头？她管我叫老丫头，多年来她一直管我叫老丫头……她的声音很平和，一点没有抱怨的意思。我支支吾吾地说，马上就好了。这个时候，她突然侧头瞥了我一眼……”姨妈就是这时哭起来的。我们都知道，老人们哭泣的时候是没有声音的，可我知道姨妈哭了，“她就那么着看了我一眼……我这辈子都忘不了……她说，老丫头，先让我照照镜子……”

姨妈弯腰抱住了木乃伊般的老太太，嘴里嘟囔道：“‘文化大革命’结束后，你再也没瞅过我一眼，再也没跟我说过一句话，我知道你心里恨我……说实话，我一直想给你赔不是……”

可能是终于把话说出来，姨妈看上去轻松不少。我看到她窸窸窣窣地从背包里拽出顶蓬松的粉红色礼帽，抻了抻帽檐，郑重地戴到老人头上，又后退两步端详半天，这才说：“这顶帽子啊，我就送给嫂子了。尽管你不会说话，不过，我知道你肯定稀罕。”

姨妈没等徐正国再说别的，径自转身出了屋子。我听到徐正国犹豫着问道：“你就这样走了？不待会儿了？”

姨妈说：“有什么好待的！我要是不早点回家，你姑父肯定又忘了温牛奶。”

好吧，这就是我姨妈的故事。当然，也许根本谈不上是什么故事。我还记得姨妈从屋子里大步走出来，徐正国也没有送客。我就蹑手蹑脚地跟在姨妈身后一直前行。姨妈是越来越瘦了，走起路来如夜猫般悄无声息。月光下她的背有些佝偻，我记得我的姨父张先生曾经说过，姨妈越来越像一个插在稻田地里的老稻草人。说实话，像我姨父这样的粗人能琢磨出这样的句子，还真是不容易呢。

2014年5月29日于周夏庄

# 盛夏夜，或盛夏夜忆旧

对岸的磷火

又开始微微闪烁

——叶丽隽《盛夏夜忆旧》

那天傍晚，不断有金翅蜂嗡嗡着撞上玻璃又极速弹开，仿佛流逸的金色子弹。我躺床上看书，很快全身就被汗水浸透，不得已打开空调，又觉得风从哪个方向吹都不舒服。好歹做了几个噩梦，醒来时窗外一派漆黑，闪电不时划破夜空，将黑暗与黑暗焊在一起。他们都说，这些年我越来越不爱说话，他们都说，我越来越像个县城里的哲学家。我知道他们在讽刺我。我也知道，当一个人觉得连别人的嘲讽都像赞美时，那么他肯定老了。

我推开窗户，疾雨裹挟劲风罩住全身，一只花脚蚊冷不丁飞进耳朵。我抠弄着耳蜗，隐隐约约听到男人的吼叫声。我以为是耳鸣，不过侧了头细听，叫喊声虽断断续续却清晰真切，明显是从隔壁房间传来。如果没猜错，肯定是夫妻在吵架。作为一个中年丧妻的男人，我只有羡慕的份儿。声音持续了大概半个时辰，然后是果盘或手机摔在地毯上的闷响。我听到有服务员按门铃。很快有人开了门，服务员瓮声瓮气地问，有什么事吗？一个女人嗫嚅着答，不好意思……两人又叽咕些什么，我也没心思去听。多年了，我的耳朵不再对陌生人感兴趣。

那天晚上，体内有只斑蝥不停地咬我。尽管外面暴雨连天，我还是捡起了门缝里塞进的卡片，犹豫着拨通了上面的电话。半个小时后有人小心翼翼地敲门。等她们脱了雨衣我才察觉这是一矬一高两个女人，站在一起仿佛是豪猪偎依着长颈鹿。她们什么都没说，直接脱了裙子。个子高的那个女人，小腹爬着条深红疤痕，大概是剖腹产留下的。我忽然对一切都了无兴致……我冲了澡重新躺在床上望着房顶。黑魆魆的吊灯在暗中渐渐凸显出花萼的形状。一只小杓鹬不停扑棱窗棂，玻璃不时发出钝响。再后来，我看到火焰开始在屋顶上烧，起初只是灶膛里的小火舌，很快就蹿成熊熊大火。我从枕下摸出块奶糖嚼。我越来越喜欢睡前吃几粒糖果，仿佛它们才是货真价实的安眠药。

第二天雨一点都没小。我给王厅长打了电话，他说手续已经办得差不多。办得差不多的意思，就是我们可以打道回府了。王厅长是我哥们儿，在法院执行厅。他从来没要过我一分钱。他唯一的嗜好是喝两口。朋友要是从内蒙古捎了野黄羊，或三弟从琼州海峡钓鲑鱼归来，我都把他请到公司的警卫室喝上几碗自酿高粱酒。他那天似乎很冷，说话时一直打寒战，这让他的口齿有些不清。他说要先带弟兄们撤了，单位有紧事，就不等我了，火车票什么的他直接找公司财务报账。你悠着点吧，他最后磕磕巴巴地说，别太，太那个了。我只得笑着说，回去再请弟兄们吃“金钱豹”。

案子拖了两年，要不是王厅长削尖了脑袋周旋，可能还要拖下去。也没什么大事，不过四千万的工程款老压着，确实让我喘不过气。我踱到窗前，看着漫天雨水将我与秦城隔开。对于这座城市，我并不熟悉，也许我对所有的城市都不熟。当我那些同行们整日在天上飞来飞去今天布拉格明天马尔代夫时，我只猫在茶馆里下下围棋读读闲书。我越来越对这个世界缺乏好奇心。几个私交甚笃的朋友说我除了搞搞女人，就是一天到晚思考狗屁道理。至于我想出了什么狗屁道理他们不清楚，当然，他们也不想搞清楚。

本来我打算办完正事后去翡翠岛转转。秦城号称有大大小小九十九座围湖而生的岛屿，最有名的便是翡翠岛，据说上面有座千年古寺，逢良辰吉日，连京城的房产大鳄都前往虔拜。可一个人有什么逛头？又下着雨。我记得那天窝在宾馆看了一天《琅琊榜》，晚上吃的自助餐。饭后给昨晚那两个女人打电话。她们没接。雨似乎更大，贪舔着房屋和树冠。我在暗中抽烟，什么都看不到，只听到了隔壁的叫喊声。这男人声音很老，只有很老的声音才如此顽固地穿透墙壁。我打开行李箱，翻出扑热息痛和六神丸，按响了隔壁门铃。

是个老太太开的门。她盯了我几秒，压着嗓子问道："有事吗，你？"

我咳嗽了声，把药递给她。

老太太问道："你是桃源人？"

我愣了愣说，听你口音，我们是同乡了。

老太太躬腰道："闹得鸡犬不宁，真是过意不去。"

我说，宾馆里耗着也不是办法，赶紧去医院吧。

老太太良久才说："也没什么大碍，来看亲戚，难免水土不服，歇息几宿就好。"

她说话时我禁不住往屋内张望。只开了落地灯，依稀看到床上仆卧团黑影。她说："你要是没事，不妨进来闲坐。如此穹远之地偶遇同乡，也是一喜。"我想了想随她进屋。这间客房跟我那间不太一样，我是大床房，他们是标间。我知道很多老年夫妻外出旅游时都习惯分床而眠，也许那是他们后半辈子唯一的夙愿。"我给你泡茶。"我说不用了，晚上喝茶容易失眠。老太太说："我这里储些陈年莲子，清火安神，你吃不吃？"说完从兜里掏出几颗塞给我。"你是来出差，还是探亲？"她乜斜我一眼，双手软塌塌地搭在双膝上。我说来这边做点小本生意。她也就不吱声，木然地看着床上的病人。

我这才细细打量她。尽管灯光昏聩，我还是隐约窥到她颧骨上密布着老年斑，皮肉松弛的脖颈上，佩戴着块类似绿松石的饰物，散发着幽微碎光。她套件褪了色、微微发皱的蓝色布衫，布衫的颜色与旅馆墙壁颜色颇为相近，打眼看去，似乎她就端坐在一面倒立的湖水旁侧。这让我有些恍惚。她间或将头转向我，缓缓瞥上一瞥，似乎想说点什么，可又不知说什么才好。这样静默了一盏茶工夫，在我盘算着是否起身告辞时，床上那团黑影骤然猛咳几声，心肺都要吐了出来般，然后窸窸窣窣着耸身，左肩软软地斜靠住床桅，大口大口地喘气。

我心里虽早有防备，可仍难免吃了一惊。这是位骷髅般的老人，让我顷刻想起电视上那些饿死在路边的埃塞俄比亚难民。老太太从包里掏出瓶没有商标的矿泉水，扶他下颌一点点灌下，可能他已无法吞咽，清水顺着胡须滴答到胸腹。也许不能称之为胸腹，只是几根钢印般凸起、险从皮肤中扎戳出的肋骨。老太太又拿棉签蘸了水细涂他唇齿。老人喉咙里发出咕咚咕咚的吞咽声。老太太问道："还能撑多久？"老人哼哼几下，老太太哦了声，垂眉道："看来时辰还没到。"又将头转向我说："谢谢你了小老乡。睡去吧。"

我点了点头，正想转身离开，老人突然用手指点着我不停呜咽。“你说什么？”老太太俯身贴耳问道。老人旋尔咆哮起来，开始只是条枯臂抖动着指向我，而后全身都抽搐起来。我不禁倒退几步，不晓得如何是好。这时老太太直起身眯眼盯了我，喃喃道：“哦，确实挺像李万年。”然后她摆了摆手，示意我离开。

那天晚上我老忍不住想起这对夫妇。他们似乎很老了，看样子家境也一般，可干吗要住这么昂贵的酒店？住也就住了，病重至此为何不去医院救治？又想起老太太提到的“李万年”，这名字有些熟稔，可始终想不起是谁。我将奶糖吞进嘴里，嚼着嚼着就迷糊过去。醒来时凌晨两点，浑身燥热，干脆打开房门抽烟。一根还没吸完，隔壁房间的门突然开了。

踱出来位老太太，却不是先前那位。这位老太太即便在低矮的楼道里也珠光宝气，脖间和腹部流出的脂肪简直要淌到地毯上。见我站在门口仿佛愣了一愣，然后她从胖老太太身后挤了出来。两人又私语一番，那位戴着钻戒手镯的女人拍了拍她肩膀，转身上了电梯。她呢，则靠住门框，对着电梯又是颔首又是作揖。

“你经常失眠吗？”她看也没看我地问：“是不是人一有钱就神经衰弱？”我笑了笑说，差不多是这个道理。有了点钱，会日夜想着攥住更多，又怕攥不住，就睡不好，慢慢地，就变成了守财奴。世界上所有的守财奴都是抑郁症患者。她这才转过身看我。她的目光让我想起了去世多年的祖母。“你要睡不着，不妨过来唠嗑。有人陪着说话，总比一个人干瞪着眼好。”我问道，你丈夫好些没？她经纬交织的唇纹瞬息蠕缩起来，“暂时还安稳，”她说，“他……是我兄弟。这孩子，真是命苦。”

老人已经睡着。她让我坐进沙发里，倒了杯白开水放茶几上，却没说让我喝。我有些尴尬，说实话，日后想起这个夜晚，我一点都搞不懂为何如此冒昧地接受一位陌生人的邀请。她沉默了半晌才说：“还真像呢……”听她口气似乎认得我，我难免有些狐疑，就问，你家是桃源哪里的？她将颗莲子擩进嘴里，窄扁的双腮动了动，这才慢声慢语道：“我家啊，就住在涑河北岸。”

她说的涑河，是位于桃源县城北侧的一条河，流了也有上千年。河边有个村落叫沿溪，村民大都以捕鱼为生。这些年倒是开了不少农家饭庄，以大锅炖鱼和酱煎虾蟹闻名。我说，以前我母亲常说，我幼时常到河里凫水。不过，我一点都不记得了。她看着手里的莲子，头也未抬地问：“你爷爷，是不是叫李千业？”我笑着说，没错。不过早过世了。她瞭了我一眼说：“你们家几代人，我倒认得几位。人就是地里的庄稼，割了一茬又一茬。模样也差不多。”我说，桃源县不过是方圆数十里的小县城，与粒莲子无异。来来往往，面熟倒正常。她没有吭声。我又说，你提到的那个李万年，怎么听起来这么耳熟？

她将颗莲子塞进嘴里，目光却注视着床上的老人。“李万年是你三爷，是那拨兄弟里最小的。不过……”她的声音仿佛过期糖浆，有些黏甜又有些药涩，“不过，他死得倒是最早。十三岁就没了。”我恍惚着点点头。以前听祖母讲过，我们李家以前是地主，太爷是京东一带最大的棉商。不过日本人打进来后，太爷当了“伙混”。所谓“伙混”是桃源方言，说白了就是汉奸。关于这段家族史，后人极少提及。耻辱如脊梁烙印，无人愿意抚触。

“都是陈芝麻烂谷子，唉，一晃多少年。”

我说是啊，有时我也老想些关于“时间”的问题，不过总想不明白。科学家们都说宇宙大爆炸后，时间就诞生了，如果时间有开端，那么它会以如何一种方式终结？如果它是永恒的、无休止的、混沌的，那么，我舔了舔嘴唇说，它存在的意义是什么？

老太太将水杯递给我：“你这孩子，难怪会失眠，整天想些杂七杂八。不过，跟你三爷还真像。他呀，可是学堂里最聪慧的读书郎。”我垂头喝着水。我竟然跟一个农村老妇谈论关于“时间”的话题，这让我觉得颇为羞愧。“他每天去学堂都会路过涑河。小家伙，调皮得很，最喜欢春天了跑到芦苇丛摸翠鸟蛋、逮青头野鸭。遇到了草蛇也不放过，逮住了偷偷藏袖口，带到学堂吓唬孩子们。”她眯缝着眼，似乎想到了什么，“那天早晨他照例去学堂，是夏天呢，跳到河里洗澡，又抓了条鲤鱼，自言自语说要送给先生做下酒菜。是哪年呢？我真记不起来。这孩子水性好，一个猛子扎进河里，能憋半天气。他要是活到现在，参加奥运会什么的，准能拿个冠军。”

我没话找话地问道，那天早晨，发什么了什么事？

她的左手轻托住太阳穴，中指间或敲打几下。我问，你头疼吗？她摆摆手说：“他刚从河里钻出，布衫还没穿好，就被人用麻袋套住了。”我的眉毛挑了挑，我想问那些人是谁？想要干吗？可我什么都没问。

“他不停叫喊，他们就用淤泥堵住了他嘴巴，他不停动弹，他们就用柳条捆住了他双脚。他们麻利地挖了个坑，把他活埋了。”她看了我一眼，“他手里还一直抓着那条鲤鱼。”

埋了？我皱着眉头问道，怎么能把一个孩子埋了呢？！

她慢条斯理地说：“这之前，刚发生了潘家村惨案。日本人活埋了五百多口人。知道谁给日本人带的路吗？”

我没有吭声。

“是你太爷。”她说，“天地寥寥阔，江湖荡荡空。除了我，兴许真没人知道。”

我没听懂她说什么。可我知道潘家村惨案是抗日期间京东一带最为惨烈的屠杀。如今是省级爱国主义教育基地，每年清明，各机关单位和学校都要组织去扫墓祭奠。我初中时也去过。不过，从未想到竟与太爷有如此牵连。我觉得胸口发闷，于是将窗户打开一角。雨还没停，路上行人仍蜂突豕走。这是个多可笑的夜晚。莫名在秦城滞留一日，又遇同乡，听她讲些陈年老话。可我丝毫不感兴趣。我站起来想辞别，老太太似乎知道我想离开，她说："你要这么走了，更睡不着，是不是？"

我看着她。她似乎根本没有说话的欲望，但为了某种缘由，又不得不喋喋不休地讲下去。

"你们一家人，跟涑河真是有渊源。"她起身踱步到老头身畔，趟了趟他额头，大概已经退烧，她神色似乎安然些。"李万年的事，你从未听家人提及？"她说，"真的从没听人提及？"我说没有，这些不光彩的事，哪里有脸面往下传？她说："那么，你姑妈的事，你肯定也不知道？"

我说，我有三个姑妈，不过总共见过两个，听说三姑一九六九年就去世了。活着的两位，也都年逾古稀，一个耳朵聋一个眼睛瞎，又嫁得远，只逢年过节探望一番。

她重又坐到椅子上，掌心按着脖颈上那颗绿松石。

"你三姑是捡来的。却是你们家长得最漂亮的。十八岁那年，参加了桃源县革委会。本来按照她的成分，该是'黑五类'才对，可她跟家里早早划清了界限，又揭发你爷爷在老宅子藏有一坛银圆。"她一直盯着我，似乎在小心翼翼窥测我的反应。不过她的目光一如从前，没有丝毫揭露他人丑闻时的快慰，“你爷爷脖子上挂着尿壶游街，她还狠狠揣了他两脚。真是个硬心肠的姑娘。可是……”她瞅了瞅窗外说，“你能把窗户关上吗？风还是有些硬。”我怏怏地起身关窗。她说：“就这么个姑娘，却喜欢上了一位‘走资派’。北京来的呢，是个大学讲师。”

我说过去的事，就不要谈了，谈了又有什么用?

她说：“你们家的事，你总该记得些。你祖父祖母从来不曾提起吗？”我说，也许提过吧，不过我忘了。我少年时得过癫痫，发作过几次，有些事就变得模糊。成年后倒少有发作，不过偶尔会犯糊涂，辨不清出哪些事是真，哪些事是伪。

她说：“原来如此。”

我说我困了，要去休息了，这几天封银行账户的事焦头烂额，一闭上眼，就看到房顶烧着烈火，只得睁着眼听鸟鸣，看那天色一点点亮起。

她焦糖色的瞳孔闪了闪，似乎对我失眠的事很感兴趣，她说：“你三姑后来也老失眠。她喜欢上了那位老师，有段时日，常常深夜时在涑河岸边走过来，走过去。走过去，走过来。那年冬天，大概是腊七，自己寻了个冰窟窿跳了进去。”我说冬天桃源这么冷，怎么还有冰窟窿？她说：“唉，你没赶上那年月，树叶菜根都有人嚼，当然会有人凿冰钓鱼。还有那下作的，买了毒鼠强撒下。”我说她那么硬的心肠，做任何事都不会让人意外。有些人，生下来就是跟老天爷对着干的。她只是说："可怜见的，发现自己怀孕了，实在想不开。身子在冰河里泡了一宿，捞上来时冻得比鹅卵石都硬。"

她意味深长地看着我。多年后我还能想起她的眼睛：仿佛是用斧头在玉石上雕凿出来，你觉得安宁，可又有一种意料之中的冰凉漠然。我盯了她很久才问，您怎么对我家里的事这么了解？是以前镇上的老街坊？要不然就是老亲？可从未听祖辈父辈念叨过您。

她笑了笑。她不笑的时候，皱纹纵横若蛛网，一旦笑起，皱纹宛若水中碎波瞬息消逝。我甚至一点推算不出她的年龄了。

她说："你不记得你家的事是应该的。如果记得，反倒解释不清。不过，你们家跟涑河，渊源真是不浅。你妹妹，不就是在涑河的芦苇丛被带走的吗？"

她说的妹妹一事，我怎么会忘？一九八五年，她高中毕业，没考上大学，我爸让她去锁厂上班，她死活不肯，整日跟一帮青皮后生瞎混。那年刚流行张蔷的歌，他们不晓得从哪里偷了台单卡录音机，跑到涑河的芦苇荡跳迪斯科。有一次他们喝了劣质白酒，七八个人脱光了衣服在草地上跳舞。被路过的农人发现，捂着心脏报了警。她跟那帮后生一起被逮捕。后来都判了刑。正赶上"严打"，她在牢里蹲了十五年，出来后在桃源西城卖猪肉。他们都叫她"猪肉西施”。整个西城区的男人都跟她睡过。我多年没见过她了。去年她找我，想买我盖的楼。我让秘书给了她一把三居室的钥匙。有时候，亲人之间距离越远，越证明他们真的在乎彼此。

“你肯定觉得我唠叨。说实话，至少有三十年没跟人说过这么多话了。人老了就嘴碎，真是没办法。”她觑眼问道：“你从桃源来时，涑河的水可曾涨了些？”

我说没有，水越来越少。孩子们都在烂泥里抠河蚌。

桃源县志上关于涑河的记载始于元朝，它是京东北运河起点，当年桃源的粮草棉花都由此沿滦河运往大都。这几年涑河水位一直下降，前年降了二十厘米，去年降了三十厘米，今年，芦苇丛全枯死，水线向河心退了足足二十米，河滩满是死鱼烂虾。前几年端午节，政府还组织龙舟赛，如今不用说龙舟赛，船驶到河心竟然都搁浅。就在前几天，我还听人说，从河里捕了条两米长的白鲢鱼和一只壳如锅盖的老龟。他们都说，流了千年的涑河要断了。

“你知道涑河的水为什么会干吗？”她又掏出颗莲子塞进牙缝。我没听到“嘎嘣”的脆响。“唉，埋怨你又有什么用？”仿佛为了说服她自己一般，她又很快地念叨了一遍，“埋怨你又有什么用？”

我张大嘴巴愣愣地看着她说，涑河跟我有什么关系？我只是个房地产商。

她将莲子吐出置于掌心。“你在涞河沿岸盖了多少别墅小区？”我说不记得了，我只记得赚了多少钱，送给相关部门领导多少钱，分给了弟兄们多少钱。她扫我一眼，说：“你沿河南岸盖了二十三栋高楼，五十处别墅。涞河总共有八处泉眼，却被你堵了六处。”

我承认，我的笑声在深夜里显得空荡滑稽。我晓得不该争辩，可我还是听到自己说，那都是坊间流言！我从不迷信，那些人只是看我挣钱挣得眼红，故意往我身上泼脏水！泼脏水谁不会？它只需要愚昧的舌头和恶毒的唾液。

她笑了笑，说：“我在这条河里住了几百年也有，难道还会跟你打诳语不成？”

我什么都没说。我能说什么？除了告辞，果断结束夜谈，才能让我明天起床时确信这不过是段荒唐梦境。多年来，无论是在商场还是狗屁情场，我都遇到过无数不靠谱的人。这些人是你生命中的病菌。比如那个十年前就开凯迪拉克的大牛，如今吸毒吸得只能去睡垃圾箱。那天早晨他看我时抖嗦着麻秆细腿走过来，跟我借了二百块钱，又神秘兮兮地说，他那里还有些上等海洛因，你知道那是多美妙的东西吗？他扒着我耳郭说，比干女人还爽一万倍。我转身就走。比如那个跟我好了五年的姑娘，我老婆去世后我曾想过跟她结婚，结果她给我的答复是，她被一个顺丰快递的小伙蒙住眼睛用绳索绑在床头，玩一种我永远理解不了的游戏。那个晚上，我不能把这位老太太，这位看上去素雅端庄的老人跟他们联系到一起。她跟他们气味迥异，可我知道，我最好的选择就是回到床上看那火焰燃烧，看它一直烧到天亮。

“我知道无论说什么，无论怎么说，你都只会装傻。”她此时站起，迟缓地朝老头走过去。如果没记错，她说，他是她的兄弟。“你知道我们为何千里迢迢来秦城？”我绷着脸摇摇头。我知道我不能再说任何一句话。任何一句话都可能让我万劫不复。

“我们来这里借水。没错，除了借水，我们还有何理由在这里枯等？你晚上看到的那位贵妇，专掌此处水系。说实话，我已经有五甲子没见过她。康熙五十五年，秦城大旱，河萎水干，遍野横尸，她倒是去过我那里。我曾私下借了三十三条暗流给她。可如今……”她不再言语，缩手缩脚地坐到老头身旁，呆呆地看着窗外。窗外的雨水又大了起来。

“你看他，也撑不过几个时辰。”她摸了摸老人额头，“用不多久，他就会变成本来模样。跟随了我这么多年，帮我掌管身溺涑河的魂灵，不成想他是如此下场。真委屈了他。”她盯看着我，看得我汗毛奓起。“一九七八年，一个男孩去涑河游泳，脚踝被水草缠住，丢了性命。知道那个男孩是谁吗？他就是李千叶的孙子。他叫李博涵。”

我户口本上的名字叫李博涵。

“他一眼就认出你来了。他只是奇怪，一个溺死的少年，怎么还会在人间游荡呢。”

我什么都不说。

“婢子斗争君莫闻，猪犬触秽君莫嗔，送君醉饱登天门，杓长杓短勿复云，乞取利市归来分。你以前是个面善嘴贪耳软的人。只是我没料到，你更是个聪明人。”

我什么都不能说。

“那年我与你结伴给他老人家禀职，你还是滦州一带最年轻的灶王。”她笑了笑，“你栖在凡人躯里，为的只是日日吃那灶糖吗？”

我当然什么都不能说。

“日月盈昃，辰宿列张。闰馀成岁，律吕调阳。云腾致雨，露结为霜。唉，万物曾有序，诸神曾谋政。他老人家这些年杳无音信，天上礼崩乐坏，这地上何曾不如此？月晦之夜，归天白人罪本是你职责，如今却跑到下面盖楼收银，真是杂沓可笑。”

我随手从裤兜里掏出粒太妃糖，放嘴里慢慢吮。

“流离播越，闻见已多。你真的不想与我叙叙旧？”她神情萧索。我丝毫未察觉出她仍想与我攀谈的热望。

“也罢，你喜欢做什么，就做什么吧。人间已无灶火，何须灶神在册。”

我说，我终于说，我后来终于说，天气闷热，身边又有重病号，您老人家难免心神不宁，思绪烦乱，不知道自己说了什么。都快凌晨三点了，我要去睡觉了。我已经很多年没睡过好觉。一个人如果老睡不好，很容易得抑郁症。您知道那是多么可怕的病吗？你看那些新闻，无论是富士康的员工还是《新京报》的记者，都跳楼了。他们都是抑郁症。我不想得抑郁症，我想继续赚钱，我想搞更多的女人，我想把想不清楚的事情都彻底想清楚。

她的嘴角绷成一条线，身形似乎都匿藏进墙壁蓝灰色的暗影。有那么片刻，她就端着双臂静静直视着我。我感觉天地瞬息旋转起来。我硬撑着起身，什么都没敢说，径自回了屋。

那一晚，我睡得无比香甜。晨起时阳光大好，雨后盛夏清脆鲜亮，我似乎闻到了河流菖蒲的气味。后来我站在窗前，俯瞰着路上往来的车辆和路人。他们如蝼蚁般行走交谈，面目模糊，口齿不清，却自得其乐。

下楼结账时我似乎想起什么，问吧台的服务员，我隔壁的人走了没有？

服务员乜斜我一眼。我忙说，我们是同乡，账我一起结。她不耐烦地说，一早就退房了，账也被别人结掉了。随手将账单扔给我。我暗暗记下上面的名字，又问，只老太太一人吗？服务员嘟着嘴说，可不是，你们不是一起的吗？她房间怎么回事？清点物品时满屋腥气，地毯上还扔着条那么大的死鲶鱼，也忘了带走，真够吓人的。我问，没有损伤其他物品吧？有的话我赔偿好了。服务员这才俯身从吧台下拿出个黑色塑料袋，扫了我一眼说，帮我把这条鱼扔掉吧，看来也不会回来取了。

在宾馆门口，我看也没看就将那个颇沉的塑料袋随手扔进垃圾箱，然后给王厅长打电话。我说，你帮我找个派出所的哥们，查查何载香这个人。王厅长大抵刚起床，正在刷牙。我听到他支支吾吾地问，怎么，有什么麻烦事？我说没有，一切安好。

打完电话我就奔往火车站，我此刻最大的愿望，就是早早回到桃源看看涞河。不久王厅长给我回复说，你遇到麻烦了？这个何载香不是咱们桃源人啊，她是秦城人，而且巨不简单。我问怎么个不简单法？他嘿嘿笑着说，我们该庆幸债务人不是她。我说此话怎讲？他说，这个叫何载香的女人，是秦城首富，经营着全省最大的水产品公司，光手下员工就两千人，而且还是全国政协委员。我哦了声，王厅长问，你啥时候回来？一大早我妹子送来条三十斤的青鱼，是妹夫昨晚在涞河下网挂到的。听说这些日子，这么大的鱼挂到不下十条。我们找个小饭馆吃全鱼宴吧？我说好啊，公司里还有几瓶五十年陈酿的茅台。

在高铁上我给母亲打了个电话，想跟她问问家里的一些事。可话到嘴边又咽下。秦城真是湖多，一泊连一泊，一洼隔一洼，倒真似孤屿遍生。虽然火车飞快，还是能看到水边蔓生的芦苇和莲蓬、菖蒲和水葱、梭鱼草和旱伞草、千屈菜和海茄苳、凤眼莲和田字萍。在满眼蒙眬翠绿中，我看到那个穿蓝色布衫的老太太，正透过车窗凝望着我。她那么瘦，仿佛随时都会蒸发为云朵。我不禁打个哆嗦，伸手在玻璃上摸了摸，一团静蓝火焰腾地燃烧起来，她的脸庞很快消失在火苗中。后来，我在裤兜里摸索半晌，掏出颗莲子。黑色莲子在掌心滚了一滚，径自跳到车厢地板上。

2016年6月13日于北园

# 野草在歌唱

## 1

那时，我一直幻想着逃离这个叫滦南的县城。1997年，我还没有谈恋爱，在镇上的税务所当管理员。税务所是座大四合院，庭前有走廊，庭后种樱桃。门终年敞开，时有芦花鸡、约克猪慢慢悠悠踅进，转悠两圈拉泡稀屎，再扭着屁股溜达出去。我的工作是审理企业报表，敦促他们在征收期内缴纳税款。这很无聊。有时候，我们的副所长，一个会唱乐亭大鼓、会变魔术的中年男人，用一辆破嘉陵摩托驮着我到企业审理账目。企业会计都是土会计，没上过学，却狡诈得很。还好，副所长跷着二郎腿喝着茶水，很快就查出一大堆问题。会计们开始是矜持的，爱搭不理的，通常在一旁剪指甲或看《人民日报》，等问题出来，他们的态度立马变得殷切，弯腰赔笑低声说着小话，连隐藏的金槽牙都闪闪龇露出来。

午饭免不了。这是最让我难堪的时候。我们的副所长，多才多艺的副所长，很快就喝高了。一喝高了，他就耸耸比鸡架还瘦的肩，摇晃着站起来，用毋庸置疑的腔调说："我给大伙变个魔术，都给我看好了！"变魔术之前，他先像体操运动员那样劈腿（两条颤颤巍巍的麻秆腿生硬地劈成180度）、高抬腿（将穿着布鞋的左脚抬到耳朵边）、弯腰（双手撑地，头颅从裆下骄傲地目视众人，当然，我们在他眼里，肯定都悬挂在苍蝇屎遍布的房顶上）。这些热身动作甫一结束，魔术表演就开始了。在很长一段时间里，我以为其他的专业魔术师也像他一样，在正规表演前都这样热身。这一度让我对这个行业心存敬畏。

副所长最拿手的魔术叫"眼球变钢珠"。他脸极瘦，像根干枯的丝瓜。好歹他的眼睛是五官里最生动怡人的：淡黄，看人时如木偶般咕噜咕噜上下左右大动。他的眼珠又大又鼓，老让我担心稍不留神就从眼眶里挤滚出来。他的魔术其实也简单，先让大家检验他的双眼皮——用他的老鸹爪子将耷拉着的厚眼睑猛然翻起，露出红色内里和白眼球，来证明钢珠没事先藏在眼皮下；挽起袖口摊开双手，让每个观众都细细摸一摸，来证明钢珠也没藏在手心或袖口。之后他表情凝重地深吸口气，左脚猛烈一跺，身体左倾，整个屋子都瑟瑟颤抖，旋尔大喝一声，双手在右眼角处抽搐着抠挖。此时他犹如一根柔软的草秸被上帝的手指一点一点压弯，上帝倘要再施一丝力气，草秸似乎就要折断。好不容易待到他的腰身弯成彩虹般的完美弧线，他骤然“哎呀！”一声，众人忙伸着脖颈再次观瞧，这才发现，他皮包骨的手掌里赫然滚动着一颗核桃大小的钢珠。

他的魔术也许只是一般障眼法，但因了漫长的前奏和煞有介事，让整个魔术蒙上了一层肃穆的面纱。会计和老板的喝彩是少不了的，简直将房盖掀翻，连在桌底逛游的野狗也吐掉骨头，痴痴凝望着突然间满脸油光的魔术师。

而此时的我却羞愧无比。也许我那时太年轻，好面子，觉得一个国家公务员在肮脏的饭店为浑身油腻的会计表演魔术，跟他的身份极不相符。似乎就连会计们的喝彩也隐隐透露出不经意的蔑视。此时我通常假装去茅房，起身离开饭桌，然后坐在屋檐下闷闷地吸上一根香烟。那时是夏末，或即将立秋，天蓝得让人心碎；而隔壁庭院传来蝈蝈的欢叫或母猪懒懒的呻吟声。我想，何时能离开这个破地方？可即便离开去了倴城（县城所在地），大抵也如此无聊吧？越想越发灰颓，忍不住给大学里的恋人打电话。她在营口，也分配到了一个税务所。她在电话里的声音陌生而疏离，仿佛我们从来没有接过吻，我某处坚硬的器官也从未在她柔软的肉里哭泣过。我知道，一切都结束了，热的血，干净的体液和皮屑，明朗的理想主义，明媚的光芒四射的青春，这所有的一切，都将会消散在县城散发着纸浆味道的空气里，消散在乡村纳税人的喧闹声中。

“你不是喜欢写小说吗？”她被我骚扰了无数次后终于忍不

住说，“没意思了就写小说吧。”她拔高了嗓门，仿佛不是说与我听，而是说与她身边的某个暗恋者，“我知道你写得不好，都没在校报上发过文章，可是你给我的情书，真的让我流过眼泪呢。”

我挂掉电话，默默地从抽屉里掏出一摞摞的稿纸，看着上面密密麻麻的蚁头汉字。我没告诉她，其实毕业之后我一直在写。无数个值班的夜晚，我光着膀子开着电风扇，一写就写到天亮。我那个精通奇门遁甲的老同事说，我们税务所的院子里住着三位仙家：狐仙、白仙（刺猬仙）和柳仙（蛇仙），她们已在此处深居修炼多年，道行高深莫测。在那些不眠之夜，我多希望她们在我写得疲乏无聊之时，现身陪我说说话，抽根烟，或者喝口廉价的本地啤酒。可她们从没出现过，哪怕是在黑沉沉的梦中。我只听到风从檐角下急走，只听到旁边小卖部里男人响亮的鼾声，只听到野猫交媾时淫荡的叫声和夜行人匆忙的脚步声。也许她们认为，我写得太烂了。她们只喜欢貌若潘安、脸颊从不生青春痘的文弱书生。而我，太像一个粗蠢的举重运动员了。

## 2

我或许写得很烂。投了那么多稿，却从没发过哪怕豆腐块大小的一篇。那时我最爱的作家是苏童。我曾经很疯狂地想，他要是需要一名司机或保姆该多好：我可以给他开车、帮他做饭、打扫房间、发送邮件、到幼儿园接送他的女儿童天米，不给我发工资都行。这样我就能天天守在这个伟大的天才身边，观察他如何写出那些金玉般的长句短句。毫无疑问，一个人对另一个人崇拜到了极致，另一个人就会成为他虚无的神。我读遍了他的小说、访谈、评论，还将他一张从图书馆的杂志上偷剪下的黑白头像贴在床头——他的邻居是赵雅芝。我甚至模仿他写了十多万字的小说。每次我都忐忑地骑着自行车到邮政局，买一个超大信封，将手写稿郑重地塞进去，再夹足邮票（以便退稿之用）。邮局里有我一个小学同学。每次去我都在门口偷偷张望一番，如果是他当值，我就悄悄溜回税务所。我不想让熟人知道我写小说。我不想让任何人知道我在写小说。我觉得这是一个在旁人看来颇为费解的秘密。当然，这秘密对我而言却光芒四射。我记得当时只收到过《收获》的退稿信。那封退稿信被我藏在抽屉最下一层。偶尔我颤抖着手打开锁，拿出来细细观瞧，长叹一声安慰自己，瞧，你还是有天赋的，不然编辑那么忙碌，怎么舍得抽空给你回信？

那年印象最深的是，《作家》杂志推出了魏微、朱文颖、金仁顺、戴来、周洁茹、卫慧、棉棉她们。我只是在当地报纸看到了关于她们的照片和报道。我极为渴望阅读到她们的小说。县城只有一个书报亭，那里没有《作家》杂志。这是多痛苦的一件事：譬如一个蹩脚的乡村武术爱好者，每日里在家蹲马步打长拳，练习鲤鱼打挺，倏尔听到京城里拳师显赫的声名，迫不及待想见识到他们精妙的拳法，然而却始终无缘目睹。

等我在书报亭见到那张字条时，我已调离小镇回到县城，并在一个春天结了婚。新娘是个娴静、沉默的女人，最喜欢看动画片和中央电视台的儿童频道。对于我在深夜里写作而不是陪她在床头读《格林童话》或卡尔维诺的《意大利童话全集》，她没有丝毫的责怪。开始我想对她隐瞒写作的事，可据我了解，她祖父也是县城颇有名望的文人，曾出版过一本《京东官场故事集》。我们结婚时他迷恋上了绘画，每日于书房画墨竹和燕雀。心情好时，老人家会骑百十里的自行车，到市里的书画市场卖画。他最贵的一幅画卖了两百元。我们家的墙上也挂着老人家馈赠的墨竹。我从没见过那么黑、那么茂密的竹林，仿佛连野风都不能从其间穿行。

那个春天，我总是步行到书亭买书。书亭的主人以前是我母亲的同学。她有两颗很美的金牙。后来的主人是她女婿，一个仿佛不会笑的瘦子。那天瘦子对我说："有个在村里开锹厂的老板，稀罕读书。给我留了号码，说谁要爱读书，就给他打电话交流。"

当时我觉得很可笑。一个老板？开锹厂？喜欢看书？在我印象中，此人所在的村庄是个奇怪的乡村，多年后我曾在小说《七根孔雀羽毛》里如是描摹过它：

“家家户户都在大规模地生产钢锹、铁锄、斧头、镰刀之类与农活有关的器具，他们将这些农具抛光上油，再卖到缅甸、埃塞俄比亚、厄瓜多尔、哥伦比亚这样喜欢种植罂粟和马铃薯的国家。他们的村子据说是全亚洲最大的钢锹生产基地，也是整个县城包二奶包得最疯、最明目张胆的地方：大老婆穿着黑棉袄在家里跟雇工一起割道轨、锯铁板，小老婆则在县城里喂养私生子，或者到美容院做昂贵的面膜。按照我们桃源县的说法，这个村子的男人普遍吃着碗里的，看着锅里的；左手握着丑陋冰凉的铁轨，右手攥着小巧锋利的镰刀。”

我当时未曾想到，这个叫刘荣书的男人下了多大勇气才将那串阿拉伯数字歪歪斜斜地写在皱巴巴的纸片上，等待着陌生人的敲门声。我当时捏着纸片犹豫了片刻。“他人挺不错，常来买书，好像也自己写小说。”瘦子的最后一句话打动了我。在这个县城，我还从来没有遇到过另外一个写作者。当然我知道，县城里有很多文化名人，他们中有小说家，有杂文家，还有戏剧家。可我从来没有跟他们打过任何交道。而现在，这个“好像也自己写小说”的商人，让我的神经蓦然一跳。

很快我就忘了号码的事。那时我从事全县八十七家加油站的加封工作——就是给每台加油机都安装一个税控装置，这个装置能统计每月进销油量，以防止商人偷税。那天晚上，我很晚才从乡下回来，饿得很，又不想吃饭，还轮到我值班，就坐在木椅上，看窗外盏盏灯火，看着看着悲从中来。这可能就是我一辈子的生活，它面目可憎，从不介意面具下有个不安分的灵魂。这灵魂柔软迷惘，它唯一的命运或许就是在时光中缓慢衰老，最后无望地死掉。我甚至想到了田纳西·威廉斯的《欲望号街车》里，布兰琪紧紧抓住医生的胳膊时说的话：

“我总是指望陌生人的慈悲。”

我总是指望陌生人的慈悲。每读此句，我都五味杂陈。我曾经参加过一次《人民文学》举办的笔会，在笔会上认识了南京、三峡、开封跟合肥的朋友。在短短的三天时间里，我跟他们彻夜长谈，知无不言言无不尽，那种爽到极致的感觉在我背着行李踏上回程的火车时戛然而止。哈代的《苔丝》里，乡下小贩杰克·德北听牧师说他是名门德伯氏的嫡系子孙时，立马变得神气起来，要租辆马车把自己拉回家。他觉得他的世界瞬息就改变了，再也回不到过去。我想我就是那个猥琐、没有见过世面的乡下小贩德北。回来后我总是怀念那三个迷人的夜晚，想念那些交会过的光影。我开始无休止地给他们打电话，一听到他们的声音，似乎就又回到了北京，在宾馆里，随心所欲地谈论文学，谈论人生。我记得连续有两个月，我家的电话费都是八百多元，而我每个月的工资只有七百元。

而那个晚上，我恹恹地去掏香烟，然后在裤兜里，掏出了那张已搓揉得不成形的纸片。我再次看到了那行歪歪扭扭的数字。我思忖半晌，拨了这个陌生人的号码。

对方很快接了电话。他说滦南方言。从声音判断，比我大不了几岁。

那是一九九九年的夏天。一九九九年的倴城像个哀伤简约的符号——它是所有北方县城的缩影。从一九八四年我们搬到这里，多年内它没有显著变化：弯曲狭窄的主街每到下班时就堵车，而主街两旁是低矮破旧的门市：开理发馆的温州人、开川菜馆的成都人、卖板鸭的南京人、开性病门诊的广州人、售熟食的东北人……这些操着不同口音的外地人将门脸敞开，让平铺直叙的阳光打进，在他们或清爽或油腻的脸上投下或明亮或黯淡的光影。在年复一年的买卖中，他们的腰佝偻了，皮肤泛着哀伤的牙黄色，指甲缝沾染着小城独有的气味：纸糨糊味、钢厂的粉尘味、从遥远海边传来的水底动物的腥味。有时我骑着自行车走在倴城，看着众生万象，琐碎的幸福感会充盈我的内心。我知道，早晚我会写出他们的心灵史。犹如上帝造人。

而那个有些炎热的晚上，我和这个叫刘荣书的陌生人通了将近两个小时的电话。在电话里我们谈到苏童，谈到余华，谈到格非，谈到铁凝，谈到李敬泽，谈到程永新，谈到林白……那些闪闪发光的名字，让我们的声音都禁不住颤抖起来。我记得放下电话时紧紧捂住了嘴巴，喋喋不休的交谈让我窒息眩晕，后来我不得不将窗户猛地推开，大口大口呼吸着樱花若有若无的香气。他在电话里邀请我说："这个礼拜六，你来找我喝酒吧。我等你。"

我答应了他。我们像隐匿在这个县城的某个神秘宗教的信徒，一直在找同类。而现在，我终于找到了一个。

礼拜六那天下起了大雨。我套上雨衣骑上摩托车，对老婆说，要去农村看个朋友。老婆没有过多盘问。在我印象中，这个身材矮小的女人天生一副呆板面孔，旁人很难从她的言行中窥视到深匿的美德。半路上雨越来越急促，我的裤脚和鞋子都被打湿了。等我到了村庄，雨也停了。东问西问到了他家时，他的妻子正在庭院里跟工人们说话。这是个很美的女人，有双湿漉漉的大眼睛。她笑着对我说，刘荣书去大队了，他是村里的"现金"。一会儿就回来。你先去屋里吃水果吧。

我趴在立柜上看他们家的相册。他长得英气，个子也不矮。这在我见到他本人时得到了证实：一米八三，体格魁梧，五官是那种八十年代电影明星的周正英武。

“我好久没有遇到对手了。”这是他对我说的第一句话。这句话让我费解。我想他的意思是，他好久没有遇到可以说话的人了。

我记得他带我到大队旁的小吃部吃熘肝尖和炖大肠。一起吃饭的还有村会计，戴眼镜，龅牙。他对这个龅牙男人这样介绍我：“这是我侪城的朋友。”他没有说更多的话，包括在吃饭时聊到小说，他都有意无意地瞥一眼龅牙男人。我们三个人喝了两瓶白酒后，他对龅牙男人说：“有事的话你先走吧。”如果猜度得没错，他不想让村里的人知道他写小说。这个猜度在日后得到了印证并让我吃惊：他觉得写小说会被村里人耻笑，理由很简单：在村里人看来，写小说是不务正业的行当，类似于游手好闲者的坑、蒙、拐、骗。

那天我们俩喝了五个多小时的酒。在几乎没有光线的房间，我们肆无忌惮地谈着记忆里美妙的小说和有才华的作家。每个作家的名字都在暗黑中熠熠闪光，让我们不时激动地站起来互相碰杯大口灌酒。有那么片刻我盯着他看，就像在观察另一个自己。这男人的侧脸隐在暗影处，眼睛显得格外忧郁，甚至是有些阴沉。本来他的外在是阳朗的、散发着钢水热度，很容易让人有种被炙烤的暖意，可当他跟你谈起生活，谈起日常词汇，你才发觉他其实是个优柔寡断、胆怯羞涩的男人。这胆怯羞涩又并非体现在言谈举止，相反，它来自他娇嫩纯净甚至是有些洁癖的古老灵魂。我听到他慢慢悠悠地说，刚写小说时家里还有稻田，晚上村庄轮流放水，他就卧在田垄上打着手电筒写小说，夜游的青蛙、蚂蚱、蚊子、蜉蝣不时蹦飞到他臂膀上。他还曾经在海上当过水手，他喜欢饭后躺在甲板上，凝望着夜空，凝望着白色的帆被猎猎海风吹得呜咽碎语。

我们出了饭馆。在雨中，在黑下来的村庄街道，我们继续聊着小说。不时有野狗在幽暗处狂吠一声，又恹恹闭嘴。空气里的铁锈味不再如晴天时呛人，反倒有种类似蜂蜜的甘美。我很多年没说过这么多的话了，即便在跟营口姑娘恋爱时也从未如此饶舌。那天晚上我住在他父亲家。他给我烧水，让我洗脚。我说算了不洗了。他说，你们城里人晚上都洗脚的，我知道。然后他大踏步走出去。过了几分钟他回来了，手里拎着一条新买的毛巾。

我的世界突然多了倾听者，我开始真正仰仗陌生人的慈悲。当然，我的世界里也多了一个有节制的倾诉者。他给我看他的小说。他当时写了很多小小说，还获了《小小说选刊》的“金麻雀”奖。跟他的身材极为不匹配的是，他的小说唯美、幽暗，文字里始终弥漫着河流、昆虫、庄稼的温净气息。这气息让人沉醉。他骨子里是个危险的浪漫主义者。

我们成了好哥们。那时他还没买车，都是骑摩托车来县城找我。二〇〇〇年春夏，我经常在单位帮他打小说，他像个监控员工的老板坐在我身边抽烟。有时我故意去掉我认为多余的词语，他鹰隼般的眼睛立马会发现，然后很严肃地纠正过来。

“你确定不把这个词去掉？”

“这个词去掉的话，语境就变了。”

“我不这样认为。这样会更简洁。”

“听我的好了，”他温柔地给我点支烟，“听我的，兄弟。”

打印完后我们就去喝酒。他酒量比我大。很多次我喝醉了，他还在神态若素地剖析某篇小说的结构。我们都对那种硬邦邦的写实主义极为厌恶，我们都喜欢氤氲气息的文字。在很长一段时间，我们都对过强的故事性有着天然的敌意与提防。我们都爱卡夫卡。我们都爱文艺电影。我们经常搭帮去市里的“影音小屋”。那里有成千上万张影碟。我很意外地在那里淘到了大卫·林奇的全集，里面有我找了多年的《象人》和《蓝丝绒》。多年后看完顾长卫的《立春》，我问自己，在中国，在中国的两千八百五十六个县城里，到底隐居着多少个不甘心的、丑陋的“王彩玲”呢？

那时我还没有发表过小说。他开始在一些省级刊物上发短篇。他不再写小小说。他说他想表达的东西，小小说已经承载不了。我还记得他开始参加省作协的一些会议。我曾经去车站送他。那是个夏天，好像是二〇〇一年，车还没有来，我们在站牌底下有一搭无一搭地聊着。

“这次开会有很多名作家呢，”他有些兴奋，“以前只能读他们的作品，现在能看到他们的人了。”

“多好啊。回来时好好给我讲讲他们的故事。”

“没问题。就是不知道人家是不是瞧得起我。”

“你写得好，他们都会尊重你。”

“但愿如此吧。”

“少喝点酒。”

“我知道。”

临别时我们深深地拥抱。他上了汽车，还从窗口向我频频招手。

那时他像温厚的兄长，沉默、寡言，偶尔有些偏激。比如他非常讨厌我穿税务服装。有一次我来不及换便装跟他去吃饭，他一直没怎么说话，后来他眼睛乜斜着我说：“你穿这身虎皮，感觉都不是你了。”我才知晓他骨子有多痛恨那些公务人员。据我所知，他那个小小的工厂，要跟工商、税务、电力、银行、环保、质检等十多个单位打交道。当然他也是场面上的人，绝不会傻到跟公家人撕破脸面。我到现在还记着他说那句话时的眼神。我知道我们骨子里是不同的。我比他更中庸、更温和，或者说，更伪善一些，对人性的毛边和污浊有着更虚无的包容和体谅。

## 3

我忘了老周是如何出现在我们的生活中了。好像是某次去文联（二〇〇二年左右，我在《山花》和《莽原》发了两个中短篇小说，他们听说后邀我去文联闲坐），见到了这个小胡子男人。他的胡子很黑，比他的头发还油亮。不知为何，每次想到他，我就会想起记忆中的某幅斯大林肖像。这个小胡子诗人开一家广告公司，生意很红火。那天，在文联，他说的一句话让我刮目相看：

“诗人就是上帝的舌头。”

那时县文联会举办些活动，比如征楹联大赛，纪念祖国华诞征文大赛。这时他们通常会把当地作者叫过来聚餐。我和荣书就是这个时候跟老周熟络起来的。老周的广告公司在文联对面。他待在文联的时间好像比待在公司的时间还要长一些。文联的秘书长左蓝是个不冷不热的人。她长着圣女般安然的面孔，很少笑，当我们聊天时她通常安静地倾听。多年后她离开滦南，我再也没有见过她。在我印象中，这是个美好的人。而美好的人如果写作，上帝通常会让不幸与哀伤伺机吞噬她。

荣书来侪城了，我通常会叫上老周，老周会叫上左蓝，左蓝会叫上老贾和唐小米。老贾在教育局上班，那时还在写诗（他像条变色龙，写诗，写小说，写散文，写时评。开了博客后，他把登过时评的报纸名称通通罗列在博客左边，像将军在检阅参差不齐的士兵）。他长了对大板牙，笑起来时让人莫名就忽略了其他的五官，仿佛你只是对着两颗坚硬的牙齿讲话。唐小米呢，那时其实还年轻。她只比我大两岁，可在我印象里已经很老很老了。她是我们县电视台最资深的女主播。我在初一时就常看她主持的法制节目。她经常在屏幕上像知心姐姐般跟那些年轻的男性罪犯聊天，剖析他们的犯罪行为和社会背景、家庭背景，给他们忏悔的晶莹泪珠一个特写，然后抽泣着警告电视机前的我们、你们和他们，一定要做知法守法的公民。我从未料到她竟然写诗，而且写得犹如巫婆的咒语般妖娆诡异。

那是一段最美好的时光，如果真的有美好时光的话。你一直以为只有你在摸黑走路，你孤单，你渴望身边有他人的呼吸，然而当一根火柴擦亮后，你才发觉，原来你身边有很多和你一样默默夜行的人。他们神情紧张，郁郁寡欢，和你一样觉得自己是这个世界上最孤单的灵魂。在小小的光亮里，你们发现了彼此，你们小心翼翼观察着对方，揣摩着对方，其实脚步早就不由自主朝对方蹭去。你们知道，你们肤浅伤感的灵魂渴望对方的抚摸。

我们这几个写小说的，写诗歌的，写随笔的，总是隔三岔五找个由头聚会，仿佛过几天不见，就怕失去了对方。我们通常去的小吃部是家涮鱼坊。老周喜欢吃涮鱼。老周还写过很多首关于吃涮鱼的诗歌。在我后来的小说中，那家涮鱼坊总是成为某个故事的背景。当我需要两个人谈论到严肃的话题时（譬如爱情、宇宙、阴谋），我就让他们坐到那里，一本正经地交谈。

而我们从没有一本正经地交谈过。我已经很长时间没有跟荣书谈论小说了。他总是很忙，那几年锹厂生意不错，他那个小小的手工作坊每年也能卖出两百多万把铁锹。而唐小米跟左蓝在一起，通常会讨论化妆品、减肥心得，我极少听到她们谈起某个人的诗篇。老贾呢，身为教育局的职员，最大的梦想是当科长，因为局长没有答应他的要求并放出狠话，让他断了念想，他就在酒后砸了局长办公室的玻璃。这样，他离科长的梦想就越发遥远了。整个酒桌上只有老周，只有老周喋喋不休地谈论着某本杂志上新发表的一首诗，谈论着谁比谁写得好，谁比谁写得烂，而谁谁谁写那么烂为何又那么出名。

我们都知道老周渴望出名。在老周看来，诗人是上帝的舌头，而一个有名望的诗人，则是上帝喝完红酒之后的舌头。他当时最渴望的是参加“青春诗会”。每次吃饭他都把这四个字挂在嘴边，这让我产生了某种错觉，以为这是比诺贝尔文学奖还要牛的荣誉。在我们讨论八卦新闻、股市、政治和县城绯闻时，老周高亢地、近乎吆喝般地说着他的诗，说着别人的诗，说着别人的名声以及不久后他的名声。他一直坚信自己是这个时代最优秀的乡村诗人之一（当然我也这么认为）。我以前一直以为诗人是淡漠的，类似性冷淡者，但后来发觉事情并非如此。诗人的荷尔蒙分泌得似乎更旺盛，他们对这个世界“得”的渴望远远超越小说家。当我们倏尔沉默咀嚼着冷却的菜肴时，老周还在那里高声议论着一首他认为臭不可闻的诗歌：

“让上帝宽恕他们的不检点吧！保罗·策兰说了，是石头要开花的时候了。”

我们瞅瞅站在一旁、满脸疑惑不解的服务员，告诉她，她可以离开了。

是的，那时我们总是为老周在公共场所谈论诗歌而感到羞愧。尤其是荣书。当时我很难理解他为何如此憎恨在公共场合谈起我们最热爱的东西。现在想想，原因其实很简单：一个人越是热爱某样东西，他就越是渴望将它埋在不为人知的心底；如果他觉得热爱的东西在旁人眼里是卑贱、孱弱的，那么这种埋藏当中则隐含了更多的自卑和伤感。他一直生活在农村，他不希望那些跟他一起长大的商人知晓他写小说。他只希望他们知道他卖铁锹、知道他跟他们一样热爱女人、知道他赌钱并不比他们差劲。我记得他跟我提起过，村里某个亿万富翁的父亲过七十岁生日。这个老人是气功爱好者，生日那天搭了棚子，邀请一帮同好在台上表演硬气功。这个寿星佬还亲自躺在一张檀木桌上，让助手往肚子上压块巨石，然后命令手持巨斧的彪形大汉一斧砸下……“多丢人！儿孙满堂，有钱有势，竟干这么不靠谱的事，”他郁郁寡欢地说，“换成是我父亲，我绝对不会让他这么做。”

其实我当时倒是想说，这也没什么。他喜欢硬气功就像我们喜欢小说。他需要观众，就像我们需要读者。那是他的自由。

那件事情发生时，我不只是错愕。其实事后琢磨思量，发生这样的事委实在情理之中。如若那次相安无事，日后也会出类似睚眦。这是个宿命的结论，却并不妨碍它的必然性。我喜欢萨特，《厌恶》《墙》《恭顺的妓女》曾是我多年的枕边书，可我对他在《存在和虚无》中否认和反对一切决定论、并否认和排斥自然界中存在所谓的客观必然性嗤之以鼻。那是秋天，具体是初秋还是深秋已无任何印记。不过肯定是礼拜六或者礼拜天。先是中午，我跟荣书、老周喝了酒，而且是没有少喝。酒后，老周提议我们去另外一个县城拜访左蓝。左蓝虽在我们这里上班，老家却在邻县。我们打了辆出租车。在出租车上老周手舞足蹈地谈论着诗歌。我跟荣书都没怎么说话，只有司机师傅忍不住偷偷瞥他两眼。到了邻县时左蓝已备好酒宴。是在政府的招待所。里面已然坐了一大圈宾客。坐在主人位置的是个枯瘦的中年人，后来知道是县政府的副主任，也是位很有名气的散文家。看来是他替左蓝安排的伙食。我认识的还有市日报社的两个记者和一位画家。他们也恰巧来看望左蓝。

那是一场奇怪的酒局。当左蓝向副主任介绍我们时，他只是淡淡地扫视我们一眼，鼻腔里艰难地甩出一声“嗯”，然后眼神游离地拐到他处。左蓝其实不善言谈，她的热情埋藏在看似笨拙矜持的话语后，如不细细体会，你会误以为这是个坚硬、冰凉如大理石般的人。副主任开始给我们敬白酒，一喝一大杯。我们很快不行了，说实话中午的酒劲还没过去。我们隐隐听出副主任的话里似乎隐藏了什么机锋。可那到底是什么？事后我们谁都想不起。我们知道，我们三个人，似乎是酒桌上不受欢迎的客人（多年后那位记者跟我提起，我们被冷落是有缘由的，可我早没有探知的兴趣）。“他们”，是的，好像有无数的看不清的“他们”，在逼迫醉酒状态下的我们狐疑地审视我们所处的环境、我们的一举一动以及他人微妙的面部表情……荣书和老周大概喝了一斤白酒，我喝了七八瓶啤酒。去洗手间时荣书猛地捶了我一拳说，小子，发现没？他瞧不起我们，我们喝死他！我嗫嚅着说我喝多了，吐了两次，没必要跟他较劲。

“你要不好好喝，就不是我哥们！”他压着嗓子嚷道，“他凭什么瞧不起咱们？！他有什么牛×的？”

我说官场中人都这样，这是他的常态，不一定针对咱们。我知道我在说谎，我镇定自若说谎的目的只是不想在此地滋生是非。毕竟是左蓝操办的酒局。

回到酒桌上时老周正跟女画家开玩笑。那是条蹩脚的黄段子。除了老周“嘿嘿”笑个不停，其他人俱如牧师般肃穆地咀嚼着食物。荣书这时站起来，端着酒杯大声吆喝着打圈……我从没见过他那个样子。

副主任派人把我们送回侪城。在车上荣书一直喋喋不休。我捅捅他，示意司机就是副主任的司机，可他仍不停埋怨咒骂。司机把我们送到国税局门口回去了。荣书还在不停地说。我知道他一定愤怒到了极点。没料到的是，他突然搂住我跟老周的脖子号啕起来，他的哭声庞大悲壮，在午夜寂寥的街头格外高远。老周怎么也哭起来了。老周的哭声粗壮沙哑，犹如腐烂的木棍用力摩擦着使用了多次的破砂纸。我的情绪很快也被他们点燃。我听到自己的哭声比他们的哭声更为悲戚。那一刻我到底回溯起什么？真的不知。我知道的是，三个大男人在街上抱头痛哭，很快招来个蓬头垢面的流浪汉。他拄着破拐杖披着麻袋片观察着我们，然后也猫头鹰鸣叫般哀怨地抽泣起来。

我对那个晚上记忆如此之深，仿佛是我这辈子最尴尬的一个夜晚。第二天我们单位的警卫小心翼翼地问我：你家里没事吧？昨晚你哭得太伤心了……我板着脸说，你认错人了，那不是我。

那怎么会不是我？荣书哭着说：“我们断交吧。你们被人欺负成那样，谁都不敢吭声！一个是狡猾的小公务员，一个是没皮拉脸的色鬼，有什么意思？我们以后就当谁也不认识谁，各过各的桥！”

我们是如何分开各自回家，全然忘却。我记得翌日爬起来上班时头疼欲裂。给荣书打电话，他没接。给老周打电话，他说在公司忙得不可开交。下午，我收到荣书一封电子邮件，那封信很简单，寥寥几个字：

“我们不是一路人，以后不要再往来。保重。”

我觉得他的回信很可笑，不只是可笑，简直是愚蠢。不过从那天起，我们真的有半年多未见。他在我们的生活中彻底消失了。打他的电话无人接听，给他写信也不回。他甚至很少来书亭买书。

那段日子，我和老周走动最为频繁。他总是临近中午时给我打电话，邀请我去吃涮鱼。跟他在一起，我会是个很好的听众。我们吃过多少次涮鱼我记不清楚了。我只记得老周曾经写过一首《雨大了起来》，最末一节是：

雨大了起来，我和写小说的张楚
缩在火锅边，谈论着几本刊物
打捞着几只螃蟹

我跟老周在一起时，很少阻止他发表关于诗歌的高谈阔论。唯一打断过他的一次，是在赶往唐山的公共汽车上。应该是秋天，车厢里飘荡着高粱的甜气。我们去唐山参加一个诗人聚会。身旁都是酣睡的旅人。老周坐在我前排，不时扭过头给我讲解发生不久的诗人论战，据说学院派诗人和下半身诗人动了手。我向来对这种圈子里的争斗不感兴趣，何况是与我不相干的，因而只是间或“哦”一声，目光却盯着窗外。他越说越兴奋，为了让描述更生动，他猛然抬起胳膊伸出手掌，示范起诗人是如何动拳头的。我留意到身旁的旅客都醒了，他们睡眼惺忪地看着他，像看着一只奇怪的动物。那种无以逃避的羞愧和不安就是这时从我胸腹腾空燃烧，我甚至想起了多年前那个表演魔术的副所长，他们都让我在众人面前承担起一个看似无关紧要实则关系重大的枢纽作用。这种被强行安排的位置让我极不舒服。我听到我大声说道：

“好了！我们聊点别的吧！”

老周讪讪地看我一眼后就蔫了。在长途汽车耐心的颠簸中他一直未曾回头。有几次他的脖颈轻微转了转，但很快果断地伸直。我们一直保持着沉默。我喜欢这种秋天的沉默。

那时他疯了一样写诗。那一年他足足写了五六十首。我后来再也没读过那么好的乡村诗歌。他很少投稿，只在县文联的报纸上发过一两首。他去了几趟北京，据说是去给《诗刊》送稿子。我们都知道他想参加“青春诗会”。我们都以为，这一次是没有问题了。

“我没选上，”有一天他沉着眼睑说，“唉，他们打过电话了。”

我说无所谓，以后还有机会。况且他们选出来的未必是好诗人。

“也只能这么想。”他蔫头蔫脑地嘟囔着，嘴角的小胡子依然油亮地翘着。

我知道他心情不好，除了诗会，还与左蓝有关。我们都知道他喜欢左蓝。我们都知道这不可能。左蓝的故事是典型的文学女青年的故事，在很多县城都发生过。她那时已经变成一个心无杂念的修女。是的，修女，至少在我们眼里如此。她干净素朴的衣服，老旧的发型，脸上略显僵硬的线条，都证明了她是个不苟言笑的女人。她曾经遇到的情事让她变成了我们遇到她时的模样：一个刻板的、惧怕流言蜚语、懂得分寸的女人。老周总是口无遮拦地对左蓝说，嗨，我稀罕你！左蓝撇撇嘴说，一边待着去。我们批评老周说，你胡扯什么！又喝多了吧！老周笑笑说：我是个诗人，我从不说假话。你们理解一个诗人的感受吗？当我走在大街上，走在人群中，一想到我是个诗人，我就骄傲地流下眼泪……

我相信老周是这样的人。他看上去粗糙、口无遮拦，常有惊人之语，但我知道他骨子里是个温柔、敏感、纯净之人。这样的人是瓷器。

有天晚上我正跟他喝酒，他老婆打电话了。他在电话里跟女人吵了起来，然后站起来气呼呼地回家。我怕他出事，也一起随他回了家。他们的邻居正在劝慰他老婆。其实也没什么大不了的事，无非是他醉后说过喜欢左蓝，要跟他老婆离婚。他说了很多次，可都没有离成。我问为什么。他振振有词地说："我没钱。离婚要手续费。我跟她借两百块钱，她不借给我。"他的理由有着孩子般的无赖和天真。那天我们都劝他跟老婆和好。他只闷闷地坐在床上，偶尔对女人尖厉的质问声辩驳两句，就连辩驳也是含混不清的。他老婆戴着玳瑁眼镜，脸是那种虚胖的白，在白炽灯泡下晃来晃去。我们都知道，她爱他爱得要死。老周曾写过一首诗，我觉得是送给他老婆的：

**你的身体**

这么多年，已闻不出你体内的芳香
沁人心脾，唯我独有的芳香
我也记不清在你背上
到底写过多少字了，反正
我还是没有成为书法家
这么多年，引以为豪的，是我的舌头
像架剪草机，越来越灵活
在你的身体上，春天的草坪上
肆无忌惮，发出嗡嗡响声
虽然一株草也没剪除
虽然你乳房松弛，腹部荒芜

直到每个夜晚，让我按摩这，按摩那
但这并不是我的过错
寺庙塌了，佛、菩萨倒了
肯定不是因为我

## 4

二〇〇五年十一月十一日，老周一大早就兴冲冲地打电话，说那天是他的生日，邀请大家中午聚聚。那天客人果然不少，文联主席老邵，左蓝，唐小米，老贾，老高，他的表弟、他生意上的伙伴小杨，还有荣书。

荣书在半年之后与我们重修于好。那次老周去书店买诗集，跟老板聒噪半晌，扭头时看到了一个背影。据他说，那个背影如此熟悉如此亲切，让他怀疑是自己某位久未谋面的亲戚。后来他骤然想起，那不是别人，正是跟我们割袍断义的荣书。他说当时做了很久的思想斗争，才鼓足勇气走上前犹犹豫豫地问道：

“来买书了，你？”

据老周说当时荣书扭头朝他笑了笑，很安静地笑了笑，然后默不吭声。这让老周有些尴尬，于是他只得打圆场般说了第二句：“中午别走了，找地方喝两盅。哥几个都挺想你的。”

荣书拒绝了他。拒绝的方式很简单，那就是家里尚有别的事，脱不开身。

根据老周的描述，我觉得事情出现了转机。稍后几天我们给他打电话，邀他来县城喝酒，他没拒绝，很爽快地来了。我彻底忘记了久别重逢后的情景，也许在我记忆里，这位固执的兄长从未跟我们有过罅隙，从未离开过我们。抑或是，连那个失声痛哭的夜晚也只是我的梦境与虚构。它不曾诞生过：那些面目模糊的人，喧嚣刻薄的酒场，无趣恶俗的玩笑，呕吐物，高速公路上汽车的尾灯以及抱头痛哭的男人们，只是我由“必然王国”向“自由王国”的一次微妙蜕变。它不曾意味昭示着什么，它只能意味昭示着什么。

那天，小小的屋子显得局促而喜庆。吃到一半时那条八斤的花鲢不够了，老周就又咋咋呼呼地点了一尾。我下午单位要开会，就早早离席了。临走前老周兴高采烈地问我，如果代开二十万元的发票，需要缴多少税？看来他最近生意不错。我一直希望他生意兴隆，那样他就没过多时间去考虑形而上的狗屁诗歌了。

晚上跟一帮同学吃竹荪鹅时，接到老邵电话。他声音低沉，他说，老周在医院，赶快随我去看看！我没听太清，就站在马路边候他。老邵很快到了，骑着辆破摩托车。他表情凝重地说，老周出事了。那晚风大，我以为听错了，就问，是老周老婆住院了？老邵支支吾吾地说，他也不太清楚。等到了医院急诊室，我问老邵，老周在哪儿呢？他默默地指了指说，喏，就躺在那儿。

我这才发现，老周就躺在急诊室的病床上。他的脸灰扑扑的，我竟然没能认出。他直挺挺地躺在白色床单上，阖着眼，双臂笔直地摆在身体两侧，身上穿的还是中午过生日时的衣服……我忽然意识到什么，连忙问老邵：“他怎么了？”

“……死了……”老邵摇摇头说，“唉，已经抢救过了。”

“死了？！中午不还好好的吗？！”我瞪着他，“今天是他生日啊！”

“我们一直喝到下午四点，他回家去睡觉。等他老婆六点钟下班回来，发现他在家里上吊了，”老邵摸摸眼睛，“这个混小子！真狠心哪！”

“他干吗上吊？”

老邵摇摇头：“不清楚。他一个字都没舍得留。”

我很快听到衰老绝望的号啕声，是他的父母和姐姐赶来了……我捂住嘴巴默默地走到医院门口，肆无忌惮地哭起来。急促的旋风来回拍打着对面铁皮屋的广告招牌，发出叮叮当当的声响。我坐在医院的台阶上，闻着酒精味和各种躯体腐败的气味，不停抽搐。

警察和法医也很快到了。

我给荣书打电话。我哽咽着把这个消息告诉他。我知道他肯定要失眠了。他在电话里不停地叹息，叹息，然后是无休止的疑问和质问。可我一句话都说不出来。

事后听说，他老婆那天晚上下班后，发现门从里面反锁，就大声喊老周的名字。她的嗓门向来很大，可仍没有动静，打手机也没有人接。她这才起了疑心，从邻居家的院墙跳了进去。结果推开门时，发现老周将自己吊在了屋里的楼梯上……她说，他的脖子下还垫着棉垫，他肯定是想跟她开玩笑，想吓唬她。如果他真的想死，还怕脖子勒得疼吗……

葬礼很热闹。关于那个我再也不愿提及的葬礼，荣书曾经在一篇随笔中这样描述：

> 在一段时间里，我如此讨厌死亡的气息。而这种气息却无处不在，对我围追堵截。他们都在哭。用哭泣来展示对生命的怜惜。如果是与我们漠不相关的人，他莫名的死亡或许会让我们感到更加的莫名，引发我们的猜测。但这是一个朋友的死。这种死更像一种利器，你没有抱怨命运的机会，而直接被迫近于利刃的锋芒……
>
> ……葬礼结束的时候，唐小米还在哭。她说以后的聚会，再听不到他的喧闹了。她用了“喧闹”一词，来形容了他的性情。而我真的在市声之外，听到了一种丰盛的“喧闹”。而在那一瞬，我有了种想把电话打给张楚的念头，我想我们应该坐

在一起，虽然那样一种静坐是缺席的，但显得多么重要。他的死使我感觉到恐惧，使我那么快速地想起一个词句：唇亡齿寒。在这个冬天即将来临的季节，大风又吹落了我身上的一件衣服。我想对他们说：自此以后，我们都不该轻易地失去。即使到头发斑白，我们也应该坐在一起，谈谈情，说说梦。

老周成为这个县城的热门话题。人人都在讨论他自杀的原因，人人都猜不出他自杀的原因，当人们实在找不出理由时，他们就说，哦，诗人自杀是很正常的，然后根据他们有限的文学常识，罗列出几个卧轨诗人的名字……这样，老周的死在他们看来，是一种近乎常态的、符合逻辑的死亡。他们也终于安心他的死亡，不再为一个人莫名的死亡而焦虑不安。有人知道我们是朋友，常常旁敲侧击地问询他自缢的缘由。这时我通常感到一种巨大的愤怒，但是，这愤怒不是针对好事者，而是针对老周。

我觉得，他太鸡巴懦弱了。

我一辈子都不会原谅他。

老周走后的很长一段时间，我夜不能寐。我怀疑我的精神出了什么状况。那是怎样的一种恐惧？每当我闭上眼睛，就感觉他站在我的身旁。那是如何的一种表情？渴望诉述却又如哑巴般沉默；当我睁开眼睛，他就消失了，只有黑夜笼罩着房间，身旁是妻子和儿子温柔甜美的鼾声……我起身开灯读书，读着读着睡着，然后在恍惚闭眼的刹那，他又站在我身边……我猛然睁眼，灯管静静地亮着，由于电压不稳发出“滋滋”的微弱的声响。万籁俱寂如宇宙。

在他死后的一两年内，我一篇小说都没写。我也没写过任何一篇关于他的文字。

他伤害了自己，伤害了这个世界，以及，那些和他类似的脆弱灵魂。他搅动了那些灵魂混浊的谷底。

多年后，我在单位门口的地摊上吃豆腐脑时，遇到了他的老婆。她比以前瘦了。她买了两块钱的油条。我微笑着跟她打招呼，有一搭没一搭问询孩子的情况。老周去世后，她跟孩子就搬走了，据说住在她妹妹家。房子也不好卖。谁会买一栋自杀者的旧居？她目光闪躲地回答我说，一切都好，孩子上高中，她在超市上班……她骑着自行车匆匆离开。几分钟后我收到她的短信。她说：在我转身离开的瞬间，我哭了。我又想起你哥。他真是个狠心的人，扔下我跟孩子在这人世间受苦。

我的眼泪再也忍不住地流下来。

小圈子的聚会越发稀少。仿佛大家都在躲避什么，都在掩藏什么。他们谈起老周时，通常叹息两声，然后将话题漫不经心地引开。只有一次老贾喝着喝着酒，突然哽咽起来，然后是上气不接下气地抽噎。我们都捂着自己的脸庞，仿佛是我们，而不是老周，彻彻底底伤害了他。很长一段时间内，每次聚会喝酒，我都会偷偷朝地上洒一杯酒。我知道老周贪杯。

那是岑寂的时光。左蓝调离了县文联，去了另外一个县城的博物馆。老周的老婆跑到文联，找她打过几次架。在我看来，左蓝是这件事中最无辜的受害者。

荣书也很少找我。即便我们面对面地喝酒聊天，我们也不晓得聊什么。他的眼神越发忧郁，似乎总在为什么事发愁。由于金融危机，生意越发难做；女儿的学业让他担忧，而那个细高细高的儿子患有多动症，眼睛总是不停地眨，每个月都要带他去北京儿童医院就诊，回程时背着一麻袋草药……小说离我们似乎越发遥远。他曾经说：即使到头发斑白，我们也应该坐在一起，谈谈情，说说梦。可事实并非如此。我感觉他离我很远，我们再也回不到初次相逢时的默契欣喜。所有的一切都在变化，且是朝着我们未曾预知的路。有时想起那个跟他喝酒的下雨天，想起他隐匿在黑暗光线中的脸庞，恍惚竟是上辈子的事。

那是二零零五年。二零零五年的县城跟一九九七年相比，仍然没有太大改变，只是街上的豪车多了，关于二奶和小姐的消息再也引不起人们的好奇和谴责，相反，人们都开始羡慕有钱人，羡慕他们有更多的女人和儿子。多年后想起，那个年代正是所有美好、脆弱、柔弱的精神被摈弃的年代，赤裸裸的物质欲望、身体欲望和娱乐至死的精神正快速蛮横地侵占着每个肉体的神经末梢……我，我们，以及未来的我们，都不曾想到过，这个世界真正的质变开始了，如果说以前的美德、道德底线尚有拥趸和教徒，那么之后的年代，所有的廉耻和美德都将被打入冷宫，真正的物质时代君临了。我想起了老周的离世，想起了瓦尔特·本雅明。他在《发达资本主义时代的抒情诗人》中，曾经做过如下论断：

> 我几个小时几个小时地站在富尔维埃看里昂的景色，在德拉·加尔德圣母院看马赛的景色，在圣心广场上看巴黎的景色。在这些高处感受最深切的是一种恐惧。那蜂拥一团的人类太可怕了。人需要工作，这当然是对的，但他同样还有另外的需要，其中之一就是自杀，这既是他本人的内在需要，又是塑造他的社会的内在需要，这比他的自我保护的内在引导还要强大。

有一天我穷极无聊，跑到云南米线馆吃米线。当我打开瓶劣质白酒后，才发觉不远处的桌子上，坐着我曾经的领导，那个会变魔术的副所长。他也发现了我，很开心地跟我坐到一起。他退休了，据说迷恋上了十字绣。人们都在传说他每天只睡四个小时，剩下的二十个小时就趴在桌子上，绣那幅长十米宽五米的《八骏图》。由于懒得去厕所（怕耽搁时间），他已经患了前列腺炎和尿路结石。

“喝酒吗？”我问他。我记得他酒量还不错。

“我很多年没喝了，”他的脸颊更瘦了，仿佛刚出土的木乃伊。“不过咱爷俩好久没喝两盅了，今天破破例吧。”

那晚他喝了三四两就不行了，身子歪歪斜斜倒在一旁。我本来还期待他能给我变魔术，看来也泡汤了。“你平时的衣兜里，是不是总揣着几个钢珠？”我用力摇摇他的身子，“是不是？”

他貌似打起了酒鼾。我更失望了。我还记得变魔术之前，他像体操运动员那样劈腿、高抬腿、弯腰。这些热身动作甫一结束，魔术表演就开始了。我以为其他的专业魔术师也像他一样，在正规表演前都这样热身。这一度让我对这个行业心存敬畏。而现在，他趴在油腻的酒桌上，涎水顺着嘴角缓慢地流下来。

我走出屋子回家。路过一块荒地时，我不禁停了下来。以前那里是居民区，因为涉及拆迁，居民全部搬走，但是房子还没有拆干净。一栋栋的房子像被野蜂抛弃的蜂巢，在夜里散发着孤寡的气味。那是谁家的一块草坪，在黑暗中我看不清上面盛开的野花，只恍惚瞥到高而伶仃的野草在风中摇曳。那是深秋了，我竖起耳朵，听着草丛里蟋蟀的鸣叫，以及一种“沙沙沙沙”的奇妙的摩擦声。那是什么声音？我半蹲下去，将耳郭紧紧贴到干燥冰凉的地面上。让我失望的是，除了野草喏喏歌唱的声音，什么都没听到。

# 后记：虚无与沉默

张楚

## 1

2007年，初读安妮·普鲁的《近距离：怀俄明故事》。这位美国老太太的短篇粗粝彪悍、凛冽短促又蛮横，像把卷了刃的宰牛刀割拉着你的心脏。《工作史》可能是这部小说集里最短的，它不带任何情绪，只有客观叙述而没有细节描写。这是一个普通的美国人的一生，也是我们任何一个普通人的一生：一辈子都在为吃饭奔波，从来没有放弃，也从来没有收获，从失败中来，再到失败中去。当时读完就想，我也要写一篇这样的小说。

1997年元旦，我到街上买衣物。从商场出来时飘起了雪花，特别大，像被风吹碎的芦苇穗。我听到有人在喊我的名字，回头间恍惚见到个女人，正想是谁，她已被拥挤的人流卷走。我隐约觉得，她应该是我的一个初中女同学。声音很像，可我真的能清晰地记起多年之前的声音吗？那天，穿着一双我母亲刚从军人劳保用品商店给我买的军勾鞋在漫天雪色中回家。那条路很长，我也走了很久。我在大雪中想起了很多女同学，有的面庞清澈忘了名字，有的记得名字却忘了长相。在我的理解中，她们都那么美好，犹如春天里在夜风中摇曳的蒲公英。我记得当时有些感伤，哪天我会把她们写进小说的，我想，这样她们就不会丢失了。

2017年夏天，我开始写这篇叫《中年妇女恋爱史》的小说，我也想把它写成短短的一篇，像《工作史》那么短，那么漠然。不过，我有点后悔将它构思为短篇，如果是中篇的话写起来会很舒服，小说的长度与时光的长度也会匹配一些。

每章后面的大事记，我也写了点外星球的轶事，它们与茉莉无关，与爱无关，与衰老也无关，遗憾的是，它们跟时间有关。

## 2

大概是2015年深秋，我们几个哥们常去西门串吧吃宵夜。我们都是小说家。我们的酒量都不错。我们都对这座陌生的城市有种倦怠感。当然这只是我的错觉，几年后有人迷恋上这里，毅然决然地将自己根植在名利场，我们唯有祝福。

不过那时，一切都是诚恳的、明亮的，有种乡村居民的愚拙，或者说，散发着雨后蚯蚓的腥气。通常喝着喝着会有人哭起来。有人哭泣是好的，这让我觉得暖和、心安。我还记得某天消夜归来，异样地冷，硕大的杨树叶片簌簌地砍在车上，竟裹着霜与雪。我们在夜风中踉跄着走，谁也不肯说话。就是那天，在满场飞舞的酒令声中，我们每人讲了一个关于牙齿的故事。他们到底讲了什么我已全然忘却，不过，我还记得他们的牙齿被烟雾缭绕的样子。我怀念那年的深秋，我怀念那年的情谊——单纯总是让我们将它与美德粘连在一起，变成日后对庸俗生活最直接的质疑。《人人都应该有一口漂亮的牙齿》，算是我对那段日子的虚构与怀想吧?

反正，虚构对于小说家而言是种本能，而怀想对于小说家而言，则是种本能的羞怯。

## 3

也是2015年，初冬，从宜昌上船，开始了为期四天的三峡之游。在行将抵达重庆的晚宴上，勒·克莱齐奥倡议在座的中国作家每人写篇关于“水”的小说。我恍惚想起故乡的那条河流，那条差点在夏天干涸的河流。在水中生活了数千载的神，如果河流消失，他们何去何从?是在等待中消亡还是迁徙至水草丰美之地?在众神衰落的时代，在神话消解的时代，人类的贪婪为何仍得到造物之神的青睐？水的死亡比人的死亡更让人沉思。我陆续写下了《盛夏夜，或盛夏夜忆旧》《水仙》《听他说》。当然，《金风玉露》与《伊丽莎白的礼帽》里也有那条叫做“涑河”的河流。

在《听他说》中，我构建了臆想中的神的日常生活。作为一个对宇宙充满了敬畏的男人，我猜度那些神也不知晓自己的来历，也会在对未来的惶恐中怀疑造物之神的存在。当然，我让河神喜欢阅读，喜欢陀思妥耶夫斯基和维特根斯坦，纯粹是一厢情愿。

## 4

《风中事》，我只是想谈谈年轻人的爱情。在我有限的阅读史中，似乎只有十九世纪的欧洲小说里，男人娶女人或女人与男人谈恋爱才拿金钱做量器。《包法利夫人》中，包法利先生之所以头婚娶了四十五岁的老寡妇，是因为老寡妇一年有一千二百法郎收入；《卡拉马佐夫兄弟》中，米嘉为了三千卢布深陷炼狱；而简·奥斯丁和巴尔扎克的小说就更不用细说了。一战之后的欧美小说中似乎就很少出现如此赤裸裸的用金钱来衡量的恋人关系。而在中国当代生活中，爱情正模拟着欧洲小说里的金钱标杆，它如此醒目、如此自得又如此旁若无人，仿佛只有如此，它才像动物的性器官一般存在并散发出谁也说不出但却心知肚明的气味。爱情在金钱和利益、财产和家庭的综合角力中，显现出一种暧昧、复杂，跟浪漫主义没有一丝关联的面目，到底是人类情感立体化、多元化的探索，还是人类情感扁窄化、简单化的难堪呈现?

我不知道是否说出了想说的话。我总是词不达意。我是个反应迟钝的小说家。这一点我必须承认。

## 5

我其实是个挺悲观的人，某种程度上讲也是个不彻底的虚无主义者。当然，大多时候，我努力地热爱这个世界，热爱他人，甚至热爱我们本应该憎恶的。只不过，随着时光的重叠与消逝，我发觉自己越来越喜欢沉默，越来越觉得一切都无需阐释。我不知道，这是否也是“热爱”的一种?

麦克白知道自己的夫人死去后曾感叹：“我们所有的昨天，只不过是替傻子们照亮了到死亡的土壤中去的路。人生不过是个行走的影子，一个在舞台上指手画脚的拙劣的伶人，登上片刻就在无声无息中悄然退下，它是一个白痴所讲的故事，充满着喧哗与骚动，却找不到一点意义。”莎士比亚说得没错（他特别擅长用伤感华美的的比喻句来替主人公们抒发他们对人生的质疑）。福克纳也在《喧哗与骚动》的结尾（这是一句只有主语和谓语、没有任何修饰成分的简单句）面无表情地说："他们在苦熬"（They endured）。他们在苦熬，毫无疑问，我们是"他们"，银河系是"他们"，宇宙是"他们"，没准，连"时间"也是"他们"。

然而，我更喜欢物理学家劳伦斯·克劳斯的那句话：

> 你身体里的每一个原子都来自一颗爆炸了的恒星。形成你左手的原子可能和形成你右手的来自不同的恒星。这是我所知的关于物理的最诗意的事情：你们都是星尘。

没错，我们就是星尘，我们，也是时光本身。所有诞生并存在过的，都会在沉默中等待着与时光融为一体。这一切，无比美妙却不自知。

2018年6月8日

图书在版编目 (CIP) 数据

中年妇女恋爱史 / 张楚著 . — 北京 : 北京十月文艺出版社，2018.10

ISBN 978-7-5302-1825-9

Ⅰ . ①中… Ⅱ . ①张… Ⅲ . ①短篇小说—小说集—中国—当代 Ⅳ . ① I247.7

中国版本图书馆 CIP 数据核字 (2018) 第 085280 号

中年妇女恋爱史
ZHONGNIAN FUNÜ LIANAISHI
张　楚　著

出　　版　北京出版集团公司
　　　　　北京十月文艺出版社
地　　址　北京北三环中路 6 号
邮　　编　100120
网　　址　www.bph.com.cn
发　　行　新经典发行有限公司
　　　　　电话（010）68423599
经　　销　新华书店
印　　刷　北京盛通印刷股份有限公司
版　　次　2018 年 10 月第 1 版
　　　　　2018 年 10 月第 1 次印刷
开　　本　850 毫米 ×1168 毫米　1/32
印　　张　10.75
字　　数　200 千字
书　　号　ISBN 978-7-5302-1825-9
定　　价　42.00 元
质量监督电话　010-58572393
如有印装质量问题，由本社负责调换。